여성동학다큐소설
연산 대둔산편

은월이

여성동학다큐소설
산 대둔산편

은월이

한박준혜 **지음**

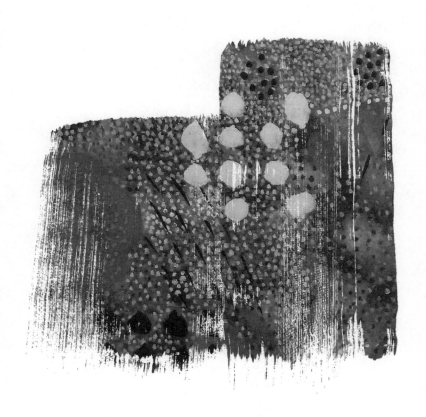

도서출판 모시는사람들

여성동학다큐소설 연산 대둔산편

은월이

등 록 1994.7.1 제1-1071
1쇄 발행 2015년 10월 31일
2쇄 발행 2015년 12월 31일

지은이 한박준혜
펴낸이 박길수
편집인 소경희
편 집 조영준
디자인 이주향
관 리 위현정

펴낸곳 도서출판 모시는사람들 03147
　　　　서울시 종로구 삼일대로 457(경운동 수운회관) 1207호
전 화 02-735-7173, 02-737-7173
팩 스 02-730-7173
인 쇄 (주)상지사P&B(031-955-3636)
배 본 문화유통북스(031-937-6100)
홈페이지 http://www.mosinsaram.com

값은 뒤표지에 있습니다.
ISBN 979-11-86502-23-5   03810

이 도서의 국립중앙도서관 출판시도서목록(CIP)은 e-CIP 홈페이지(http://www.nl.go.kr/
ecip)에서 이용하실 수 있습니다.(CIP제어번호:2015027687)

의를 세우는 길에 패배란 없다

갑오년 동학혁명으로 정치권력을 바로 세우지 못했지만, 우리는 그때의 경험을 교훈 삼아 다시 의를 세우는 역사를 일구어 왔다. 그래서 의를 세우는 길은 끝이 없다. 계속 전진한다. 의가 실현되기 전까지 의를 세우고자 하는 사람들의 행렬은 계속된다. 결국 의가 승리할 수밖에 없으며, 그래서 의를 세우는 역사는 패배가 없다는 것을 이 소설을 통해 전하고 싶었다. 숨막히는 현실 속에서 문제 해결의 열쇠는 바로 나 자신에게 있다는 자각을 가졌으면 한다.

우리가 역사의 경험을 교훈 삼아 열정을 가지고 의를 세우는 길에 함께 어깨동무하며 간다면 개벽을 만들 수 있다. 현실을 답답해하는 모든 이들과 함께 이 소설을 통해 희망을 만들 수 있기를 기대한다.

역사를 기억하는 자가 있기에 진실은 밝혀진다

동학혁명 당시 연산 전투의 역사적 진실이 세상 밖으로 나온 지 얼마 되지 않았다. 혈투였던 우금티 전투에서 남하한 민중들은 흐트러짐없이 다시 연산에서 대규모로 집결하여 왜군, 관군과 싸운다. 그들은 죽음도 두렵지 않았다. 두려움에 떨었던 자들은 그들이 아니라 왜군이었다. 육체적인 생명보다 더 소중한 무엇을 위해 그들은 목숨을 받쳤다. 그래서 싸우고 또 싸운 것이다. 격렬한 싸움으로 12월 중순에 철수해야 할 왜군이 결국 철수하지 못했다. 이미 죽음을 각오한 동학 민중들의 싸움 '연산 전투'는 백여 년이 지난 지금 세상과 마주하고 있다. '연산 전투'를 이끌었던 박동 소리가 2015년 여러분의 심장과 함께 새로운 세상을 갈망하고 있다. 기억하자! 우리 역사를! 그러면 역사의 진실은 우리 심장 소리를 듣고 찾아올 것이다.

전투에서 후방은 절반이라고 이야기한다

하지만 역사는 후방을 기록하지 않는다. 왜냐하면 그것은 생활이기 때문이다. 생활을 담당한 것은 세상의 절반인 여성들이었다. 하지만 기록이 없기 때문에 작가의 상상에 맡겨져야 했다. 이를 시루떡, 쇠가죽 가마, 강경젓갈김치, 우물가, 노상 부엌 등 구전 기록을 바탕으로 소설에서 복원하고자 했다. 후방을 준비하면서 의로운 세상을 꿈꿨던 낙관에 넘치는 여인들을 이 소설에서 살려내고 싶었다.

밥 한 그릇을 위해 싸웠던 그들, 현재와도 다르지 않다. 밥은 곧 생명이다. 우리의 생명을 위해 떨쳐 나서는 의로운 길에 남녀의 구분은 없었다. 다만 역할이 달랐을 뿐이다.

공동체가 만들어 낸 아름다운 소설

동학 구전 조사를 했던 나의 배우자 정선원 씨와 박맹수 교수님이 동학책을 출판(『공주와 동학농민혁명』, 박맹수·정선원, 도서출판 모시는사람들, 2015)했다. 나의 배우자가 15년 넘게 발로 뛰면서 기록한 이야기를 소설 곳곳에 담았다. 배우자 정선원 씨가 "평생 동학 구전 조사를 하면서 언젠가 내가 조사한 것으로 누군가 동학소설을 쓸 거라 생각했다."고 말했을 때 동학소설은 하늘이 맺어 준 인연이라 생각했다. 동학소설 작업을 했던 2014년이 가장 금실이 좋았다. 혹시 동학소설을 쓰기 위해 배우자를 만난 것은 아닌가 하는 생각이 든다.

그리고 박맹수 교수님의 30년간의 연구를 바탕으로 소설 작업이 가능했다. 경주 용담정에서 흘린 박 교수님의 눈물에서 갑오년의 그들을 보았다. 박 교수님은 이번 소설 작업에서 기둥이었다.

그밖에도 이 소설을 쓰기 위해 많은 분들의 노고의 성과(자료)에 도움을 받았으나 일일이 밝히지 못함을 양해바란다. 15명의 동학언니들과 함께 1년 넘게 동고동락하면서 작업을 했다. 개인이라면 절대 할 수 없었을 일을 공동으로 작업해서 결국 소설을 완성하게 되었다. 공동체가 상실된 세상에서 아름다운 공동체를 통해 결실을 이룬 것이다. 세상은 혼자가 아니라 함께할 때 의미가 있다. 자본이 만들어 낸 경쟁이 아닌 우리 스스로 만든 공동체로 세상을 함께 살아가는 것이 의미가 있다는 것을 소설을 통해 많은 사람들과 공감하고 싶다.

끝으로 이 책이 나오기까지 도와주신 많은 분들과 표지에 들어간 작가 사진을 촬영해 준 송영옥 님에게도 감사의 말을 전한다.

2015년 10월 한박준혜

차례

은월이

자주 깃발은 함성이 되어

"영~영~옥~아!"

함성 소리에 깜짝 놀란 은월은 주변을 둘러보았다. 형제바위에 김석진이 아슬아슬하게 서 있었다. 김석진은 다시 고함을 질렀다. 그의 목소리는 병풍에 둘러싸인 석바위 하나하나마다 부딪쳐 튕겨 오르며 소용돌이쳤다. 은월은 미간을 찌푸렸다. 그녀는 허공으로 손을 내밀어 김석진을 잡아 보려고 했다. 소용없었다. 김석진의 우렁찬 목소리는 다시 소용돌이처럼 은월이의 온몸을 감쌌다.

"이놈들 듣거라. 이 땅은 수천 년 얼이 새겨진 곳이다. 감히, 왜놈들이 들어올 땅이 아니다!"

은월은 자리에 털썩 주저앉았다. 이어 어디선가 함성 소리가 북소리에 실려 들려왔다.

"와- 와-."

김석진의 외침은 계속되었다.

"나는 죽어도 개벽은 영원하다!"

은월의 귓가에 맴돌던 소리들은 석바위에 부딪치고 나와 맥놀이를 일으키며 은월을 후려쳤다. 은월의 몸이 흔들렸다. 은월은 아득한 어지럼증에 두 눈을 질끈 감았다.

임술년(1862) 5월 은진현

"은아, 은아! 어서 내려와라!"

현감이 사는 기와집 처마에서 앞치마를 두른 아낙이 어두운 표정으로 급하게 손짓을 했다. 그녀는 하늘을 바라보면서 소리를 연거푸 질렀다.

기와집 지붕 위에 여섯 살 난 여자아이가 쪼그리고 앉았다. 담 밖에서 함성 소리가 나자 물끄러미 쳐다보았다. 이때 담장 너머로 천둥 같은 소리가 들려왔다. 깜짝 놀란 아낙은 뒤로 자빠졌다. 일어서지 못하고 비틀거리다 다시 자빠졌다. 아낙은 하늘을 빤히 쳐다보았다. 손짓을 하며, 목청껏 은이를 불렀다.

"은아! 은아!"

은이는 벌떡 일어나 반갑게 소리쳤다.

"어매! 훈장 선생님이에요."

"은아! 떨어져!"

"저기 저기요! 장수 같아요! 와! 어매도 얼른 올라오세요. 어서요!"

은이 눈에 들어온 훈장 선생님은 성난 군중들을 이끌고 앞장서 있는 윤희옥이다. 윤희옥은 연산에 살던 서자 출신 반쪽 양반으로 과거에 번번이 떨어지자 은진현에서 서당 선생으로 세월을 보냈다. 은진에도 단성 진주 함양 등 아래 지방의 민란 소식이 들려왔다. 은진의 백성들도 60여 년 동안 계속된 세도정치 아래서 삼정을 빌미로 수령과 아전들, 양반들한테 끝없는 수탈을 당하고 있었다. 윤희옥은 민란 소식을 듣고, 이참에 모리배 같은 악덕한 관리들과 못된 양반들을 몰아내자며 동무들을 규합하여 난을 일으켰다. 윤희옥의 눈에서 살기가 뿜어져 나왔다. 여태 선한 눈 속 어디에 그 살기를 숨겨 두고 살았는지…. 그는 핏발 선 눈으로 세상에 당당히 맞서고 있었다. 윤희옥은 하늘 높이 칼을 치켜들고 갈라지는 쇳소리로 외쳤다.

"백성을 위해 나라가 존재합니다. 이것이 진정한 왕도요! 수령과 아전들이 다 먹어 치운 환곡을 양반들과 작당해서 왜 가난한 백성들보고 내라고 하는가! 백성들을 괴롭히는 아전들과 양반들을 쓸어 버리자!"

윤희옥의 말이 끝나자 우레와 같은 박수 소리가 산하를 울렸다. 기와지붕 위에 서 있던 은이는 팔짝팔짝 뛰면서 손뼉을 쳤다. 위태로웠다.

"훈장 선생님이 너무 멋져요! 어매, 얼른 올라오라니깐요. 어서요."

은이는 마당에 있는 어매를 향해 손을 내밀었다. 은이 어매는 비명조차 지르지 못하고 양손으로 얼굴을 감싸며 정신없이 사방을 둘러보았다. 은이는 손가락을 쭉 내민다. 손가락 끝을 따라갔다. 사다리가 눈에 띄었다. 흔들거리는 사다리를 두 손으로 힘껏 잡고, 한 단 한 단 힘을 주며 오르기 시작했다. 사다리 꼭대기에 다다라서야 은이가 지붕 위에서 내미는 손에 어매의 손이 닿았다. 은이는 어매에게 안겨 왔다. 그제서야 후들거리는 다리에 다시 불끈 힘을 주며 담 너머로 눈길을 돌렸다. 은이를 안은 채 담 너머 바라본 세상은 딴 세상이었다. 고을 사람들이 대나무에 낫, 괭이, 쇠스랑을 손에 들고 장정과 아낙은 물론이고 노인네에 아이들까지 윤희옥을 따르고 있었다. 은이 어매는 따스한 눈빛을 윤희옥에게 보냈다. 은이 어매 머릿속에 윤희옥의 따스함이 스쳐 지나갔다. 관비였던 은이 어매는 은이를 챙겨 주는 윤희옥이 고마웠다. 은이 어매도 빈궁한 윤희옥을 챙겼다. 윤희옥의 목소리가 바람을 타고 들리는 듯했다.

"하늘 아래 사람은 다 같습니다. 가장 먼저 없어져야 할 것은 썩은 관리들, 썩은 양반들과 함께 바로 노비 문서입니다! 노비 문서가 없어져야 의로운 세상이 될 겁니다."

은이 어매는 윤희옥을 바라보면서 중얼거렸다.

"저분이 꿈꿨던 세상이 바로 이건가? 의로운 세상….''

이때 은이가 어매 손을 꼭 잡았다.

"훈장 선생님이 의로운 세상을 꼭 보라고 했어.''

"그래서 지붕 위로 올라온 거야?"

은이는 고개를 끄덕였다.

"응, 훈장 선생님이 사다리를 만들어 줬어."

어느덧 봉기한 고을 백성들은 은진현 관아 마당을 가득 채웠다. 은이를 안고 한 손으로 사다리를 부여 잡고, 은이 어매는 다시 땅으로 내려왔다. 비로소 식은땀이 흘러내렸다. 땅을 디딘 은이는 두 팔을 벌려 환하게 웃었다. 은이 어매는 두근대는 가슴을 억누르며 은이의 손을 잡고 구경꾼들 속에 끼어들었다. 마을 사람들은 어수선한 중에도 할 일을 정해 둔 사람들처럼 패를 나누어 일사불란하게 그들이 땀 흘려 지어서 빼앗겼던 곡식을 은진 관아 창고에서 꺼내 마당에 쌓아 올렸다. 또 농민들에게 뻥튀기한 빚을 기록한 삼정의 문서 꾸러미를 찾아 내왔다. 윤희옥은 마당에 수북이 쌓인 곡식 가마와 문서 꾸러미를 노려보았다. 윤희옥이 시끌시끌한 좌중을 진정시키며 다시 큰 소리로 외쳤다.

"관청과 양반집에서 가져 온 노비 문서도 가져오시오!"

또 한 패의 사람들이 들고 있던 노비 문서를 마당에 내동댕이쳤다. 윤희옥은 횃불을 들고 마당으로 내려갔다.

윤희옥은 문서 더미에서 한 장을 집어 들었다. 은이는 어매의 치맛자락을 붙들고 흔들었다.

"어매, 저거….."

윤희옥은 횃불로 문서에 불을 붙였다. 순식간에 불길이 타올랐다. 마치 소지를 하듯 노비 문서 한 장이 다 타기를 기다려 윤희옥은 굵은 목소리로 힘을 주어 말했다.

"우리는 누구나 다 하늘님을 모시고 있소! 사람은 하늘 아래 다 같습니다! 이 노비 문서와 문서 꾸러미를 태우는 것은 그것을 말하기 위한 것입니다. 여러분, 이것들을 모두 불태워 버립시다!"

횃불을 든 사람들은 노비 문서와 문서 꾸러미에 횃불을 던졌다. 잠시 머뭇대던 불길은 문서 더미를 뒤덮으며 타올랐다. 문서 더미는 뜨거운 화염을 내뿜으며 잿더미로 변해 갔다.

"와아!"

불꽃보다 더 높이 사람들의 함성이 터져 올랐다.

은이는 눈빛을 반짝이면서 박수를 치며 신이 나서 말했다.

"어매, 누구나 다 하늘을 모시고 있다고 하네요! 하늘…."

은이는 하늘을 바라보면서 마냥 웃기만 했다. 은이 어매는 천진난만하게 웃고 있는 은이를 바라보았다.

'저 어린것이 뭘 알고 저리도 좋아할까?'

윤희옥은 사람들 틈에서 은이와 은이 어매를 발견하고, 함박웃음을 지어 보였다. 상기된 표정으로 짓는 함박웃음에 어느덧 살기는 가시고 없었다. 은이는 윤희옥에게 손을 흔들었다. 은이 어매는 한 손으로 머리를 매만지며 흰 이를 드러내면서 어색하게 웃었다.

봉기를 주도한 사람들은 창고를 헐어 꺼내 온 곡식들을 고을 사람들에게 골고루 나누어 주었다. 반나절도 안 돼 모든 물화가 제각기 새로운 주인을 찾아갔다. 사람들이 썰물처럼 빠져 나간 관아 마당엔 재가 되어 버린 문서의 잔해들이 어지러이 휘날렸다. 부서진 세간들이 여기저기 나뒹굴고, 기세등등하던 관아 건물은 폐가처럼 볼품이 없어졌다.

　해가 저물자 골목마다 웅성대던 사람들의 발길이 끊어져, 온 고을이 무인지경처럼 고요해졌다.

　집으로 돌아온 은이와 어매는 어둠이 짙게 깔린 문밖을 주시하며 윤희옥을 기다렸다. 어둠을 한가득 묻혀서 윤희옥이 마당으로 들어섰다.

　"훈장 선생님!"

　은이가 소리쳤다. 윤희옥은 은이 앞으로 다가가 한쪽 무릎을 꿇고 앉았다.

　"훈장 선생님!"

　"은이가 나를 기다렸구나."

　은이는 윤희옥의 품에 와락 안겼다.

　"훈장 선생님!"

　윤희옥은 은이의 머리를 쓰다듬었다.

　"지붕 위에 올라가 세상을 구경한 기분이 어떠하더냐?"

　"심장이 쿵쿵 뛰었어요!"

　"그렇단다. 넓은 세상을 바로 보는 일은 심장이 뛰는 일이란다."

　"그런데, 훈장님! 궁금한 게 있는데요….."

　"뭐가 궁금하더냐? 말해 보거라."

　"저기, 사람들이 하늘을 어디에 모시고 있어요? 아까 그랬잖아요."

　윤희옥은 하늘을 향해 은이를 두 팔로 번쩍 들어 올렸다.

"이거 봐라. 하늘에 있는 은이한테 바로 하늘님이 있지! 하늘에 있는 은이도 하늘님이다!

은이는 환하게 웃었다.

은이네는 윤희옥의 집에 머무르고 있었다. 거사 당일 잠시 집에 들렀던 윤희옥은 그 밤으로 집을 나가 이틀 동안 돌아오지 않았다. 사람들의 전언으로 윤희옥을 비롯한 주모자들이 이곳저곳으로 옮겨 다니며 관의 움직임을 주시하고 있다는 것만 전해 들을 수 있었다.

사흘째 되는 날 밤 늦은 시간, 윤희옥이 숨을 헐떡이면서 방에 들어왔다. 은이 어매는 겁에 질린 표정으로 윤희옥을 바라보며 몸을 살짝 떨었다. 윤희옥은 은이 어매의 손을 지그시 잡았다.

"괜찮습니다. 다 잘될 겁니다. 강경의 강변촌 언덕배기에 기생집이 있습니다. 이 서책을 명월이라는 기생에게 보여주면 알아서 도와줄 겁니다."

은이 어매는 얇은 서책을 받아 들고 사르르 떨었다.

"저도 곧 뒤를 따르겠습니다."

은이 어매는 멍하니 윤희옥을 바라보았다. 은이는 서책에 쓰인 글자를 읽었다.

"안, 심, 가….

윤희옥은 은이를 무릎에 앉히고 은이 머리에 자주색 댕기를 달아주었다. 자주색 댕기 귀퉁이에 노랑나비가 새겨져 있었다.

"은이야, 어머니를 잘 보살펴야 한다."

은이는 고개를 끄덕였다.

"은이 어머니, 이 책은 은이에게 주는 선물입니다. 험난한 세상을 헤쳐 나가는 데 큰 힘이 될 겁니다."

은이 어매는 걱정스런 눈빛으로 윤희옥을 바라보았다.

"싫습니다. 그냥 여기에 있게 해 주세요. 네?"

은이 어매는 윤희옥의 옷자락을 움켜쥐었다. 윤희옥은 다급한 목소리로 말을 했다.

"안 됩니다. 곧 이곳으로 관군이 들이닥칠 것입니다."

은이는 윤희옥의 품에 와락 안겼다. 윤희옥은 한쪽 팔로 은이 어매의 어깨를 잡아당겨 은이와 함께 가슴에 품었다.

그날 밤으로 은이네는 집을 나섰다. 은이는 자꾸 뒤를 돌아보았다. 혼자 우뚝 서 있는 윤희옥의 모습이 점점 희미해져 갔다. 은이는 엄지와 검지로 자주색 댕기를 매만졌다.

금강 끝 강경에서 걸음을 멈췄다. 은이 어매와 은이는 옥녀봉에 올랐다. 금강은 조용히 흐르고 있었다.

"은아, 우리 여기서 살자."

은이는 고개를 끄덕였다. 은이는 가슴에 품은 서책을 껴안으며 혼자 중얼거렸다.

"은이는 하늘님, 하늘처럼 살 거야!"

은이는 금강 끝을 바라보면서 웃음을 지었다.

계사년(1893) 입춘

- 12.29(양1894.2.4)

강경 포구는 하루 종일 배와 상인들로 북적여서 길바닥이 보이지 않을 지경이었다. 노랑나비가 새겨진 자주색 깃발이 휘날리는 배의 수를 세던 금 객주는 만족스러운 웃음을 짓는다. 한 손에 장부를 움켜쥐고, 포구를 빠른 걸음으로 빠져나왔다. 시끌시끌한 포구의 소리는 점점 멀어졌다.

야트막한 등성이에 올라서자 금강가 염촌에 소금 창고가 줄지어 나타났다. 염촌은 강경포에 소금을 실은 배들이 드나들면서 소금을 많이 쌓아 두어 염촌이라 했다. 큼지막한 소금창고 앞 넓은 공터에서 일꾼들과 함께 일하는 은월이 보였다. 은월은 소매를 걷어붙이고 치마도 동여맨 채, 멍석에 펼쳐 놓은 소금을 가마니에 담고 있었다. 금 객주의 발걸음이 빨라졌다.

"은월 접장!"

은월은 금 객주가 온 줄도 모르고 땀을 뻘뻘 흘려 가며 소금을 담고 있었다.

"아이고 깜짝이야."

"뭐 하고 있습니까? 아직 쌀쌀한 날씨에…."

"비가 올 것 같아서 비설거지를 하고 있습니다."

은월은 소금 담는 일을 멈추지 않았다. 금 객주는 어이가 없는 얼굴로 은월을 바라보았다.

"금 객주! 뭐합니까? 얼른 소금을 담아야지요!"

금 객주는 은월을 따라 비설거지를 도왔다. 일꾼들이 수북이 쌓인 소금 가마를 창고에 옮기고서야 은월은 바닥에 주저앉았다.

금 객주는 그제서야 은월에게 장부를 내밀었다. 장부를 한 장씩 넘기던 은월이 입꼬리를 올리며 호탕하게 웃었다.

"금 객주, 고생했습니다."

"때가 잘 맞았습니다."

"거래는 도박이죠."

"몇 년 동안 옥살이하는 도인들 수발이 만만치 않았지요. 이 거래로 어느 정도 만회는 될 것 같습니다."

은월은 이마가 아기능처럼 아담하고 예쁘장하게 볼록하다. 짙은 눈썹은 마치 여자 장비처럼 우렁차고 기세 있는 굴곡으로 쭉 뻗었다. 코도 오똑하니 솟아 도도함을 더했다. 입술은 붉은색이 맴돌고, 아랫입술이 두툼하다. 얼굴색은 눈꽃처럼 뽀얗다. 한눈에 보기에도 귀태가 묻어나지만, 또 한편 뿜어져 나오는 기운은 황소의 힘이 느껴졌다. 바다처럼 맑은 눈에 힘을 주면 세상을 호령할 듯한 강한 기운으로 기선이 제압될 정도였다. 이제 사십 대에 접어든 아낙이라고 생각할 수 없을 정도로 피부는 탱탱해 보였다. 은월은 입가에 웃음을 베어 문 채 금 객주를 바라보았다. 금 객주도 환한 얼굴로 그녀에게 말했다.

"이번에는 어떤 상품으로 할까요?"

은월은 그렇게 물어볼 줄 알았다는 듯 금 객주를 정면으로 주시하며 말했다.

"금광에 손을 대야겠습니다."

"금광이라…."

"예, 얼마 전 기생 회합에서 들은 말입니다."

"일전에 말했던, 논개와 계월향을 모시는 기생들의 비밀 계…?"

"예, 개항장 예기들이 준 정보지요. 왜놈들이 금광에 꽤 관심이 많다고 하더이다."

"조선은 금광을 업신여기는 터라…."

금 객주는 금광 이야기에 미간을 찌푸리며 고개를 갸우뚱했다. 은월은 미소 띤 눈빛으로 그의 눈을 주시하며 말을 이어 갔다.

"맞습니다. 아이들조차 금강가 사금은 거들떠보지도 않지요."

"하지만 왜놈들이 금에 환장한다면 돈벌이가 될 수 있다?"

금 객주는 은월의 말에 응대했다. 재물을 늘리는 데 손발이 탁탁 맞는 터라 은월은 다시 얼굴이 환해지면서 말했다.

"가까운 이인이나 청양, 보령에 금광이 있습니다. 금 객주, 왜놈들보다 먼저 우리가 사들여야겠습니다."

"은월 접장 촉이 그리로 댕긴다면이야 바로 해야지요."

몇 해를 함께 동업했지만, 은월의 예민한 감각과 마치 야수의 본능처럼 달려드는 일의 추진력은 사내인 금 객주도 감당하기 쉽진 않았다. 금 객주는 그런 은월을 바라보면서 한참을 웃었다. 사내의 감정을 표현할 수 있는 유일한 방법이기 때문이었다. 은월은 금 객주의 웃음의 의미를 알기에 미소로 응대했다.

"은월 접장! 은월 접장!"

화들짝 놀라 뒤를 돌아보니 영옥이다. 치마를 끈으로 감싸 묶은 가냘픈 몸이지만 목소리는 장군처럼 우렁찼다. 은월이 한 손을 들어 흔들자 영옥은 양손을 들어 흔들며 뛰어왔다. 자주색 댕기를 한 머리가 찰랑찰랑 햇살 아래 춤을 췄다. 금 객주는 영옥의 댕기 머리를 의아해하며 처다보았다. 눈썰미가 있는 은월이 말했다.

"영옥이가 머리를 내렸습니다."

금 객주의 눈이 커지며 볼멘소리를 했다.

"아이고 아까워라, 사내들이 이제 무슨 재미로 사노…."

은월은 큰 소리로 웃으면서 힘차게 손을 흔들었다.

"이유를 물어도 됩니까?"

"공주, 보은 집회를 다녀오고 생각이 많았던 모양입니다."

"음…."

"사람으로 태어나 사람답게 살기 위해 필요한 답을 찾았다고 단숨에 머리를 내리더군요."

"단숨에 결단한 그녀가 참 아름답군요."

"영옥이의 가슴을 뛰게 한 것은 바로 개벽입니다. 앉아서 기다리는 것이 아니라 만들어 보겠다고 하더군요."

금 객주는 큰 바윗덩어리가 머리를 치는 듯했다.

"기생을 하면서도 아낙들과 아이들에게 두 분 선생 말씀을 가르쳤는데…."

"이제, 더 많은 일을 하고 싶다고 하더이다."

금 객주가 아까보다 더 큰 소리로 웃었다.

"대단합니다. 그리 기특한 생각을 다 하다니 말입니다. 은월 접장은 든든하겠습니다. 저리 영특하고 열정 가득한 후예가 있으니 말입니다."

영옥이 금세 다가와 은월의 양손을 붙잡았다. 영옥은 다소곳이 금 객주에게 예를 다해 허리를 굽혀 인사를 했다. 소금 창고 사이 넓은 마당에 세 사람은 나란히 섰다. 어느덧 해가 지고 있었다. 줄지어 있는 소금 창고들이 붉게 물들었다.

"은월 접장, 바람이 차요. 어서 들어가세요."

"어찌, 소금 창고까지 나왔니?"

"네, 연산접에서 연락이 왔어요."

"알았다. 어서 들어가자."

영옥은 은월과 팔짱을 꼈다.

"네!"

은월은 영옥을 바라보면서 함께 웃었지만 연산접이라는 말에 머릿속이 복잡했다.

은월당으로 향했다. 은월당은 강경의 서촌과 중촌 그리고 염촌에 걸쳐 있는 강변촌에 있다. 강가에 있다고 해서 강변촌이라고 했다. 강물이 바다로 유유히 흐르는 탁 트인 금강 하구 변에 자리 잡은 은월당은 양지바른 언덕배기에 소박하고 얌전하게 자리 잡고 있다. 은월당 강가 쪽 문 입구는 대나무로 길이 만들어져 있다. 이 길을 따라가면 한 평짜리 나루터가 있고 뗏목이 있다. 멀리서 보이는 은월당은 혼란에 흔들리는 세상 밖의 풍경인 듯 편안해 보였다. 은월당 마당으로 들어가자, 이미 전주댁은 작은 보따리를 싸 놓고 기다리고 있었다. 은월과 영옥이 팔짱을 끼고 들어오자 전주댁은 사납게 눈총을 쏘며 불편한 속을 있는 대로 내비쳤다. 앞치마를 탁탁 털면서 거칠게 숨을 내쉬면서 말을 했다.

"머리도 내린 년이 어딜 싸돌아댕기는겨!"

영옥은 은월의 팔짱을 빼면서, 전주댁에게 말했다.

"왜 또 그러는데!"

전주댁은 눈을 부릅뜨면서 들고 있던 앞치마로 한 대 때릴 기세로 영옥을 쏘아보았다.

"저년이! 저년 말버릇하고는! 은월당서 한 발자국도 나가지 말라고 했지!"

"어매도 참…. 진짜 너무해."

"그래서, 내가 뭐랬어? 기생으로 살라고 했지? 니 멋대로 살 거면서 머리는 왜 내려서 지랄이야!"

영옥은 후다닥 안채로 뛰어갔다. 은월은 아무 말 없이 그 모녀를 바라보았다.

"전주댁, 진달래차 좀 내와 줄래요?"

전주댁은 은월을 빤히 쳐다보다가 앞치마를 탁탁 털면서 부엌으로 들어갔다.

전주댁은 진달래차를 들고 안방으로 들어갔다. 천식이 심한 은월은 진달래차를 즐겨 마셨다. 진달래 향이 방 안 가득 은은하게 번져 갔다.

"따뜻한 차 한잔 하면서 맘을 좀 진정시키세요."

은월은 진달래차를 전주댁에게 내밀었다. 전주댁은 애써 밀어내면서 진달래 찻잔을 손에 쥐었다.

"진정은 뭐… 아휴…."

전주댁은 주먹으로 가슴을 치면서 한숨을 내쉬었다.

"아무리 자식이라도 저리 말을 안 들어서 원…."

"속이 타겠지요. 호서 지방에서 사대부 사내들, 돈푼깨나 있는 부호들을 쥐락펴락한 한영옥이었는데 말입니다."

전주댁은 은월에게 바짝 다가갔다.

"그렇죠? 은월 접장이 철없는 영옥이를 좀 설득해 보우, 응?"

은월은 어린아이처럼 애걸하는 전주댁을 보자 웃음을 터뜨렸다.

"전주댁도 자식 둔 어미가 맞네요."

"섭하게 무슨 말을 그리 해요? 비록 업둥이로 키웠지만 영옥이 잘 되라고 하는 거지요!"

"자식이 예기한다고 할 때 덩실 춤을 추는 어미도 있습니까? 영옥 이는….."

"더 이상 듣고 싶지 않아요. 아무튼 다시 기방에 나가라고 하세요! 아님 내가 확 목매 죽는 꼴 보게 될 거라고!"

정색을 하며 속에 있는 소리를 한 전주댁은 은월의 말을 들어 보려 고 하지도 않고, 고개를 획획 저었다. 마당에 비 소리가 나기 시작했 다. 은월은 방문을 활짝 열었다.

"비가 오네요!"

"비…?"

"처음 만날 때 이렇게 비가 왔었는데…. 영옥이가 열 살 안 된 것 같았는데, 벌써 십 년이 넘었나요?"

"벌써 그렇게 됐나?"

"그런데 영옥 어머니에 대해 아는 게 별로 없네요….."

십 년 전 전주댁이 처음 은월당 대문 앞에 나타났을 때, 은월이 주 먹밥을 손에 쥐어 줘도, 엽전 몇 푼을 쥐어 줘도 전주댁은 꿈쩍도 하 지 않았다. 그렇게 며칠을 대문 앞에서 요지부동이었다.

은월은 전주댁을 바라보았다.

"전주댁 궁금한 게 있는데….."

"물어보슈."

"도대체 왜 영옥이에게 그리 모질게 하는 게요?"

전주댁은 못 들을 말이라도 들은 양 앞치마를 탁탁 치면서 자리에서 벌떡 일어났다.

"할 일이 많아서 나갈게요!"

전주댁은 늘 화난 얼굴로 영옥을 대했다. 어미라지만 어찌나 모질게 구는지 은월이 영옥을 대신 키우다시피 했다. 전주댁에 대해 아는 것은 전주에서 왔다는 것과 영옥이 그의 친자식이 아니라는 거였다. 전주댁은 자신의 신상에 대해 입을 굳게 다물었다. 다만, 은월은 전주댁 얼굴에 새겨진 주름과 악에 받친 목소리에 묻어 있는 슬픔의 그림자로 그녀가 모진 인생을 살아왔다는 것만 추측할 뿐이었다. 은월은 달래듯 말했다.

"내가 다시 말을 해 볼 테니, 죽겠다는 말은 마세요."

은월은 전주댁의 손을 잡으면서 말을 이어 갔다.

"내 옆엔 전주댁 말고 없잖아요."

전주댁은 몸을 비틀면서 은월의 손을 뿌리쳤다. 은월은 더 손을 꽉 잡았다. 전주댁은 못 이기는 척하면서 대답했다.

"알았어요. 알았어요. 아이고, 내 손모가지 부러질라."

은월은 전주댁 손을 한동안 꽉 잡고 있었다.

은월은 영옥에게 다시 이야기해 보겠다고 전주댁에게 약속을 하고

서야, 연산접 회합에 영옥을 대동할 수 있었다.

뗏목을 타고 연산천을 건넌 두 사람은 총총걸음으로 연산 접주의 댁으로 향했다. 연산 접주 댁 대문 앞에서 은월은 갑자기 멈춰 섰다. 영옥은 화들짝 놀라 은월을 쳐다보았다.

"은월 접장, 뭘 두고 왔습니까?"

"아니다."

"그럼….'"

은월은 영옥의 어깨를 잡아당겨 마주 보면서 말했다.

"영옥아, 비록 세상을 정의롭게 바꾸자는 동학이고, 하늘 아래 귀천이 없다고 말을 하지만, 행동은 쉽지 않은 법이다. 나쁜 버릇을 쉽게 고치기 어렵듯이, 오랜 기간 그리 살았는데 깨달음 한 번으로 모든 것이 한꺼번에 바뀌지는 않는다. 오늘 회합에서 혹여 상처가 되는 말이 나오더라도 마음에 담지 말거라."

"네, 마음 단단히 먹겠습니다."

영옥의 반짝이는 눈빛을 본 은월은 든든했다.

대문을 열고 들어서자 대청마루를 올라서기도 전에 방 안에서 요란한 말소리들이 터져 나왔다.

"접주 어른, 이제 새로 사람을 들일 때가 됐습니다."

"맞습니다. 사별한 지도 오 년이나 지났고, 어린 녀석도 돌봐야 하지 않습니까? 새로 부인을 맞이해야지요."

"집안이 편해야, 박 접주가 더 많은 일을 하지요."

"박 접주 수발들 여인이 있어야 합니다! 끼니며 옷이며 챙겨야 할 사람이 있어야지요. 암요."

은월은 미간을 찌푸리고 방문을 두 손으로 확 열었다. 요란한 문소리에 소란했던 방 안은 이내 조용해졌다. 은월을 보자 방에 앉았던 사내들은 얼굴을 획 돌리면서 헛기침을 했다. 은월은 방문을 활짝 열고, 피리 소리처럼 가냘픈 여인 목소리면서도 강단 있게 말했다.

"여인이 필요한 건지요, 몸종이 필요한 건지요?"

연산 접주 박영채는 큰 소리로 웃으면서 말을 했다.

"은월 접장, 먼 길 오느라 고생했습니다. 어서 이리로 앉으세요."

박영채는 예의 있게 은월을 맞이했다. 주변에 있던 도인들은 불쾌한 듯 반쯤 몸을 돌렸다. 영옥은 은월이 앉자 등 뒤에 얌전히 따라 앉았다. 박영채는 다소곳이 앉는 영옥을 슬쩍 보면서 입꼬리가 올라갔다. 윤 접사는 박영채 얼굴을 살피더니, 은월을 향해 말했다.

"등 뒤에 있는 사람은 누구요?"

방 안에 있던 도인들이 웅성거렸다. 이때 누군가가 수군거렸다.

"그 유명한 예기 자향이 아닌가?"

"설마?"

"은월이가 기생인데, 끼리끼리 통하지 않겠는가?"

수군거리는 소리가 커지자, 윤 접사는 손뼉을 크게 세 번 쳤다.

"은월 접장은 말해 보게."

은월은 영옥이 보이게 자리를 비켜 앉았다. 등 뒤로 환한 빛이 들어오고 있어 영옥의 자태는 더더욱 도드라져 보였다. 도인들은 넋이 빠진 채 영옥을 바라보았다.

"영옥아, 직접 소개하거라."

영옥은 얼굴을 약간 숙인 채로 꼿꼿하면서도 부끄러워하는 여인의 자태를 풍겨 내고 있었다. 영옥은 자줏빛 댕기에 수놓아진 노랑나비를 매만지면서 아침 이슬이 굴러가는 목소리로 말했다.

"강경 사는 영옥이라고 합니다. 얼마 전까지 예기 자향으로 살다, 도인분들께 힘을 보태기 위해 머리를 내렸습니다."

방 안 여기저기서 탄성이 터져 나왔다.

"허허, 한 떨기 매화일세. 소문대로 절세미인이구나."

도인들은 큰 소리로 웃었다.

윤 접사는 만족스런 표정으로 박영채를 바라보았다. 박영채는 무표정으로 은월을 바라보며 말했다.

"음, 영옥 도인은 제가 불렀습니다. 앞으로 큰일을 하겠다고 마음먹은 것이 기특한 일이라 도인들 앞에서 인사드리라고 했습니다. 모두 환영해 주십시오. 영옥 도인, 지금도 아이들과 아낙들에게 '용담유사'를 읽어 주는 일을 한다고 들었소. 앞으로 기대가 큽니다."

한 도인이 웃음을 지으면서 말을 했다.

"해월 스승님 말씀을 삶으로 보여주는 박 접주는 정말 대단하십니다. 기생조차도 넓은 도량으로 받아들이시다니요!"

도인들은 박수를 쳤다. 방 안 도인들은 신분을 스스로 깨는 박영채를 자랑스럽게 바라보았다. 박영채의 목소리와 풍채는 한 나라 재상 감이라고 칭찬을 아끼지 않았다. 박영채는 사실 자신의 속내를 잘 드러내지 않았다. 그가 무얼 생각하는지 다들 궁금해하며, 눈치를 살폈다.

그가 동학 접주가 되었을 때 주변 사람들은 화들짝 놀랐다. 그의 가문은 호서 유림에서 이름깨나 알려진 가문이었기 때문에 동학 접주로 나선 것이 알려지면서 주변 사람들은 고개를 갸우뚱했다. 박영채가 분위기를 압도하는 특유의 목소리로 차분하게 말했다.

"해월 선생이 호남접의 움직임을 예의 주시하는 중입니다. 특히, 전봉준 접에 관심이 많다고 들었습니다. 해월 선생이 전봉준 접의 움직임에 대해 여러 도인들의 의견을 듣고 싶어 합니다. 그래서 오늘은 허심하게 이야기를 했으면 합니다."

은월은 눈을 가늘게 뜨면서 날카롭게 말을 했다.

"박 접주님! 왜 미루는지요? 조재벽 대접주께서 시일을 당겨 3월 초에 금산에서 기포하자고 제의한 것도 이 자리에서 논의하셔야지요. 아랫접에서 연합해서 기포하자고 하는 것도 모른 척 넘어갈 수는 없지 않습니까?"

팽팽한 긴장감이 감돌았다. 박영채의 입꼬리가 올라갔다.

"내 천천히 논의할려고 했소만…. 은월 접장이 잘 지적해 주셨습니다. 전봉준 접이나 김개남 접에서 전갈이 왔는데…. 도인들의 지혜를 모아 봤으면 합니다."

언제나 앞서 생각을 내놓는 윤 도인이 먼저 말했다.

"한울님의 마음을 지키고 기운을 바르게 하는 것으로 이 세상을 한 마음 한뜻으로 만들자는 것이 동학이요, 오직 주문을 정성으로 공부하는 것이 도인의 기본이라고 생각합니다. 스승님의 도를 따른다는 이유로 관의 핍박을 받아 도인들이 고초를 당한 것을 생각하면 그 심정을 이해할 수 있으나, 무리를 지어 위력으로써 동학을 이룬다는 것은 어불성설입니다. 이럴 때일수록 수도에 정진하는 것으로 우리 도의 참모습을 세상에 널리 알려야 합니다."

윤 도인이 말을 내자 여기저기서 맞장구가 이어졌다.

"윤 도인 말이 맞소. 한때 동학이 시련을 받을 땐 다들 숨어 있다가 세가 늘어나니 이 사람 저 사람 수도도 제대로 하지 않은 자들이 나서며 거사를 서두르는 것은 오히려 보국안민하라 하신 수운 스승님의 본지를 그릇되게 할 것입니다."

"그러게 말입니다. 전봉준 접주가 의기가 있다는 소문은 익히 들었습니다만, 49일 수도나 제대로 했는지 모르겠소. 뜻만 앞세우고 세를 규합해서 동학 접주 행세를 하는 건 아닌지….'

"김개남, 손화중 대접주께서 전봉준을 의로운 접주로 높이 칭송하고 후견인 역할을 한다는 말이 있습니다. 김개남 대접주는 성정이 괄괄하고 베풂새가 커서 동학 도인들은 물론이고 사당패들과도 연락이 닿는다고 합니다. 그런 사람들과 어울리면서 수도는 제대로 하고 계신지….'"

여기저기서 호남접의 움직임에 대한 성토가 이어졌다. 박영채는 두 눈을 감고 아무 말이 없었다. 젊은 도인들은 서로 얼굴을 쳐다볼 뿐 나서지 못했다. 은월은 젊은 도인들을 유심히 바라보았다. 은월은 젊은 사내들 무리에 섞여 앉은 윤지영을 발견하고 웃음을 지었다.

"출세라면 눈이 먼 놈이 여기에….."

은월은 혼자서 중얼거렸다. 영옥은 은월의 혼잣말을 귀를 쫑긋 세워 들었다. 영옥은 윤지영을 바라보다 윤지영 옆에 앉아 있던 김석진과 눈이 마주쳤다. 김석진은 영옥과 눈이 마주치자 아무 표정 없이 한참을 바라보았다. 영옥도 눈을 피하지 않았다. 둘은 그렇게 바라보다 윤지영의 목소리에 서로 바라보는 눈길을 거두었다.

"전, 윤지영이라고 합니다. 동학에 입문한 지는 얼마 되지 않았습니다."

늙은 도인들이 웅성거렸다.

"왈패질 하던 윤지영?"

"허허, 동학이 대세이긴 한가 보네….. 저런 놈까지 동학을 한다고 하니, 어험….."

윤 접사는 다시 박수를 쳤다. 윤지영은 자신감 넘친 얼굴로 자리에서 일어났다. 두 손을 쥐더니 이내 심각한 표정으로 바뀌면서 말을 시작했다.

"어르신들 말씀처럼 철없던 제가 동학을 만나 이제야 진짜 사람이 되었습니다. 부족하지만, 제 생각을 말씀드리겠습니다."

호기롭게 일어서서 이렇게 말을 내놓고 윤지영은 뜸을 들였다. 박 접주와 원로들의 의향을 묻는 것이었다.

"……."

원로 도인들은 박 접주의 표정을 살폈고, 박 접주는 아무 말 없이 윤지영의 얼굴을 주시하는 것으로 다음 말을 기다렸다. 윤지영은 가볍게 목례하고 말을 이었다. 원로 도인들은 전에 보지 못하던 윤지영의 신중하면서도 예의를 갖춘 태도에 적이 놀라서 자리를 고쳐 앉으며 그의 말에 귀를 기울였다.

"지금 이 땅만을 볼 게 아니라 눈을 들어 조선 밖을 보십시오. 청나라조차 서양 여러 나라들한테 힘을 쓰지 못하지 않습니까? 그리고 조선은 어떻습니까?"

윤지영은 방 안을 둘러보며 힘을 주면서 말을 이어 갔다. 방 안 분위기는 윤지영에게 쏠렸다.

"민초들은 이씨 조선이 망했으면 좋겠다고 노래를 부르고 있습니다. 하늘 아래 사람은 다 똑같다는 대선생 말씀처럼 신분을 타파하고, 이 땅에 들어온 침략자들과 맞서기 위해서는 어찌해야 하겠습니까? 맨주먹으로 싸울 수밖에 없습니다. 개벽을 성사시키기 위해 이 땅의 불의를 깨끗이 청소한 뒤에 새로운 기운을 받아야지요. 설거지도 안 된 그릇에 새 음식을 담을 수는 없습니다."

윤지영은 오른팔을 머리 위로 번쩍 들어 주먹을 쥐었다.

"기포는 개벽의 시작입니다!"

젊은 사내들은 박수를 쳤다. 김석진이 윤지영의 말을 이어 갔다.

"비록 입도한 지 얼마 되지 않았지만, 세상 이치를 동학의 눈으로 바로 보고 있다고 봅니다. 호남이 움직인다면 호서도 호흡을 함께 맞춰 팔도가 떠들썩하게 만들어야 합니다. 호서에는 해월 선생이 계십니다. 그래서 더욱 더…."

이때, 원로 도인이 손바닥으로 바닥을 치면서 호통을 쳤다.

"감히 어디서 해월 선생을 파는지 원!"

하지만 김석진은 잠시 숨을 고르고, 계속 말을 이어 갔다.

"어르신, 해월 선생을 팔자는 것이 아닙니다. 전봉준 접이 독자적으로 행동하는 게 아니라고 알고 있습니다."

김석진의 말 한마디에 방 안은 술렁였다. 김석진은 계속 말을 이어 갔다.

"조재벽 대접주께서는 호서와 호남을 연결하는 금산에서 기포하자고 합니다. 이에 연산접도 함께 힘을 합쳐야 한다고 봅니다."

윤 접사는 김석진을 무서운 눈으로 쳐다보면서 말했다

"전봉준 접이 해월 선생과 한 호흡인지는 논란이 있소. 또한 무장 기포에 동참한다고 해도 엄청난 물량을 어찌 감당할 거요? 지난 시기 공주, 보은 집회를 하고 나서 다들 휘청거리지 않았습니까? 동학 탄압으로 갇힌 도인들을 옥에서 구하느라고 얼마나 힘들었는지…. 우리 재정도 형편없습니다."

윤 접사는 말을 흐리면서 은월을 슬쩍 쳐다보았다. 은월은 입꼬리가 올라갔다. 눈은 아래로 깔고 웃음을 지었다. 방 안은 조용했다. 다들 은월을 바라보았다. 박영채는 도인들의 시선이 은월에게 집중되는 것이 신경 쓰이는지 손가락을 움직였다. 방 안에는 이내 침묵이 흘렀다. 박영채는 특유의 중후한 목소리로 침묵을 깼다.

"오늘 자리는 은월 접장이 말을 해야 정리될 것 같소."

은월은 왼손을 앞섶에 대고, 반쯤 허리를 굽혀 예를 차렸다. 그리고 가볍고 밝은 목소리로 말했다.

"곳간 걱정을 하게 해 드려서 송구합니다. 하지만 의로운 일을 하니, 쓰면 쓸수록 더 채워지더이다."

"아…!"

여기저기서 작은 탄성이 터져 나왔다. 은월은 다시 방 안을 둘러보며 눈웃음을 지어 보였다. 은월은 박영채에게 고개를 살짝 숙여 예를 차리고, 자신감 있게 말을 이어 나갔다.

"무장 기포에 필요한 비용은 다 댈 수 있습니다."

은월은 윤 접사를 노려보았다.

"신무기까지 대 드리지요."

"역시 은월이군!"

다시 탄성이 들렸다.

"기포는 하늘이 만들어 준 기회입니다."

박수가 터져 나왔다. 은월이 고개를 끄덕이자 방 안은 조용해졌다.

"집회에서 우리가 확인한 것은 동학을 중심으로 한 단결된 힘입니다. 힘을 하나로 합쳐 행동을 함께하는 것이 우리에게 가장 강력한 무기가 될 것입니다. 그래서 삼례와 보은에서 맺었던 연대를 굳건히 다져야 합니다. 이것이 금산에서 함께해야 할 이유입니다. 이를 통해 연산과 금산, 진산의 연합도 놓치지 말아야 합니다."

은월은 숨을 한 번 고르고, 왼손을 주먹 쥐면서 강렬한 눈빛으로 말을 이어 갔다.

"큰 덩어리로 뭉쳐 그다음을 도모할 때가 왔습니다."

윤 접사가 급하게 나서 말을 했다.

"그다음이란 무엇을 말하는가?"

은월은 큰 소리로 웃으며 날을 세워 말했다.

"호랑이를 잡으려면 호랑이 굴로 들어가야지요. 나라를 다시 일으키려면 어디로 가야 하겠습니까?"

도인들은 입을 굳게 다물었다. 젊은 도인들의 눈빛은 반짝였지만, 윤 접사의 얼굴은 구겨졌다. 방 안 공기가 무거워지자, 은월은 자리에서 일어났다. 영옥도 따라 일어났다. 은월은 살포시 고개를 숙여 예를 차린 뒤 박영채에게 말했다.

"박 접주님, 토론은 끝난 것 같은데, 종료를 선언하시지요."

나이 든 도인들은 박영채를, 젊은 도인들은 은월을 쳐다보았다. 순간 방 안에는 은월과 박영채 사이에 팽팽한 긴장감이 감돌았다. 박영채는 지그시 눈을 감았다가 떴다.

"더 의견이 없으면 오늘은 이 정도로 마칩시다."

윤 접사는 볼멘소리를 냈다.

"박 접주님!"

박영채는 부드러운 미소를 지으면서, 은월을 바라보며 말했다.

"서로를 이해하는 자리가 되었으니, 부족한 것은 추후에 다시 논의해도 될 것 같습니다."

은월이 기세 있게 나갔고, 젊은 도인들이 뒤를 따라 나갔다. 윤 접사는 못마땅한 얼굴로 돌아앉았다. 남아 있는 도인들이 서로 눈치를 보면서 앉아 있자, 윤 접사는 퉁명스럽게 말했다.

"어서들 나가 보시오."

모두 나가고, 박영채와 윤 접사 단둘만 남았다. 박영채는 쓴웃음을 지으면서 녹차 향을 맡았다. 윤 접사는 가슴을 치면서 말했다.

"글쎄, 제가 뭐라 했습니까? 재력으로 세력을 뻗고 있는 은월 접장을 그대로 두어선 안 된다고요. 기생 주제에 어디서 감히 접주인 양 행세를 합니까? 접의 규율을 잡아야 합니다."

박영채는 차향을 음미하다 한 모금 마시고 다시 찻잔을 내려놓았다. 윤 접사는 박영채가 말이 없자, 답답해서 더 말이 빨라졌다.

"목천에서 동경대전을 제작하는 일에도 거금을 냈다고 합니다. 그뿐만 아니라 무장 기포를 부추기면서 식량을 창고에 가득 채우고 있고, 심지어 김개남 접에 새 옷 수천 벌을 보냈다는 소문도 있습니다. 최근 연산뿐만 아니라 인근 젊은 도인들까지 은월이를 접주인 양 따르고 있습니다. 기생년이 처음엔 얼굴로 꼬드기더니 이젠 재물로 유혹하면서 동학의 근본을 흔들고 있습니다. 그대로 둬서는 아니 됩니다."

박영채는 찻잔을 힘껏 내려놓았다.

"윤 접사, 하늘 아래 사람은 다 같다 했소…. 내 앞에서 기생이니 뭐니 하는 말을 하지 마시오."

윤 접사는 당황한 감정을 애써 감추면서 간신히 말을 꺼냈다.

"역시 바다와 같은 도량이십니다. 하지만 박 접주님, 잘못된 것은 바로잡아야지요."

"곪으면 언젠가는 터지는 법. 더 때를 기다려 봅시다."

"역시 탁월하십니다."

윤 접사는 박영채의 마음을 확인하고 나서야 마음이 놓였다. 윤 접사는 조심스럽게 박영채의 눈치를 살피면서 말했다.

"아까 영옥이라는 아이 자태가 굉장하지 않습니까? 접주님, 영옥이를 들이시지요."

"말조심하게, 윤 접사."

"젊으니, 아들 없는 박 접주님한테 후대를 이어 줄 수도 있고…. 박 접주님, 도인들의 충정을 받아 주십시오."

박영채는 다시 차향을 맡았다.

"차향이 오늘따라 꽤 좋구려."

박영채가 살짝 미소를 짓자, 윤 접사도 따라 미소를 지었다.

은월과 젊은 도인들은 박영채 접주의 집을 나와 김석진 집으로 모였다. 십여 명이 우르르 마당으로 들어서자 마침 마당을 거닐던 김석진의 부인 조씨는 내외를 하기는커녕, 대놓고 화를 버럭 냈다.

"아니, 열심히 공부해서 벼슬길에 나아갈 생각은 아니하고, 도둑패도 아니고 밤낮으로 몰려다니는 모양새하고는 원…. 정신 좀 차리세요, 정신!"

영옥은 깜짝 놀라 눈이 휘둥그레졌다. 도인들은 시늉으로만 네네할 뿐 괘념하는 사람은 아무도 없는 듯했다. 조씨 부인은 사랑채로 가다 말고, 휙 돌아서더니만 소리를 냅다 질러 댔다.

"어구, 이젠 기생년도 끼고 다니냐! 속 터져 정말. 내가 일찍 죽어야지, 자식새끼도 없는 팔자 누굴 원망하겠어!"

윤지영은 히죽거리면서 말했다.

"자 여러분, 소금 뒤집어쓰지 않는 것만으로도 다행입니다. 다들 방으로 들어갑시다. 석진이, 너무 속상해 하지 말게나."

김석진은 힘이 빠져 어깨가 축 처졌다. 그런 그를 영옥은 안쓰럽게 바라보았다. 김석진은 영옥과 눈이 마주치자 고개를 돌렸다. 은월은 김석진 어깨를 토닥거렸다.

여염집에서는 볼 수 없는 넓은 방에 가득 찬 사람들이 심고를 마치자, 김석진이 착잡한 심정으로 말했다.

"우리 도에 대한 탄압이 가중되는데도 오직 살길은 동학에 있다며 입도를 청하는 사람들의 물결이 감당할 수 없을 지경입니다. 이 나라를 살리기 위해서라도 이제 동학이 나서야 한다는 게 민심입니다. 사정이 이런데도 접 내부에서는 때가 이르다며 행동을 통해 개벽을 실현하겠다는 의지가 없습니다. 공주, 삼례, 광화문, 보은…. 그리고 우리가 아무리 좋은 말과 글로 우리의 진정을 호소해도 조정은 여전히 우리를 한낱 무지렁이로 취급하는 것이 분명해졌습니다. 이제 임금이나 조정에 호소하는 것으로는 우리의 도와 이 나라에 새날이 올 수 없다는 것이 분명해졌습니다. 이제 우리 도인들이 백성들과 함께 이 나라를 바로 세워야 합니다!"

방 안은 뜨거워졌다. 영옥은 가슴이 벅차 눈가에 눈물이 고였다. 김석진은 은월을 바라보았다. 그의 눈에 영옥도 들어왔다.

"연산, 은진, 노성 일대의 젊은 도인들이 접의 경계를 넘어 서로의 의기를 확인하며 교류를 넓혀 가고 있습니다."

윤지영이 김석진의 말에 끼어들었다.

"이제, 자향이, 아니 영옥이 자네도 함께해야지. 그렇지 않나 김 접장?"

김석진은 아무 말도 하지 않았다. 영옥의 얼굴에 서운한 마음이 그대로 드러났다.

"아직은 배움이 부족하오니, 더 배우고 그때 합류하겠습니다."

영옥은 김석진의 얼굴을 빤히 쳐다보며 말했다. 김석진은 여전히 말이 없다. 윤지영은 웃으면서 말했다.

"아이고, 어쩜 말도 이리 이쁘게 하는지."

은월은 윤지영의 말에는 아랑곳하지 않고, 김석진에게 말했다.

"김 접장, '충의대'가 연산접의 단합에 방해가 되지 않는지요?"

뼈가 들어 있는 질문이었으나 김석진은 의연하게 말했다.

"'충의대'는, 행동을 통해 의를 바로 세우겠다는 동학의 정신을 가진 젊은 도인들의 뜻을 모은 것입니다. 패거리를 만들어 자신의 이익을 앞세우느라 전체를 해하려고 한다는 것은 '충의대'를 잘 몰라서 하는 말입니다. 전체를 중시하면서 앞장서서 나가겠다는 일종의 별동대입니다. 또한 '충의대' 안에 여러 지역의 접들이 모여 있기 때문에 앞으로 각 지역의 동도들이 연합 전선을 펼치는 데도 힘을 발휘할 거라 생각합니다."

은월은 함박웃음을 지으면서 고개를 끄덕였다.

"나도 같은 생각입니다. 이렇게 젊은 도인들이 앞장서서 없던 길을 만든다면, 분명 개벽의 시기를 앞당기는 데 크게 기여할 거라고 봅니다."

김석진의 눈빛이 반짝였다.

"이번 금산 기포에서는 은월 접장이 말한 연합 전선이 무엇보다 중요합니다. 금산에서 시작하여 보은, 공주, 진산, 청주에 호남까지 합세하여 봉기한다면, 앞으로 동학이 이 나라의 정국을 새롭게 만드는 데 크게 기여할 거라고 봅니다. 한양…."

은월은 김석진의 말을 끊고 손뼉을 쳤다. 윤지영은 민감하게 은월을 바라보았다. 은월은 태연스럽게 웃으면서 말했다.

"좋습니다. 좋습니다. 준비를 철저히 합시다. 특히 싸움의 절반은 후방의 역할입니다. 잊지 마셔야 합니다. 싸우자면 밥을 제대로 먹어야 하고 옷도 제대로 입어야 합니다. 이를 누가 하겠습니까? 바로 아낙들이 하지요. 사내들이 앞에서 고생한다고 뒤에서 보이지 않게 고생하는 아낙들을 홀시하면 아니됩니다. 아낙들의 노고를 잊지 말아야 합니다."

"깨우쳐 주셔서 감사합니다. 남녀가 하늘 아래 같다고 하지만 여전히 여성을 홀시하는 것이 몸에 배어 있습니다."

김석진의 고상한 품성에 은월은 흡족한 얼굴로 말했다.

"한 개인의 버릇도 고치기 어려운 법인데 수백 년 동안 뼛속에 배어 있는 것을 어찌 단번에 바로잡겠습니까? 그래도, 김 접장은 제가 본 도인 중에 제일입니다."

은월은 큰 소리로 웃으니 김석진의 얼굴이 붉어졌다. 분위기가 좋아지자 은월의 목소리가 높아졌다.

"자, 이제 점검만 하면 되겠습니다. 아낙들은 영옥이가, 젊은 도인들은 김 접장이 맡아 전방과 후방을 치밀하게 준비해 주세요! 그리고 저는 필요한 물자를 준비하겠습니다. 그리고…, 제가 다시 박 접주를 설득해 보지요."

시르죽어 있던 김석진의 얼굴에 금방 화색이 돌며 볼멘소리를 내놓았다.

"도무지 박 접주의 속을 모르겠습니다."

"박 접주뿐이겠습니까? 사람은 누구나 그 속을 모르지요."

은월은 윤지영을 날카롭게 바라보면서 말을 이어 갔다.

"할 줄 아는 거라곤 말썽 피우는 일뿐이던 윤 도령이 우리와 동무가 되어 한자리에 앉아 있을 거라고 누가 생각했겠습니까?"

은월이 호탕하게 웃었다. 김석진은 걱정스러운 눈으로 말했다.

"그리고 오늘도 윤 접사가 은월 접장을 심하게 몰아붙이지 않았습니까?"

"견제가 없다면야 좋겠지만, 어떤 일에든 다른 생각을 가진 사람이 있는 법이지요. 세력을 가진 사람이 부당하게 힘을 행사하지 않는다면 조화롭게 잘 나갈 것입니다. 아직까지 박 접주가 횡포를 부리기보다는 접의 단결을 도모하고자 애쓰는 듯하니 섣불리 판단하지 말고, 같이할 수 있도록 해 봅시다."

모두들 고개를 끄덕였다. 은월은 진지한 표정으로 말을 이어 갔다.

"우리가 힘을 모을 때는 나쁜 점보다는 좋은 점을 보아야 하고 서로 합의할 수 있는 사실을 중심으로 보아야 합니다."

은월의 마지막 말은 조용하였지만, 사람의 심금을 울리는 단호함이 배어 있었다.

방 안의 젊은 도인들이 모두 복명하듯 한목소리로 대답했다.

"네!"

젊은 도인들은 눈빛을 주고받으면서 다가올 새로운 세상에 대한 기대로 한껏 부풀었다.

영옥은 자신이 바라던 일을 김석진과 함께한다는 것이 꿈만 같았
다. 반면 김석진은 굳은 얼굴로 회합 내내 영옥에게 냉담하게 대했
다. 영옥은 김석진을 바라보면서 자주색 댕기를 매만졌다. 회합이 끝
나자 영옥은 슬그머니 김석진 쪽으로 다가갔다. 여전히 김석진은 영
옥에게 곁을 내주지 않았다.

회합이 끝났지만 여전히 사람들은 집으로 돌아가지 않고 삼삼오오
모여 토론에 열중했다. 특히 은월 주변에는 사람들이 잔뜩 모여 있었
다. 어수선한 가운데 김석진과 영옥 단둘이 방 안에 남았다. 김석진
은 찻잔을 바라보면서 아무 말도 하지 않았다. 영옥은 한참을 기다리
다가 말했다.

"김 접장님…."

"접장이라고 하십시오. 모든 이가 평등하다 하지 않았습니까?"

김석진의 말 한마디에 영옥은 가슴이 뛰었다. 김석진은 조용히 다
시 말했다.

"하던 말을 끊어 죄송합니다."

영옥의 말소리가 떨렸다.

"예, 김 접장…. 후방의 준비를 어찌해야 할지 가르침을 주십시오."

"일을 하려면 뭐든 마음이 맞아야 하지요. 한마음으로…."

마음이 맞아야 한다는 김석진의 말에 영옥의 얼굴이 붉어졌다. 김
석진은 말을 이어 가지 못하고 머뭇거렸다. 영옥은 김석진을 끌어당

기듯이 물어보았다.

"한마음이 되려면 어찌해야 할지 가르침을 주십시오."

"음, 이미 우린 뜻이 같으니 의를 세우겠다는 마음을 모으면 될 것입니다."

목이 타는지 김석진은 차를 입으로 가져갔다. 영옥은 더 당기듯이 말했다.

"전후방이 하나로 움직이려면 수시로 점검해야 하지 않을까 싶습니다. 며칠 뒤에 몇몇 아낙들과 다시 찾겠습니다."

김석진은 아무 말 하지 않고 찻잔만 만지작거렸다. 영옥은 아무 말 없는 김석진을 초롱초롱 빛나는 눈빛으로 바라보았다. 김석진은 영옥의 시선이 부담되는지 고개를 약간 숙였다. 영옥은 보채듯이 말했다.

"그렇게 알고 준비하겠습니다."

영옥은 한 번이라도 김석진을 볼 수 있다는 것이 마냥 좋았다.

은월이 영옥을 찾는 목소리가 들렸다. 두 사람이 대청마루로 나서자 은월이 큰 소리로 말했다.

"이번 무장 기포는 두 사람이 맡았으니 기대가 큽니다."

영옥은 활짝 웃었고, 김석진은 얼굴이 어두웠다. 멀리서 조씨 부인이 이들의 모습을 날카로운 시선으로 바라보고 있었다.

은월은 연산 회합을 다녀온 후 더욱 분주해졌다. 늘 그랬듯이 금 객주를 먼저 찾았다. 영옥이 금 객주와 은월당으로 들어왔다. 은월은 앉은 채 두 사람을 맞았다.

"영옥이가 옆에 있어 든든하겠습니다."

금 객주는 은월 옆에 언젠가부터 늘 함께 있는 영옥을 바라보며 말했다.

"네, 우리의 뜻을 펴 나가는 데 꼭 필요한 것이 사람입니다. 그것이 보따리를 싸 들고 삼십 년 동안 만들려고 했던 해월 선생의 뜻이기도 할 것입니다."

금 객주는 고개를 끄덕였다.

"무슨 일로 보자고 했습니까?"

은월은 방긋 웃었다.

"네, 마음에 맞는 객주와 상인들을 따로이 규합해야 할 것 같습니다. 특히 왜놈들 횡포에 큰 피해를 입은 자들, 관 것들에게 치를 떠는 사람들로⋯."

"규모는 어떻게 할까요?"

"대여섯 명씩 여러 개로 조직해 주십시오. 서로 모르는 것이 좋겠습니다. 대신 그 모임마다 한두 명씩 도인들이 들어가도록 해 주세요."

"첫 모임 시기는 언제가 좋겠습니까?"

"빠를수록."

"네. 그렇게 하겠습니다."

"객주회나 상인회는 금 객주가 알아서 그들의 실익을 잘 살펴 주십시오. 서로 돈벌이가 될 수 있도록 도와주어야 합니다. 그들에게 실익이 있어야 조직이 빠르게 새끼를 칠 수 있을 겁니다. 다만 쥐새끼 같은 놈들도 있을 수 있으니 그 점도 경계를 늦춰서는 아니 됩니다."

"명심하겠습니다."

은월은 붓을 들고 종이에 '금산 기포'라고 썼다. 금 객주의 입꼬리가 올라갔다.

"때가 온 거군요."

"그날을 위한 준비라고 보아야 할 것입니다. 뭐든 첫술에 배부를 수는 없지요."

"무엇을 준비해야 할지요?"

은월은 서랍에서 서책을 꺼냈다.

"여기에 적었습니다. 비밀리에 준비해 주십시오. 박 접주 쪽에서 경계가 심합니다."

"그럼, 아직 합의가 안 된 모양입니다!"

"확실히 눈에 보이지 않으면 그런 법이지요. 하지만 눈에 보이면 상황은 많이 달라질 겁니다."

"벌써 달라졌지요. 지금도 곳곳에서 동학에 들어오겠다는 백성들이 줄을 서고 있습니다."

금 객주는 큰 소리로 웃으면서 말을 이어 갔다.

"이런 날이 올 거라 누가 알았겠습니까!"

은월은 흐뭇하게 웃음을 띠며 말했다.

"시대가 상황을 만들기도 하지만 그 시대를 우리가 만들기도 하지요. 물살이 거세지도록 물길을 더욱 넓히는 것이 우리의 일입니다."

"알겠습니다."

"영옥이가 이번 일에 후방을 맡을 겁니다. 영옥아!"

"네!"

"필요한 것은 금 객주와 상의하면 된다."

영옥은 금 객주에게 고개를 숙여 예를 갖췄다.

"네, 많이 가르쳐 주십시오."

금 객주는 큰 소리를 내면서 웃었다.

"기다리던 일을 하는데, 우리 힘껏 해 보지요. 그러나저러나 영옥이한테 좋은 짝을 주선해야 하지 않을까요? 넘보는 사내들이 너무 많습니다. 영옥아, 그래, 마음에 두고 있는 사람이라도 혹시 있느냐?"

영옥은 얼굴이 붉어지면서 자줏빛 댕기를 매만졌다.

은월은 영옥의 속을 들여다보기라도 한 듯 아퀴 짓는 말을 했다.

"고목나무에 매미가 되어서는 안 되는 법! 누구를 위해 살거나, 누구를 바라보는 것으로 사는 것이 아니라, 부부라 하여도 자기 자신을 위해 살아야 한다."

영옥은 순간 머리를 심하게 얻어맞은 듯 했다. 금 객주는 멋쩍어 화제를 돌렸다.

"아낙들이 모여 한판 잔치를 벌인다고 해서 그 준비를 마쳤습니다.

날을 잡아 주십시오."

은월은 영옥을 바라보았다. 영옥은 조심스럽게 말했다.

"우수가 좋겠습니다."

"그리 알고 진행하겠네."

금 객주가 자리를 떴다. 영옥도 자리에서 일어나려고 하자 은월이 말했다.

"연모하는 사내가 있느냐?"

"……."

"진정한 사랑을 하려면 용기가 필요하다. 그만큼 상처도 깊은 법이다. 감당할 수 있겠느냐?"

"걱정하실 일은 없을 거예요. 소낙비처럼… 금방 지나갈 것입니다."

영옥은 끝말을 흐렸다.

"알았다. 돌아가거라."

영옥이 나가자 은월은 혼잣말로 중얼거렸다.

"그렇다고 나처럼 포기하지 말거라. 한평생 미련이 가슴 언저리에 남더라."

영옥이가 방문을 열자, 전주댁이 서 있었다. 전주댁은 방을 나서는 영옥의 등을 철썩 내리치면서 소리를 질렀다.

"딸년 팔자 어미 닮으려고 그러는겨? 머리는 왜 내려! 니 어미 잡아먹어야 정신 차릴겨?"

"어머닌 알지도 못하면서 왜 그래요!"

영옥은 화를 내며 마당 밖으로 뛰어 나갔다. 전주댁은 은월 앞에 주저앉아 넋두리를 쏟아 냈다.

"은월아, 좋다. 기생은 없던 일로 하고, 그럼 혼례만큼은 내가 원하는 대로 해 주거라."

은월은 아무 말도 하지 않았다. 머리가 복잡한 은월은 담배를 입에 물었다. 긴 숨과 함께 담배 연기가 뿜어져 나왔다.

은월은 옥녀봉에서 전주댁과 윤 접사가 만나는 것을 봤다는 금 객주 말이 신경이 쓰였다. 은월은 재떨이에 재를 신경질적으로 털면서 말했다.

"재취 자리는 안 됩니다."

전주댁은 당황해하더니 갑자기 돌변해서 화를 냈다.

"내가 어미지 은월이가 어미여? 왜 남의 혼사에 감 놓아라 배 놓아라 하는겨? 아이고 되지도 않는 소리! 됐어!"

전주댁은 제 할 말만 쏟아 놓고는 마당 밖으로 나가 버렸다. 은월은 자신도 모르게 크게 한숨을 쉬었다.

갑오년(1894) 우수

- 음력 1.13(양2.18)

겨울이 지나고 눈은 비가 되어 내리고, 얼음은 녹아서 물이 된다는 우수가 왔지만 아직 쌀쌀한 바람 끝자락마다 얼음바늘이 꽂혀 있었다. 은월당 마당에 아낙들이 하나둘 모이기 시작했다. 일찌감치 김석진과 젊은 도인들이 후방을 책임질 아낙들 잔치를 거들고 있었다. 김석진은 묵묵히 화로에 불을 피우고 있었다. 가마를 걸어야 할 아궁이도 마당에 여러 개 만들었다. 영옥은 은월 옆으로 다가가 자신 있게 말했다.

"연습 삼아 노상에 부엌을 만들어 보았습니다. 이거 보세요, 무거운 가마솥 대신 쇠가죽으로 했습니다."

"잘했구나."

"지난 집회 때의 경험이 많은 도움이 되었습니다."

마당에 펼쳐진 노상 부엌을 보며, 은월은 흐뭇하게 웃음을 지었다. 금 객주는 달구지에 음식을 잔뜩 싣고 왔다. 영옥은 금 객주 앞으로 뛰어갔다. 달구지에는 항아리가 실려 있었다.

"어제 다 싣고 왔는데 또 이게 뭡니까, 금 객주님?"

"잔칫집에 술이 빠져서 되겠느냐?"

영옥은 환히 웃었다.

"금 객주님은 참…. 별걸 다 신경 써 주시고…."

"영옥이가 알아주니 기분이 하늘을 나는구나. 얼씨구~."

둘은 마당이 울리게 웃었다. 김석진은 아궁이에 불을 지피다 말고 둘의 모습을 흘긋 바라보다 다시 아궁이에 불을 지피기 시작했다. 은월은 김석진에게 다가가 아궁이에 바람을 불었다.

"제가 돕겠습니다."

"괜찮습니다. 얼굴 상합니다."

"김 접장이 저를 걱정해 주니 고맙습니다."

김 접장은 다시 묵묵하게 아궁이에 불을 지폈다.

"김 접장, 도인들 사이에서 김 접장 부부 관계 때문에 걱정이 크던 데…. 지난 회합 때에 부인이 소란을 피웠다고 들었습니다."

김석진은 불을 지피는 것을 멈췄다.

"마음 상했다면 죄송합니다. 제가 괜한 이야기를 꺼냈나 봅니다."

"아닙니다."

김석진은 아궁이 근처에 있는 통나무에 걸터앉았다. 은월은 얼굴이 상해 거칠어진 김석진의 얼굴을 안쓰럽게 바라보았다.

"무슨 사연이라도 있습니까?"

"무기력한 내 자신이 원망스럽습니다. 새로운 세상을 꿈꾸면서 자신의 문제는 제대로 풀지 못하니 말입니다. 관습에 묶여 안과 밖이 다른 삶을 사는 것이 답답합니다. 모든 것을 내려놓지 못하는 자신이 원망스럽습니다."

"누구나 다 사연이 있지요. 저라고 왜 없겠습니까? 저도 용기가 없어 이리 비겁하게 기생으로 살고 있지 않습니까?"

김석진은 마음이 편안해졌다. 은월은 막걸리 한 사발을 내밀었다. 김석진은 단숨에 한 사발을 비워 내더니 묵은 이야기를 털어놓았다.

"어릴 적 한 여인을 마음에 담았습니다. 하지만 그 여인은 저와 다른 신분이었고, 전 용기가 없었습니다. 세월이 지나면 잊혀질 거라 생각했지만 시간이 지날수록 연모의 심정은 더욱 강렬해졌습니다. 멀리서만 바라볼 뿐 세상과 맞서 그녀를 내 사람으로 만들 용기가 나지 않았습니다. 한 사람의 감정마저 자유롭게 표현하지 못하는 세상이 답답했습니다. 한 번 사는 인생인데 가슴이 두근거리는 여인의 손도 제대로 잡아 보지 못하고 바라만 보아야 한다는 현실에 좌절하고 분노했지요. 그러다 사람은 누구나 고귀한 존재이고 타고난 신분이란 허울일 뿐이라는 동학의 가르침을 접하고, 나 자신이 어리석었음을 깨달았습니다. 제가 이미 가문의 굴레와 인습의 울타리 안에서 억지 혼례를 치른 지 오래된 이후의 일이었습니다. 그때 저만큼이나 아내도 불행한 처지에 놓여 있음을, 그 모든 것이 나로부터 시작되었음을 뼈저리게 느꼈습니다."

김석진은 막걸리 잔을 연거푸 비워 냈다.

"혼례를 치르고, 단 한 번도 합방을 한 적이 없으니…. 가여운 사람이지요."

"……."

"허 이거 민망한 이야기를…."

"털어 내십시오. 그래야 풀릴 수도 있겠지요."

"은월 접장…, 고맙습니다. 도인들은 제 눈치만 보고 말도 못하는데 이리 물어봐 줘서…."

김석진의 목소리가 떨리고 있었다. 은월은 막걸리를 따라 주며 내처 물었다.

"어찌할 생각인지요?"

"모르겠습니다. 머리와 마음이 따로 움직이니 아직 수련이 덜 된 것 같아 괴롭습니다."

은월은 하늘을 바라보았다. 바람에 구름이 찬찬히 움직였다.

"바람 따라가는 구름처럼 마음 가는 대로 하세요. 미련이 없도록 말입니다."

은월은 자리에서 일어났다.

"아낙들이 왔습니다. 자, 귀한 손님 맞이할 준비를 해야지요."

아낙들은 은월당 마당으로 물밀 듯이 들어왔다. 저마다 자신들이 먹을 음식을 소쿠리에 담아서 왔다. 어떤 이는 맷돌을 지고 왔다. 전유어나 빈대떡을 부쳐 내는 번철도 들고 왔다.

"번철만 가져와서 어쩌나 했는데, 맷돌일세."

아낙들은 큰 소리로 웃었다.

"전 녹두를 가져왔지요."

"아주 손발이 척척 맞는구려. 얼씨구~"

감항아리를 머리에 이고 온 이도 있었다.

"두 사람이 먹다 한 사람이 죽어도 모른다는 강경젓갈김치요!"

그때 영옥이 끼어들며 자라병 여러 개를 바닥에 펼쳐 놓았다.

"이것이 없으면 아무리 맛나는 빈대떡에 젓갈김치라 한들 소용없지요."

"아니 그게 뭔데요?"

다들 궁금해서 자라병 주변으로 모여들었다. 영옥은 항아리 뚜껑을 열면서 큰소리를 쳤다.

"술입니다!"

마당은 웃음바다가 되었다. 아낙들은 저마다 배를 잡고 웃었다. 이때 김석진은 개다리소반 여러 개를 지게에 지고 왔다. 그를 뒤따라 여러 명이 지게에 개다리소반을 지고 들어섰다.

"음식을 바닥에 놓고 먹을 수는 없지요. 귀하신 분들이 오셨는데 은장식이 붙은 호족반은 아니어도 상은 있어야지요."

"저런 멋진 사내가 어디 또 있을까?"

김석진의 마음 씀씀이에 사람들은 저마다 아우성을 쳤다.

노상 부엌의 의미를 김석진은 알고 있었다. 밥이 곧 생명이기에, 생명을 책임지는 아낙들이 전방에서 싸우는 사내들과 한 호흡이 되어야 진정한 의를 바로 세울 수 있다는 것을 김석진은 알고 있었다.

아낙네들은 얼추 채비를 마치고 개다리소반에 옹기종기 모여 앉았다. 영옥은 아낙들과 어울려 후방에서의 경험담을 무용담처럼 이야기꽃을 피웠다. 아낙들은 제각기 이야기를 펼쳐 놓았다.

"논산평야와 금강이 있어 얼마나 좋은지. 우린 복 받았지."

아낙들은 환호성을 질렀다.

"맞아 맞아!"

"옷과 음식에 각별히 신경을 써야 합니다."

"길목마다 우물이 있는 마을 어귀에 노상 부엌을 만들어야겠어요."

"떡을 만들면 어때요? 배도 채우고 간편하고…."

모두들 고개를 끄덕였다.

"그럼, 시루떡이 좋겠네요."

사람들은 손뼉을 치면서 좋아했다.

영옥도 자리에서 일어나 말했다.

"떡이면 정말 많은 수도 거뜬하겠어요. 간편히 만들 수 있는 떡에 무엇을 넣으면 좋을까요?"

이때 사내 목소리가 뒤에서 들렸다.

"주변에서 쑥이나 약초들을 준비하겠습니다."

영옥은 김석진을 바라보았다. 김석진도 영옥을 바라보았다.

아낙들은 김석진을 보자 환호성을 질렀다.

"인물도 훤칠한데, 아낙 일도 잘 알고…."

"아까 개다리소반 날랐던 양반 아니야?"

"아이고, 누구랑 사는지 모르겠지만 그 여편네 복 터졌네!"

다시 마당은 웃음바다가 되었다. 해가 지고 붉은 노을이 마당에 가득했다. 다행히 아무도 영옥과 김석진 두 사람의 얼굴이 붉어진 것을 알아채지 못했다.

은월은 대청마루에서 담배 연기를 뿜어내면서 마당을 바라보고 있었다. 이때 금 객주가 심각한 얼굴로 다가와 귓속말을 했다.

"고부에서 봉기가 시작되었답니다."

"어찌 되고 있답니까?"

"만 명이 넘었고, 관아를 점령했는데 조병갑은 놓쳤지만 관군들은 죄 도망치고, 고부 일대는 농민군 천하가 되었다고 합니다."

은월은 고개를 끄덕이며, 웃음을 지으며 말했다.

"불씨가 조만간 퍼지겠군요."

"고부로 믿을 만한 사람을 보내서 동향을 파악하겠습니다."

"고맙습니다."

경칩

-음력 1.28(양3.5)

언 땅을 비집고 온갖 살아 있는 것들이 싹을 틔웠다. 그들의 생명력으로 날이 따뜻해지고 봄기운이 돌기 시작했다. 먹이를 찾아 나서는 산짐승들도 완연하게 생기가 돌았다. 어느새 겨울잠을 끝낸 동물들도 하나둘 모습을 나타냈다.

은월당도 분주해졌다. 봄볕이 따스하게 마당에 내리쬐었다. 대청마루에는 자주색 천이 곱게 펼쳐져 있었다. 영옥은 자주색 천에 금색실로 수를 놓고 있었다. 은월은 마당을 항상 종종걸음으로 분주하게 움직이던 전주댁을 눈으로 찾았다.

"영옥아. 어머니가 보이지 않는구나. 어디 아픈 거냐?"

"볼일이 있다며 일찍 나가셨습니다."

"무슨 일?"

"글쎄요…."

영옥은 건성으로 대답하고는 자주 깃발을 들며, 들뜬 목소리로 말을 했다.

"은월 접장! 이 깃발에 수놓은 것 어때요? 힘차게 쭉 뻗어 보이나요? 김석진 접장이 맘에 들어 해야 하는데….”

영옥은 무심코 김석진의 이름을 말해 놓고 어색한 웃음으로 얼버무렸다.

“‘깃발’을 말한다는 것을….”

은월은 무표정한 얼굴로 영옥을 바라보았다. 영옥은 전주댁이 어디 갔는지에는 관심 없는 채 천진난만하게 깃발에 정신이 팔려 있다. 대문 밖에서 말 울음소리가 들리자, 그때에야 비로소 영옥은 수놓는 일을 멈추고 은월을 바라보았다.

“어디 가시게요? 참, 오늘 연산에서 중요한 언약이 있다고 하셨지요?”

은월은 고개를 끄덕였다. 백마가 기다리는 대문 밖까지 영옥이 따라나섰다. 화려한 옷을 입고 흰말에 올라탄 은월의 모습은 장군처럼 늠름했다. 능숙하게 말을 다루는 은월은 고삐를 힘껏 잡아당겼다.

“걱정 말고 다녀오세요.”

자신에 넘친 영옥을 보면서 은월도 웃음으로 답했다. 은월은 백마를 타고 연산으로 떠났다. 연산으로 가는 내내 은월은 집 밖에 잘 나가지 않는 전주댁이 아침부터 말도 없이 일 보러 나간 것이 신경 쓰였다. 전주댁 생각에 몰두하다 노성으로 길을 잘못 들어섰다.

“아차, 내가 정신을 놓았구나!”

노성현에 막 들어서는데 주막에서 술을 잔뜩 먹은 윤지영이 비틀거리며 자리에서 일어서는 모습이 은월의 눈에 들어왔다. 윤지영은 비틀거리며 몹시 화난 얼굴로 어디론가 걷고 있었다. 윤지영을 유심히 보던 은월은 눈이 커졌다. 윤지영의 한 손에 식칼이 들려 있었다. 은월은 말에서 급히 내려 윤지영을 따라갔다. 윤지영의 씩씩거리는 눈매가 예사롭지 않았다. 그의 눈초리가 위로 올라가서 도끼눈을 하고 있었다. 윤지영 눈썹은 진하고 버들잎처럼 가늘고 길게 생겼는데 눈을 지나 위엄 있게 뻗어 있었다. 코는 쓸개주머니를 들고 있는 것처럼 끝이 뭉툭하고 콧구멍이 덮여 보이지 않아 묵중한 기분이 들게 했다. 재상들한테 이런 코가 많다고 했다. 윤지영은 당상관 벼슬아치가 될 관상을 가졌다. 윤지영이 비틀거리면서 걸어간 곳은 바로 윤씨 종갓집 사당이었다. 윤지영은 홍문 앞에 멈춰 섰다. 은월은 사당 앞 아름드리 소나무 둥치에 몸을 숨기고 윤지영을 지켜보았다.

"쾅! 쾅!"

윤지영은 식칼로 홍문을 두드리면서 큰소리를 쳤다.

"윤씨 가문의 씨 윤지영이입니다!"

제사를 지내던 윤씨 가문 사람들 십여 명이 일제히 소리 나는 곳을 바라보았다. 웅성거리는 소리와 욕하는 소리가 여기저기서 들렸다.

"저, 저런 것이 어찌···."

"쯧쯧···."

"저, 저 근본도 없는 것이···."

윤지영은 히죽 웃으면서 성큼성큼 대문 안으로 들어갔다.

"아이고, 종친 어르신, 윤지영 절 받으십시오."

제사를 지내려는 종친들 앞에서 덥석 큰절을 하며 엎드렸다 비틀 거리며 일어서는 윤지영 때문에 조용했던 사당은 순간 아수라장이 되었다. 여기저기서 험한 말들이 터져 나왔다. 윤씨 종손은 윤지영을 날카롭게 바라보며 호통을 쳤다. 윤지영은 눈꼬리를 치켜들면서 식 칼을 번쩍 하늘로 높이 처들었다. 순간 욕하던 종친들이 화들짝 놀라 숨을 죽이며 윤지영을 바라보았다. 윤지영은 더 큰소리를 쳤다.

"살은 남의 살이지만 뼈는 윤씨네 뼈이니 살을 깎겠습니다! 이놈의 살을 다 베어 낼 테니, 저도 제사에 참여하게 해 주십시오! 하늘 같으 신 윤씨 양반님들!"

윤지영은 팔을 걷어붙이고, 재빠르게 식칼로 자신의 팔뚝 살에 칼 을 밀어 넣었다. 땅바닥에 붉은 피가 뚝뚝 떨어졌다. 여기저기서 비 명이 터지고 팔은 순식간에 피범벅이 되었다. 종친들은 귀신을 본 듯 뒷걸음질하더니 멀찍이 물러났다. 그러나 종손 윤 대감은 매서운 눈 으로 윤지영을 쏘아보았다. 윤 대감은 한 치의 흐트러짐 없는 걸음걸 이로 걸어와 윤지영의 뺨을 세차게 내리쳤다.

"근본도 없는 것이! 족보에 올린 것으로 만족할 것이지 천출 서자 주제에 감히 여기가 어디라고…! 이놈을 밖으로 내쳐라!"

피범벅이 된 윤지영은 윤 대감 다리를 휘어잡고 통곡하였다.

윤지영은 사당 밖으로 내쳐졌다. 홍문 앞에서 윤지영은 울부짖으 며 괴성을 질렀다.

"악-악-. 난, 태어난 죄밖에 없단 말이야! 악-악."

윤지영은 정신을 잃고 쓰러졌다. 은월은 윤지영한테 달려갔다. 그리고 속치마를 찢어 살점이 베어진 팔을 동여맸다. 사당 뒤편으로 간 은월은 엽전을 건네며 윤 대감 하인들에게 부탁했다. 난감해하면서도 엽전을 받아 든 하인 둘이 은월을 도와 윤지영을 말에 태웠다. 은월은 박영채 집으로 향했다. 박영채 집에 있던 도인들은 한바탕 난리가 났다. 은월도 붉은 피로 범벅이 되어 있었다.

"다행히 사람은 살릴 수 있을 것 같습니다. 어서 방으로 옮겨 주십시오. 어서 의원을 불러 주세요."

은월은 박영채가 내어 준 옷을 입고 박영채와 마주 앉았다. 박영채는 차를 건네며 말했다.

"윤지영의 목숨을 구한 것만으로 더 이상 인연을 만들지 않았으면 합니다."

"무슨 말인지요?"

"지난 회합 때에도 은월 접장이 추천해서 참여시켰지만, 접 내에서 말이 많습니다."

"도무지 무슨 말인지 모르겠습니다."

"허허허…."

박영채는 웃으면서 말했다.

"은월 접장이 추천한 거 아닙니까?"

"젊은 도인들이 뜻을 모아 추천한 것을…. 그런데 누가 제가 추천했다고 하더이까?"

"윤 접사가 그랬습니다."

"박 접주님도 참 딱하십니다. 그런 억지에 판단력이 흐려져서…."

분위기가 매서워졌다.

"우리 도문에 드는 것은 어떤 신분도 장애가 되지 않으나, 도인으로서 함께하자면 지켜야 할 도리가 있는 것 또한 접에서 정해진 강령입니다. 은월 접장, 아시지 않습니까?"

"형편이 어렵고 처지가 딱한 사람을 구원하는 것 또한 우리 도인이 할 일이겠지요."

"문제를 자초하는 것을 두고 그리 말할 수는 없지 않겠습니까?"

"문제에도 다 근원이 있는 법, 그 뿌리를 캐어 어긋나고 병든 것을 바로잡아야 하는 것이 도인의 일이란 말씀입니다. 수운 대선생도 굽어진 나무라 해서 내버리지 말라 하지 않으셨습니까?"

"윤지영 문제는 경고했으니, 이쯤 하겠습니다."

"그럼 저도 조언 하나 하겠습니다. 윤 접사 그 사람, 사람을 근거 없이 갈라내는데… 주의하는 게 좋을 것 같습니다."

둘은 한동안 말이 없었다. 박영채가 굳은 얼굴로 침묵을 깼다.

"고부 소식은 접했을 테고, 전봉준 접주가 대접주들의 도움을 받아서 일을 본격적으로 벌일 생각인 듯합니다."

은월은 활짝 웃으면서 말했다.

"그거 듣던 중 반가운 소식이군요."

"은월 접장, 기포하자는 요구에 우려가 많은 것을 누구보다 잘 알고 있지 않습니까?"

은월은 박영채를 노려보았다.

"불난 집을 보고도 그냥 못 본 척하자는 겁니까?"

"불이 났다고 해서 무턱대고 들어갔다가는 다 죽습니다."

"삼정이 문란하고 탐관오리가 온 나라에 퍼져 민초들이 누구 할 것 없이 도탄에서 허우적대고, 나라 밖은 또 어떻습니까? 안팎으로 위태로운데 나라를 위기에서 구하고 백성을 편안케 하고자 봉기한 동도들을 두고 어찌 몸을 사린단 말입니까?"

박영채는 주먹을 꽉 쥐었다.

"몸을 사린다는 말은 과합니다. 우리 도가 어떤 가시밭길을 걸어 여기까지 왔는지 알지 않습니까? 지금 도인들이 구름처럼 몰려오고 있습니다. 그것이 어떤 연유인지, 그들이 진정으로 바라는 것이 무엇인지 생각해야 합니다. 자칫 세만 믿고 경거망동하지 말자는 겁니다. 접에 치명적인 일이 벌어질 수도 있습니다."

"말씀 잘하셨습니다. 지금 몰려드는 민초들이 바라는 바가 무엇인지 진정 귀를 기울이고 들어 보셨습니까? 그들은 억울한 일을 당하고도 하소연조차 못하고, 죽지 못해 살다가 동학에서 살길을 찾고자 하는 것입니다. 죽어 가는 이들에게 살 방도를 마련해 주는 것, 아니 함께 그 길을 열어 가는 것이 우리가 할 일입니다."

은월은 매섭게 노려보며 말을 이어 갔다.

"과거에 얽매여 대의를 세우는 일에 동참하지 않는다면 진정한 의를 세울 수 없습니다. 전봉준 접에서 든 보국(輔國), 안민(安民)이 곧 동학의 근본인 것을 박 접주님도 알지 않습니까?"

박영채는 주먹으로 책상을 내리쳤다.

"은월 접장! 누구를 가르치려 하십니까? 어린아이처럼 투정을 하시렵니까? 접의 운명이 걸린 문제입니다. 기포를 잘못했다가, 십수 년 동안 만들어 온 조직이 물거품이 될 수도 있습니다."

"접은 누구를 위하여 존재하는 것입니까? 민심이 썩은 것을 도려내자고 합니다. 세상을 바꾸자고 아우성치고 있습니다. 고부가 그것을 말해 주고 있지 않습니까?"

둘 사이에 팽팽한 긴장감이 맴돌았다. 그때 윤 접사가 들어와 박영채에게 귓속말을 하니 박영채가 고개를 끄덕였다. 윤 접사가 전주댁과 함께 들어왔다. 전주댁을 본 은월은 눈살을 찌푸렸다. 전주댁은 은월의 얼굴을 제대로 보지 못하고 고개를 반쯤 돌린 채 앉았다. 은월은 전주댁을 향해 말했다.

"전주댁이 여기 웬일입니까?"

전주댁은 난감한 표정을 짓다 말고, 짐짓 당당한 듯이 말했다.

"여식 일로 왔습니다. 은월 접장도 마침 와 있다기에 같이 있을 때 이야기하려 합니다."

"여식이라면 영옥이 말인가요?"

전주댁은 말없이 고개를 끄덕였다. 윤 접사는 활짝 웃으면서 말했다.

"박 접주와 영옥이가 오늘 혼인을 약조하고, 하지와 소서 사이 농한기에 이 집으로 들어오기로 했습니다."

은월은 기가 막혀 치맛자락을 손으로 꽉 쥐었다.

"영옥이도 좋다고 합니까?"

윤 접사가 나서면서 말했다.

"혼사는 집안 어른들이 하는 일인데…. 더욱이 도인이 접주를 모시는 일이 곧, 바로 동학을 위하는 것이니, 은월 접장도 비뚤게 토 달지 말게나. 접보다 은월이를 위해 영옥이를 데리고 있을 마음이 아니라면 모를까…."

은월은 눈을 크게 뜨고 윤 접사를 노려보았다.

"윤 접사!"

"아니… 저… 저…."

윤 접사가 머뭇거리는 틈으로 전주댁이 끼어들었다.

"그래도 영옥이를 보살펴 준 은월이에게 미리 상의 못해 걸렸는데, 이리 마주 앉아 이야기를 나눠서 다행일세. 딸년 하나 있는 거 좋은 곳으로 간다는데, 더욱이 도인으로 접주님을 모시는 일이니, 영옥이에게도 좋은 일이 아니겠나! 그러니, 은월 접장이…."

은월은 벌떡 일어섰다.

"영옥이가 어떤 마음인지 정녕 모르십니까? 사내 수발들려고 머리를 내린 줄 알았단 말입니까?"

윤 접사는 은월의 말에 발끈하며 삿대질을 하며 큰소리쳤다.

"어디서 경거망동인가? 사내라니? 재물이 있다 하여 거만함이 지나치지 않은가! 당장 박 접주님께 사죄하게!"

윤 접사가 작정을 한 듯이 은월을 몰아붙였다. 박영채는 쓴웃음을 지으면서 은월을 바라보았다.

"아무리 같은 접의 도인이라 하나 남의 혼사에 이러니저러니 얘기할 마음은 없습니다. 영옥이의 일이라면 저도 할 말은 있습니다만, 그보다 더 중요한 것은 영옥이의 마음입니다. 그 마음을 헤아리자는 것이 우리 동학의 정도입니다. 그것을 깨뜨리는 도인이라면 누구든 대가를 치러야 할 겁니다."

전주댁은 고름을 매만지면서 말했다.

"은월이, 우리 같은 처지에 어떻게 양반댁과 인연을 맺을 수 있겠는가! 천한 신분에 기생까지 한 몸이네, 내 여식은… 이만한 자리도 없네. 박 접주님이 품이 크셔서 우리 영옥이를 있는 그대로 받아 주는 걸세…. 부탁일세. 이번 혼삿길을 막지 말아 주게. 이제 영옥이도 평범한 여인으로 살게 해 주게나."

윤 접사는 흡족한 얼굴로 웃었다.

"전주댁, 자네 여식은 복 받은 걸세. 모두 잘될 테니 너무 염려치 말게."

은월은 부아 난 마음을 담아 문을 쾅 닫고 방을 나왔다. 난감한 전주댁이 따라나서려는데, 윤 접사가 전주댁의 치마를 잡았다. 전주댁은 못 이기는 척 그 자리에 다시 앉고 말았다.

은월은 심란한 심사를 눌러 앉히며 우선 윤지영이 있는 방으로 갔다. 은월은 윤지영을 한동안 바라보았다.

"사람은 누구나 변하는 법이지. 그래도 사람은 다 믿어야 한다."

윤지영 얼굴의 식은땀을 은월은 정성껏 닦아 주었다. 그녀가 신음하는 윤지영의 손을 꼭 잡아 쥐자, 윤지영은 숨을 고르며 다시 잠이 들었다. 은월은 노랑나비가 새겨진 자주색 작은 주머니를 꺼내 그를 보살피던 도인에게 내밀었다.

"피를 많이 흘러 몸이 허할 텐데 몸에 좋은 것을 부탁합니다. 제가 강경에 가면 삼을 구해 보내 드리겠습니다."

도인은 말없이 끄덕였다. 은월은 방을 나와 말에 올라탔다. 바람같이 말을 몰고 강경으로 향했다.

강경읍을 끼고 흐르는 금강의 물줄기가 훤히 보이자, 은월의 마음이 조금은 진정되었다. 그녀는 말을 타고 옥녀봉으로 내달렸다. 멀리서 말을 탄 은월을 본 금 객주도 옥녀봉으로 향했다.

옥녀봉에서 강경 포구를 내려다보며 은월은 한껏 두 팔을 벌렸다. 맺혔던 응어리가 풀어지며 가슴이 시원해졌다. 굽이굽이 흘러가는 강줄기는 이제 곧 한없이 넓은 바다로 나가기 위해 거세차게 힘을 내고 있었다.

강경은 강가에 서원이 있을 정도로 운치있고 한적한 곳이었다. 불과 백여 년 전만 해도 잡초가 무성하고 황량한 습지대였다. 하지만 지금 은월의 발아래로 펼쳐진 강경은 수십 척의 배들이 떠 있는 거대한 항구로 변했다. 배들이 하도 촘촘히 떠 있어 강물은 보이지 않고, 배들이 육지와 이어져 있었다. 포구 연안에서는 여전히 지게꾼들이 분주하게 움직였다. 사람들의 생기 찬 소리들이 강바람을 타고 은월의 귓가를 맴돌았다. 은월은 강바람을 맞으면서 옥녀봉에 우뚝하니 섰다. 그리고 눈을 지그시 감았다.

"은월 접장, 잘 다녀오셨습니까?"

금 객주의 목소리에 은월은 눈을 떴다.

"북촌에 어느새 함석집이 많이 늘어났습니다."

금 객주는 은월의 얼굴색을 살피며 말했다.

"조만간 강경도 왜놈들이 판치게 생겼습니다."

은월은 방긋 미소를 머금고 큰 바위에 걸터앉았다. 금 객주가 두루마기를 벗어 은월의 어깨에 감싸듯이 걸쳐 주었다.

"말을 타기엔 아직 바람이 찹니다. 그러다 천식이라도 도지면 큰일입니다."

은월은 금 객주 말을 건성으로 들으며, 활기가 넘치는 강경장 쪽으로 다시 눈을 주었다.

옥녀봉 동쪽 기슭 쪽이 상시장이다. 상시장에서 시작된 인파 행렬은 강물처럼 출렁거리며 하시장 쪽으로 이어져 갔다. 강경을 한 바퀴 둘러보다 다시 북쪽 기슭에 자리 잡은 왜인들의 집인 함석집이 눈에 들어오자 은월은 눈살을 찌푸렸다.

"객주회와 상인회는 어찌 되어 갑니까?"

"불만을 품은 상인들이 한둘이 아니어서, 쉽게 조직이 이루어지고 있습니다."

"모든 일에는 양면이 있어요. 부정과 긍정이 늘 함께 존재하지요."

은월은 금 객주를 바라보았다.

"한 모임의 규모가 열 명을 넘기지 않도록 하세요. 그리고 모임의 바깥에서는 물론이고 모임과 모임끼리도 서로 몰라야 합니다. 모임을 늘리는 것보다 더 우선할 것이 비밀을 지키는 일입니다. 또 믿을 만한 도인 한 명은 반드시 들어가야 합니다. 그들의 실익도 놓치지 말아야 합니다. 이 원칙만은 지켜 주세요. 이 원칙을 지키지 못하면, 자칫 큰 화가 닥칠 수 있습니다."

"양보다 질이라…. 걱정 안 해도 될 것 같습니다. 셈이 빠른 자들이라 그들이 오히려 그리하고 있지요. 매우 철저합니다. 그리고 적극적입니다, 생각보다."

"다행입니다."

은월은 뭔가를 골똘히 생각하다 입을 뗐다.

"대원군이 보부상들에게 관심이 많다 들었습니다. 세상 흐름을 참 빠르게 읽고 움직입니다."

"개항장이 급격히 커지고 물산 유통이 많아지면서, 천대받던 보부상의 세력이 급속하게 커지고 있지요. 또한 보부상의 조직은 팔도에 걸쳐 사통팔달로 연결되어 있어, 그들과의 관계는 권력을 쥔 자들에게는 매우 중요하게 되었지요. 참… 세상이 재밌습니다."

은월은 눈에 힘을 주면서 말했다.

"그뿐이겠습니다. 없는 민심을 만들어 내고, 우로 가는 민심을 외로 틀어 버릴 수도 있지요. 진실은 손톱만큼인데 거기에 거짓을 채우면 권력을 유지하는 데 유리하게 민심을 조작할 수도 있다는 말입니다. 아무리 무능하고 부패했다고는 하지만 거센 민심을 무시할 수 없기 때문입니다. 민심은 곧 권력이기 때문이지요. 그 늙은 영감이 그런 수완은 있습니다."

"하지만 워낙 조씨, 민씨 일가에서 손을 대고 있는 터라 대원군이라고 해도 쉽지는 않아 보입니다."

"민심의 흐름을 잘 파악하고, 때로는 우리도 민심을 이용하는 것이 필요합니다. 보부상 관리에 각별히 신경을 써 주세요. 보부상이란 대체로 동학과는 맞서 있는데, 특히 금산의 보부상이 동학에 반감이 크다고 하니 걱정입니다. 기포할 때 그들이 우리와 맞서기라도 한다면, 결국 민초들끼리의 싸움이 되어 곤경에 처할 수도 있습니다."

"대책을 세우겠습니다."

은월은 두루마기를 벗어 금 객주에게 건네면서 물었다.

"영옥이 일 솜씨는 어떻습니까?"

"사람을 휘어잡는 데는 도통한 아이입니다. 그뿐만 아니라 전체를 생각하면서 일을 하니 일이 외로 가는 법이 없습니다. 무엇보다 사람을 배려하는 마음이 따뜻하여 다들 좋아합니다. 앞으로 크게 기대해도 좋을 듯합니다."

은월은 고개를 끄덕였다. 금 객주는 잠시 뜸을 들이다 말을 이었다.

"그러나 처자의 몸이라…. 조선이라는 나라에서는 혼례를 하게 되면 그 능력이 쓸모가 없어지니 참 아깝습니다."

"혼례를 안 하면 되지요."

은월은 순간 얼굴이 어두워졌다. 금 객주는 웃으며 말했다.

"세상 일이 어찌 그리 쉽겠습니까? 전주댁은 진작부터 혼처를 알아보느라 분주하던데…."

은월의 얼굴이 점점 굳어지자 금 객주는 말을 더 이상 하지 않았다.

"은월 접장, 연산에 가신 일이 잘 안 되었습니까?"

"아닙니다. 참, 박 접주 집에 삼을 보내야겠습니다. 윤지영이 많이 다쳐서 박 접주 집에 있습니다."

"윤지영이요? 알겠습니다."

"이제 가 봐야겠습니다. 할 일이 태산입니다."

금 객주는 은월의 어깨를 양손으로 잡고 마주 섰다.

"평양에서 좋은 술이 들어왔는데, 한잔할까요?"

은월은 피식 웃었다.

"전 고백이라도 하는 줄 알고 긴장했습니다."

둘은 서로 바라보면서 웃었다.

"그까짓 술이라면 언제든지 좋습니다. 큰일이 끝나면 시간 만들어 보겠습니다."

은월이 고개를 숙여 인사했다. 말의 고삐를 잡고 내려가는 은월의 뒷모습에서 금 객주는 눈을 떼지 못했다. 은월은 애마 백설에게 푸념하듯 말했다.

"백설아, 영옥이가 먼저 말할 때까지 기다리는 게 낫겠지?"

금산봉기

-음력 3.12(양4.17)

드디어 때가 왔다. 은월당 마당에는 백여 명의 젊은이들이 모여 들었다. 김석진과 영옥이 '충의'라고 새겨진 깃발을 대나무에 묶었다. 영옥은 대나무에 매달려 파란 하늘로 솟구쳐 올라가는 깃발을 바라보다 얼굴을 돌려 김석진을 향해 방긋 웃었다. 김석진은 무표정한 얼굴이었다. 바람을 받는 깃발의 힘을 지탱하느라 기우뚱대는 대나무를 김석진이 힘껏 잡아 쥐자 깃발이 하늘에서 힘차게 휘날렸다.

"와-와-!"

함성이 힘차게 터져 나왔다.

하늘에서 펄럭이는 깃발을 바라보던 은월과 영옥은 가슴이 터지는 듯했다. 김석진이 깃발을 오른손으로 잡고, 무리를 향해 큰 소리로 연설을 시작했다.

"동도 여러분!"

"네에-."

"오래 기다리셨습니다. 이제 우리는 제원역으로 갈 것입니다. 그곳에는 인근 지역에서는 물론이고 멀리 전라도 지역에서까지 수천 명은 족히 될 동학 도인들이 모일 것입니다. 수운 대선생의 신원과 동학에 대한 금압을 풀어 달라는 소장을 제출하고, 임금님에게 상소를 한 것이 몇 차례입니까? 이제 대도소에서는 우리나라의 형편이 단지 우리 동학만의 문제가 아님을 직시하고, 나라 전체를 바로잡는 일부터 해 나가자는 데 뜻을 모았습니다."

"와―!"

"이제 제원역에 가면 우리를 이끌 대접주님들의 명에 따를 것입니다. 하나 오늘 이곳에서 함께 나서는 우리들은 어떠한 상황에서도 서로 흩어지지 말고 가장 앞장서서 가장 용맹하게 싸우기로 맹세합시다!"

"와―!"

영옥은 군중 앞에서 일장의 출사표를 막힘없이 풀어내는 김석진을 보며 뜨거운 눈물이 쏟아졌다. 김석진은 손을 번쩍 들었다.

"자, 이제 출발합시다! 다시 개벽의 새 세상으로 출발합시다!"

다시 한 번 함성이 울리고, 동학 도인들이 제원역을 향해 움직이기 시작했다. 인근 고을에 사는 사람이란 사람은 모두 몰려나와 뜻밖의 구경거리에 놀라워했다.

누군가의 선창으로 주문 소리가 시작되었다. 주문에 발을 맞추고, 발에 주문을 맞추며 빨라지기도 하고 느려지기도 하면서, 그들의 주문 소리는 맞춤한 행진악이 되어 깃발을 더욱 더 춤추게 만들었다.

"와-와―!"

"둥-둥-둥-!"

"보국안민!"

"보국안민!"

여인들은 소매로 눈물을 닦았고, 서로 두 팔로 힘껏 안았다. 김석진이 젊은 도인들 앞에 섰다. 영옥은 아낙들과 함께 수레에 짐을 잔뜩 싣고 그 뒤를 따랐다. 은월은 옥녀봉에서 그들이 가는 길을 멀리서 바라보았다. '충의'의 자줏빛 깃발이 힘차게 휘날렸다.

'충의'의 깃발은 곧 제원역에 당도했다. 흰 두건을 쓰고 몽둥이를 든 수천의 동학도들과 농민들의 함성이 제원역에 울려 퍼졌다. 역졸 몇 명이 무슨 일인가 싶어 창을 들고 나섰다가 농민군의 기세를 보고는 일찌감치 흩어져 버렸다.

바로 그 시각 진산 방축리 장거리에 집결한 수천 명의 동학 농민들이 금산 관아로 출발하였다. 조재벽 대접주와 최공우 접주가 이끄는 본진이었다. 천둥 같은 함성이 산야를 뒤흔들었다.

"와-와-!"

"보국안민!"

"보국안민!"

제원역에 회집한 각처의 동학도들은 잃어버린 가족을 만난 사람들처럼 한 덩어리로 어울렸다. 앞장선 접주들이나 입도한 지 오래된 동학 도인들은 이미 보은 집회 때에 안면을 튼 사람들도 많았지만 대부분은 첫 대면이었다. 모두들 동학 도인이라는 끈 하나로 이어진 생사를 같이할 형제 같은 사람으로 서로의 얼굴을 감격스럽게 쳐다보며 통성명했다.

선봉장 이야면이 준비된 대 위에 올랐다.

이야면의 모습을 본 농민군들이 다시 한 번 함성을 내질렀다. 이야면은 잠시 그 광경을 흐뭇이 바라보다가 손을 들어 진정시켰다.

"드디어, 오늘입니다. 우리가 오랜 시간을 두고 참아 왔던 설움과 고통을 풀어 버릴 날이 왔습니다. 우리가 꿈에도 바라 마지않던 새로운 세상으로 가는 길이 저 앞에 펼쳐져 있습니다."

이야면은 미리 준비한 듯 거침없이 기포의 뜻을 밝혀 나갔다. 이야면은 조재벽 대접주의 명이라 전제하고, 이제 곧 모든 동학 도인들이 일거에 기포하여 탐학한 수령 방백을 징치하고, 나라를 바로잡을 것이며, 이곳 금산과 진산에서 그 모범을 보인 후, 전라도 모처에서 삼남의 동학 도인들이 일거에 회집하여 한양으로 나아갈 것이라고 밝혔다.

이야면은 수천의 동학 도인들과 농민군들을 앞장서서 이끌 접주들을 다시 한 번 점고했다. 악덕한 관리배들을 일일이 찾아내어 그 죄상을 묻고 부정한 재산은 압수하여 그 고을 백성들에게 나누어 줄 것이며, 일말이라도 사취하는 일이 없어야 한다는 것, 어떠한 경우에도 무고한 백성의 목숨이 상하는 일이 없어야 한다는 것, 그리고 끝으로 군수는 사로잡아야 한다는 군율까지 제시하였다.

"우리는 지금 금산 관아로 나아갈 것입니다. 아래 용담현을 치는 것은 김석진 접장이 맡아 주시오. 우리는 조재벽 대접주와 함께 금산을 치러 갈 것입니다. 한 치도 어긋남이 없어야 할 것입니다."

이내 흰 두건을 쓴 사람들 수천 명이 금산 읍내의 관아로 향했다. 기포가 일어난 제원역은 읍에서 동쪽 10리가 약간 넘는 거리에 있는데, 그곳은 제원도 찰방역(察訪驛)이다. 나라에서 만든 이 길은 수탈과 지배를 하기 위한 길이다. 이 길을 통해 민초들의 피땀으로 만든 공물이 조세라는 이름으로 한양으로 갔다. 그뿐만 아니라 양반 소유의 땅에서 수확된 도조도 이 길을 따라 한양으로 갔다. 이제 동학 도인들이 조정에서 정한 길 한복판을 지나 관아를 향해 나아간다. 아니 금산을 넘어 더 넓은 곳으로 나아가는 길이다. 저항하는 자들과 지배하려는 자들의 한판 싸움의 시작을 알리는 금산과 진산의 기포는 개벽을 알리는 선전포고였다.

용담현은 나름의 계획을 세운 것이 무색하게 무인지경이나 다름없었다. 관아는 텅 비어 있었고, 무기고도 그대로였으나, 변변한 쇠붙이는 몇 개 되지도 않는 한심지경이었다. 김석진은 신속하게 고을을 샅샅이 뒤져 뒷단속을 하고, 곧장 금산 읍내로 향하였다.

금산읍에는 순식간에 동학군의 의로운 깃발이 휘날렸다. 김석진은 금산 접주 박능선의 뒤를 따라 금산 관아로 치달렸다. 김석진이 주먹을 치켜들고 외쳤다.

"앞으로!"

영옥은 노상 부엌을 벌일 채비를 갖추어 놓고 금산읍으로 달려갔다. 무리로 모여 있던 보부상들이 영옥의 눈에 들어왔다. 동학도들이 관아 방향으로 빠르게 진격하자, 보부상들은 동학도처럼 행세하며, 서리(胥吏)들의 집을 불태우는 것이었다. 영옥은 깜짝 놀라 뛰어갔지만 이미 늦었다. 서리들의 집이 불타는 모습을 보면서, 보부상들은 회심의 미소를 지었다. 그리고는 거리로 뛰어나와 소리를 질렀다.

"동학 비도들이 민가에 불을 냈다! 불을 냈다!"

보부상 무리는 동학 도인 행세를 하면서 상인들에게서 물건을 빼앗았다. 심지어는 아낙들을 희롱하기까지 했다. 금산 읍내 민심이 술렁였다. 영옥은 다리 힘이 빠져 비틀거리다가 땅바닥에 털썩 주저앉았다.

"이를 어찌할꼬…."

춘분

-음력 2.14(양3.20)

은월당 안마당에서는 아낙들이 장독을 씻고 있었다. 장 담그기 좋은 날에 사람들이 모였다. 누가 시킨 것도 아니지만, 장 담기 좋다는 춘분에 사람들이 알아서 모여들어 며칠째 장을 담갔다. 너른 뒷마당이 꽉 찼다. 달구지에 장독을 싣고 온 금 객주 휘하의 상인들이 분주하게 왔다 갔다 했다.

전주댁이 큰 소리로 사람들을 불렀다.

"다들 새참은 먹어야지."

아낙들은 그때서야 비로소 일손을 놓고 허리를 펴며 전주댁을 바라보았다. 전주댁은 국수틀 손잡이를 누르면서 환히 웃고 있었다. 영옥은 국수틀에서 쏟아지는 국수를 끓는 물에 받아 익혀 가지고 찬물로 옮겨 식히는 일을 하면서 해맑게 웃었다.

전주댁과 영옥의 모습을 본 은월은 미간을 찌푸렸다. 아낙들은 국수를 먹기 위해 개다리소반에 삼삼오오 모여 앉았다. 중문이 열리고, 훤칠한 사내가 들어섰다. 한 아낙이 소리쳤다.

"아이고, 이게 누구야? 개다리소반 양반 아니야?"

"맞네 맞어! 개다리소반인지 양반인지…. 일루 와서 한 젓가락 같이 합시다."

안마당은 웃음으로 가득 찼다. 영옥은 얼굴을 붉히면서 눈빛을 반짝이며, 중문으로 들어온 김석진을 바라보았다. 전주댁은 국수틀을 발로 세게 치며 영옥에게 쏘아붙였다.

"뭐 하는겨? 국수가 불잖아! 덤벙덤벙…. 아이고 나이를 어디로 처먹은겨?"

"참, 어매, 다 나갔어요. 불은 국수 내가 먹을게요!"

영옥은 자리에서 벌떡 일어나면서, 앞치마를 풀어 탁탁 털어 국수틀에 던지고는 중문 쪽으로 뛰어갔다. 전주댁 눈이 커졌다.

"영옥아, 이년아! 국수 마저 안 뽑을겨? 아이고, 썩을 년!"

영옥은 뒤도 돌아보지 않고 김석진에게로 달려갔다.

"김 접장, 먼 길 오시느라고 시장하시죠? 얼른 안방으로 드세요."

김석진은 표정 하나 흐트러지지 않고 고개만 약간 숙여 인사했다. 곧 은월이 있는 대청마루로 향했다. 영옥은 안방으로 정성스럽게 국수를 들고 왔다. 은월은 영옥이 들고 들어오는 소반을 유심히 쳐다보며 말했다.

"못 보던 소반이구나."

"아… 금 객주가 지난번에 나주서 사온 소반이에요."

은월은 다시 미간을 찌푸렸다.

"밖에 아낙들은 다들 소박한 개다리소반에 먹는데 어찌 화려한 소반에 국수를 내오는 것이냐?"

어쩔 줄 몰라 당황해하는 영옥에게 김석진이 다가가 소반을 맞잡았다. 영옥은 소반에서 손을 떼고 얼른 자리에 앉았다. 김석진은 소반을 내리면서 말을 했다.

"금 객주의 속 깊은 마음이니 너무 뭐라 하지 마십시오."

영옥은 고개를 푹 숙이면서 얼굴이 붉어졌다.

"영옥 접장도 시장할 텐데 같이 듭시다."

김석진은 당황한 영옥을 감싸듯 이야기했다. 은월이 톡 쏘면서 말했다.

"김 접장, 소반 위에 이미 국수가 세 그릇입니다."

영옥의 얼굴은 더 붉어졌다.

"시장하실 테니 어서 드세요."

김석진은 말없이 젓가락을 들었다. 마당에서 전주댁 목소리가 들렸다.

"아이고, 이년이, 국수 뽑다 어딜 간겨! 영옥아! 냉큼 나오지 못해! 썩을 년!"

영옥은 붉어진 뺨에 손등을 갖다 댔다. 은월이 젓가락을 들었다.

"어서 듭시다."

금세 한 그릇을 비웠다.

"김 접장!"

"네."

"호남 상황이 어찌 돌아갑니까? 무장에서 포고문을 발포하였다 들었습니다."

"무장에 수천의 동학 도인들이 집결하여 고창성을 점거하고, 그곳에서 고부 읍성을 단숨에 점거하여 이용태에 부화뇌동한 관속들을 모두 징치한 후에 백산에 웅거했다 합니다. 미처 합류하지 못했던 원근의 큰 접주들이 속속 백산으로 집결하고 상당한 무기까지 갖추었다고 합니다."

"부대가 되었군요."

"백산에서 총대장에 전봉준, 총관령에 손화중 김개남, 총참모에 김덕명 오시영, 영솔장에 최경선, 비서에 송희옥 정백현을 선정했다고 합니다."

이때 금 객주가 급히 들어왔다. 금 객주 손에는 서찰 하나가 들려 있었다.

"김석진 접장도 마침 와 계셨군요. 방금 등짐장수한테 받은 겁니다."

금 객주는 책상에 서찰을 펼쳤다. 은월은 또 미간을 찌푸렸다.

"백산에서 뿌려진 격문이군요."

영옥은 신기한 듯 가까이 가서 격문을 읽었다.

"우리가 의(義)를 들어 이에 이른 것은 그 본 뜻이 다른 데 있지 아니하고 창생을 도탄 가운데서 건지고 국가를 반석의 위에다 두고자 함이라. 안으로는 탐학한 관리의 머리를 베고 밖으로는 횡포한 강적의 무리를 내쫓고자 함이라. 양반과 부호에게 고통을 받는 민중들과 방백과 수령의 밑에서 굴욕을 받는 소리들은 우리와 같이 원한이 깊을 것이나, 조금도 주저치 말고 이 시각으로 일어서라. 만일 기회를 잃으면 후회하여도 미치지 못하리라."

금 객주는 흥분된 목소리로 말했다.

"가슴 뛰게 만드는 글이 아닙니까! 이 격문 말고도 도인들이 지켜야 할 네 가지 사항과 12개조의 군율까지 발표했다고 하니, 이제는 당당한 의군이 된 셈입니다."

"……."

"또한 큰 깃발에 '보국안민'이라는 글씨를 써넣어 수천 명의 도인들이 어디서고 볼 수 있도록 했다고 합니다."

은월은 금 객주를 바라보면서 말했다.

"얼마나 모였다고 합니까?"

"등짐장수 말로는 백산이 꽉 차서 끝이 안 보일 정도라고 하더군요. 육칠천은 되는 것 같다고 했습니다."

김석진은 바로 말을 이었다.

"호남 전역으로 퍼지는 기운을 그대로 두고만 볼 수 없습니다."

금 객주도 흥분을 감추지 못하고 맞장구를 쳤다.

"지금 기다리던 때가 왔습니다. 허나, 보부상들의 움직임이 좋지 않아 걱정입니다. 지난 금산 봉기로 민심이 뒤숭숭합니다."

김석진이 날을 세웠다.

"금 객주, 민보군과 결탁한 보부상들이 꾸민 모략인 걸 아시지 않습니까?"

"물론 알고 있네. 하지만 민심은 거짓을 진실로 믿고 있네."

"저들의 반격이 있기 전에 우리가 먼저 보부상을 응징해야 합니다."

격해진 김석진을 바라보면서 은월은 단호하게 말했다.

"여기서 보부상들을 건드리면 더 큰 화를 입을 수 있습니다."

은월은 장죽 꽂이에서 장죽 하나를 가느다란 손가락으로 잡아당겼다. 재떨이에 놓인 싸리 껍질을 벗겨 약물 먹인 노끈에 불을 붙여 담배통에 갖다 댔다. 노끈 끝에서 타던 불이 담배통에 옮겨 붙는 소리가 났다. 은월은 크게 숨을 내쉬면서 담배 연기를 내뿜었다.

"응징을 하게 되면, 보부상은 유림과 계속 손을 잡을 수밖에 없습니다. 보부상은 우리와 같은 처지입니다. 그들을 내친다면 우리를 탄압하는 세력이 더 커지게 됩니다. 보부상이 우리 편이 될 방법을 찾아야 합니다."

김석진은 마음에 들지 않았는지 얼굴이 굳어졌다. 아이를 달래듯이 은월은 말을 이어 갔다.

"나도 김 접장과 같은 심정입니다. 하지만 대의는 감정이 아닌 이성으로 판단해야 실이 없는 법이지요. 눈에 보이는 것보다 그들의 보이지 않는 권력을 제압할 판을 준비해야 합니다. 보부상을 움직이는 보이지 않는 세력을 제압해야 합니다."

은월은 다시 담배를 물었다.

"전 지금부터 후방을 빈틈없이 준비하려고 합니다. 잊지 마세요. 모든 싸움의 절반은 후방입니다. 물자도 풍부하고, 평야 지대에, 감영과 한양으로 가는 길목인 연산에서 후방 역할을 잘해야 합니다. 단숨에 한양까지 치고 올라갈 동력을 이곳 연산에서 마련해야 합니다."

김석진은 눈을 반짝이며 말했다.

"그래서 영옥이와 저를 묶어 주셨군요. 그 깊은 뜻을 헤아리지 못했습니다."

"김 접장, 우리가 개벽을 하자는 것이 뭐겠습니까? 밥 잘 먹고 잘 살려고 하는 것 아닙니까? 아무리 의로운 일을 한다고 해도, 먹어야지요, 입어야지요."

은월은 영옥을 쳐다보았다.

"영옥아, 그래서 아낙들의 역할이 무엇보다 중요하다. 기포의 반은 아낙들의 힘이다."

영옥의 눈빛도 반짝였다. 은월은 김석진과 영옥의 손을 잡았다.

"김 접장은 전방에서 다른 접들과 연합을 잘해야 합니다. 다리 역할을 해야 합니다. 영옥은 후방에서 물자 공급을 잘해야 한다. 둘이 한 호흡이 된다면 개벽으로 가는 큰 물길이 만들어질 거라 확신합니다."

김석진과 영옥은 심장에서 뜨거운 피가 뿜어져 나오는 듯했다. 금 객주도 흥분에 찬 얼굴로 은월을 바라보았다.

금산, 진산에서 밀린 동학도들이 연산에서 대열을 정비하면서 주둔하게 되었다. 윤 접사는 허겁지겁 박영채가 머물고 있는 안방으로 들어왔다.

"박 접주님, 박 접주님!"

"무슨 일이오?"

"연산에 동학도들이 모이자, 공주 이인역에 보부상들 수천 명이 모였다고 합니다."

박영채는 보던 책을 덮었다. 윤 접사는 상기된 얼굴로 앉으면서 말을 이어 갔다.

"내가 그렇게 될 거라 하지 않았습니까? 동학도들이 보부상들만 보면 죽인다고 하여, 성토를 하고 있답니다."

"그래, 어찌하고 있는가?"

"이인역 쪽으로 김석진이 직접 갔다고 하는데…."

박영채는 버럭 화를 내며 큰 소리로 말했다.

"김석진이? 금산에서 그리 일을 벌여 놓고선 가서 또 일을 만들려는 작정인가?"

"불난 집에 부채질을 하는 셈이죠. 암, 이번 일은 그냥 넘어가서는 안 됩니다."

박영채는 주먹을 꽉 쥐었다.

"김석진이 오는 대로 회합을 할 테니 그리 알고 준비하시오!"

"네, 알겠습니다."

윤 접사는 눈을 가느다랗게 뜨면서 피식 웃었다. 윤 접사가 방문을 나가려 하자, 박영채가 윤 접사를 불러 세웠다.

"윤 도인."

"네, 무슨 시키실 일이라도 있습니까?"

"난리통에 윤지영을 잊고 있었네. 어찌하고 있는가?"

윤 접사는 머리를 긁적거리면서 말했다.

"아 참, 내 정신 좀 보게. 종손 윤 씨 어른이 윤지영을 데리고 갔습니다. 혹여 이번 난에 참가할까 봐 염려된 모양입니다."

"그럼, 지금 집에 있는가?"

"집안 사정을 알 만한 사람 말로는 신식 군대에 보내려고, 한양인가 인천인가에 보냈다고 한 것 같은데…. 아이고 아이고, 참 참 참…."

"왜 그러는가?"

"연산에 동학도들이 들어와서 까맣게 잊고 있었네. 마포나루에서인지 인천항에서인지 기억이 가물거리지만, 양복 입은 일본인들과 어울려 다니는 것을 보았다고 들었습니다."

박영채는 입을 실룩거렸다.

"윤지영이 왜놈들과 어울린다?"

"네, 제 귀로 똑똑히 들었습니다."

"윤지영에 대해 더 알아보게."

며칠 후, 박영채 접주의 안방은 도인들로 꽉 찼다. 한쪽에 은월과 영옥이 앉아 있었다. 박영채는 영옥을 은근하게 바라보다 은월의 차가운 시선에 이내 눈을 돌렸다. 윤 접사는 눈에 힘을 주면서 말했다.

"다들 모였으면 회합을 시작하겠습니다. 박 접주님이십니다."

"다들 고생이 많았습니다. 연산에 들어온 도인들이 무사히 빠져나갔고, 아직도 전봉준 접 중심으로 기포의 규모가 커지고 있습니다. 전체 상황을 진단하고, 몇몇 문제에 대해 의견을 듣고자 모이라고 했습니다."

윤 접사가 나섰다.

"지난 금산 기포 때, 서리배들의 집을 불태우고, 이를 보부상들이 동학 행세를 하며 저지른 행패라고 하여, 보부상들을 무자비하게 응징한 행위는 스승님의 가르침을 따르는 도인으로서는 차마 해서는 안 될 일이었습니다. 보부상들이 동학과 맞서게 한 중대한 책임을 엄중히 물어야 합니다."

방 안은 술렁였다. 윤 접사를 따르는 몇몇이 거들고 나섰다.

"윤 접사 말이 맞습니다. 얼마 전 이인역에 보부상들이 결집하여 큰일이 날 뻔했지요. 지금 금산의 민심은 동학에 대한 원망으로 들끓고 있습니다."

"맞습니다. 사실 확인도 하지 않고, 이를 본 사람의 말만 듣고, 스승님의 가르침을 어긴 자들을 가만두면 안 됩니다."

"우선은 서리들의 집을 불태우고 무고한 살상을 한 도인이 누구이며, 더욱이 몰염치하게도 보부상이 동학 도인 행세를 하면서 서리들의 집을 태웠다고 뒤집어씌운 자가 누구인지 밝히고 철저히 징계를 해야 합니다. 그뿐만 아니라 그 말만 듣고 보부상에게 행패를 부린 자도 같이 응징해야 합니다."

은월은 얼굴색 하나 변하지 않고, 여유로운 표정으로 이야기를 듣고 있었다. 영옥은 얼굴이 흙빛이 되어 방 안에서 김석진을 찾아 두리번거렸다. 윤 접사는 영옥이 당황해하는 모습을 보고 피식 웃으면서 말했다.

"거짓을 고한 자, 보부상에게 행패를 부린 자부터 지위를 박탈하고…."

이때 왈칵 방문이 열렸다. 모두의 시선이 방문 쪽으로 향했다. 김석진이 서 있었다. 그는 성큼성큼 들어왔다. 김석진 뒤에 낯선 사람이 따라 들어왔다. 윤 접사는 김석진을 보자 큰 소리로 말했다.

"때마침 들어왔습니다. 징계가 무서워 도망간 줄 알았는데…. 우리 정신을 흩트린 자가 바로 김석진입니다. 김석진! 당장 무릎 꿇으시오!"

방 안은 어수선해졌다. 김석진은 윤 접사의 말에 아랑곳하지 않고, 방 안 가운데 박영채를 정면으로 바라보며 앉았다. 같이 따라온 낯선 사람은 방문 앞에 서 있었다. 박영채는 낮은 목소리로 말했다.

"이 회합이 어떤 자리인지 알면서 낯선 자를 데리고 왔는가?"

"박 접주님, 회합에서 억울하게 몰렸으니 해명하기 위해 증명을 해야 될 것 같아 증인을 데리고 왔을 뿐입니다."

윤 접사는 기가 막혀하면서, 김석진에게 손가락질해 대며 말했다.

"감히! 보자보자 하니, 접의 질서도 무시하고, 어디서 날뛰는 게요? 응? 데리고 오더라도 접주님의 허락을 받아야 하는 것이 아닌가? 박 접주님, 불순한 저자의 말을 들을 필요도 없습니다. 문제가 생겼고, 그 문제의 시작이 바로 저자이니 당장 내쳐야 합니다. 그뿐만 아니라, 회합의 규율도 어긴 자입니다."

윤 접사가 큰 소리를 내자 다들 지켜보기만 할 뿐 아무도 선뜻 나서지 못했다. 윤 접사를 따르는 자들이 김석진을 향해 당장 징계하자고 고함을 쳤다. 방 안은 아수라장이 되었다. 이때 영옥이 일어서더니 김석진 옆으로 나가 섰다.

"영옥이라 합니다. 제 말을 좀 들어 보십시오. 김석진 접장은 아무 잘못도 하지 않았습니다. 제가 처음 보부상들이 서리들의 집을 태우고 동학 비도들이 했다고 고함치는 것을 본 사람입니다. 전 분명히 보았습니다."

난감해진 윤 접사는 영옥을 바라보며 말했다.

"자네가 어찌 증명할 건가?"

"바로 저자입니다!"

영옥은 문 앞에 서 있는 낯선 사내를 손가락으로 가리켰다. 영옥의 말이 떨어지자, 그자는 바닥에 납작 엎드렸다. 윤 접사는 당황했다.

은월은 큰머리를 매만지면서 말했다.

"박 접주님, 해명할 기회를 주어야 할 것 같습니다."

박영채는 눈을 감았다. 윤 접사는 펄쩍 뛰었다.

"박 접주님, 뭔 소리를 듣는다는 겁니까? 징계를 피하기 위해 거짓으로 꾸민 일들입니다. 당장 저, 김석진을⋯."

영옥은 윤 접사의 말을 끊고 나섰다.

"벌을 받더라도 제가 받아야지요. 제가 김 접장한테 말해, 동학 도인 행세를 하고 행패를 부린 보부상을 응징하자고 한 사람입니다. 벌을 받더라도 제가 받겠습니다. 낯선 자를 회합에 감히 데리고 오자고 한 것도 바로 접니다. 모두 제가 그랬습니다. 제가 어떠한 벌이라도 받겠습니다."

영옥이 완강하게 나오자 윤 접사는 어쩔 줄 몰라 박영채만 쳐다보았다. 은월은 미간을 찌푸리며 박영채를 바라보면서 말했다.

"김석진 접장 해명을 듣고, 영옥이 징계를 받아야 한다면 그렇게 하고 끝내지요."

박영채는 눈을 뜨고, 영옥을 안타깝게 바라보았다. 박영채는 낯선 사내에게 말했다.

"금산 보부상이냐?"

"네네⋯."

"어찌 증명할 수 있느냐?"

"이 방 안에도 저를 알아보는 자가 있을 겁니다."

낯선 자는 방 안을 두리번거렸다.

"저는 금산서 인삼을 파는 보부상의 우두머리 김치홍의 비서 장 씨라고 합니다."

"이자를 아는 도인이 있는가?"

한 도인이 머리를 끄덕였다. 박영채는 낮은 목소리로 말을 이어 갔다.

"좋다. 어찌하여 김석진을 따라 이 자리까지 왔는가?"

"이인역에 김석진이 찾아왔습니다. 금산 때 일에 대해 따져 묻고, 행패를 부린 자만 응징했을 뿐이고 앞으로 응징이 아닌 대화로 응대하겠다고 했습니다. 동학 도인들은 부패한 관리들을 때려잡아 나라의 의를 바로 세우기 위해 기포했지, 보부상과 대결하기 위해 나선게 아니니 이해하고 서로 오해를 풀자고 했습니다. 오해를 풀기 위해서 보부상이 잘못을 사과하면 다시는 동학 도인들이 보부상을 응징하는 일이 없을 거라고 했습니다. 지난 행패는 민보군과 함께 보부상 우두머리들이 한 짓이 분명합니다. 목구멍이 포도청인 우리 등짐꾼들은 우두머리들이 시키면 어쩔 수 없이 할 수밖에 없지요. 하지만 대다수 보부상들은 그런 거짓 행패를 하면서 의로운 일로 싸우는 동학 도인들과 척을 지고 싶어하지 않습니다."

윤 접사는 장 씨를 노려보면서 말했다.

"그럼, 금산 기포 때 서리들 집을 함께 태웠느냐?"

"시키는 대로 현장에서 다른 보부상들과 서리들 집을 태웠습니다."

은월은 콧방귀를 뀌고 입꼬리를 비틀어 올리며 냉소를 지었다. 자리에서 일어나며 말했다.

"박 접주님, 더 들을 것이 남았나요? 오해를 풀고 화해를 하러 왔으니 큰 품으로 안아 주시면 되겠습니다. 그럼, 장 씨와 좋은 시간을 갖도록 하고 영옥과 김 접장은 징계를 할 게 아니라 상을 줘야겠습니다."

은월은 호탕하게 웃으면서 고개를 숙이며 말했다.

"영옥아 가야겠구나."

은월은 방문 앞에 엎드리고 있는 장 씨에게로 다가갔다.

"그러고 보니 나도 본 적이 있구려. 윤지영한테 인삼을 가져온 등짐장수 아니요? 옷깃만 스쳐도 인연이라는데, 은월정에 한번 들르시오. 차 한 잔 합시다."

은월은 고개를 돌려 박영채를 노려보면서 호탕하게 웃었다.

"박 접주님, 회합은 끝난 것 같은데, 바빠서 이만 가 보겠습니다."

은월이 큰 소리로 웃으면서 방을 나가자, 민망한 표정을 짓던 도인들도 하나둘씩 나갔다. 박영채는 일그러진 얼굴로 앉아 있었다.

잠시 후, 박영채가 회합을 끝내자, 김석진과 젊은 도인들이 은월을 따라 나섰다. 은월은 대문 앞에서 김석진을 기다렸다.

"김 접장, 다행입니다. 때를 잘 맞춰 왔습니다."

"고맙습니다. 은월 접장."

"고맙긴요. 애쓴 사람은 금 객주입니다.

"큰 고비는 넘겼지만 여전히 견제가 심합니다."

"잘못된 것과 싸우면서 갈 수밖에요."

은월은 김석진의 어깨를 두드렸다. 은월은 말에 올라타 세차게 고삐를 당겼다. 영옥은 고삐를 잡고 말에 타지 못하고 서성였다.

"영옥아, 말에 타거라."

김석진이 영옥의 말을 잡아 주었다. 그는 말머리를 쓰다듬어 주면서 말했다.

"마음고생 많았다."

김석진의 짧은 말 한마디에 영옥의 눈에는 금세 눈물이 고였다. 영옥은 말에 타야 하는데 발이 떨어지지 않았다. 김석진은 영옥이 말을 타도록 옆에서 손을 잡아 주었다. 영옥은 김석진의 손을 꼭 잡았다.

"어서 가야겠습니다. 은월 접장이 기다립니다."

"김 접장…."

영옥은 김석진의 손을 놓고 싶지 않았다.

김석진은 잡은 손을 빼서 말 엉덩이를 쳤다. 말이 달리기 시작했다.

은월과 영옥은 한동안 묵묵히 말을 달렸다. 은월은 금강 하구로 내려가는 논산천 앞에 잠시 말을 멈춰 세웠다.

"영옥아. 어미가 아무 말 없더냐?"

은월의 마음속이 불안했던지 말이 불쑥 튀어나왔다.

"네? 무슨 말이요?"

"아니다."

"물어봐도 돼요?"

"무엇을 말이야?"

"은월 접장도 사…랑…이라는 것을 해 본 적이 있나요?"

"연모하는 사내가 있느냐?"

"잘 모르겠습니다. 제 마음을…. 화도 나고 섭섭하다가도 막상 보고 있으면…."

"사랑이라…."

은월은 말에서 내려 논산천을 바라보며 말을 이어 갔다.

"머릿속에 온통 그 사람뿐이고, 가슴 터질 듯이 보고 싶어 죽겠다가도 막상 보면 가슴이 콩닥콩닥 뛰어 숨조차 쉴 수 없지. 그런 자가 있느냐?"

영옥의 얼굴이 붉어졌다.

"호랑이가 먹이를 보면 절대 놓치지 않듯이 사랑하는 자가 있으면 절대 놓치지 말거라. 미련은 죽을 때까지 가는 법이니. 평생 미련을 버리지 못할 거면 차라리 치열하게 싸우면서 사랑을 가지거라. 남들이 어떻게 생각하든지 말이다."

은월은 웃으면서 영옥이를 바라보았다.

"영옥아, 늦겠다. 어서 가자."

둘은 봄바람을 가르면서 힘차게 말을 타고 달렸다.

텅 빈 방에 박영채와 윤 접사만 남았다. 윤 접사는 땀을 뻘뻘 흘리면서 말했다.

"분명히 김석진이 한 짓이 맞습니다. 아무래도 흉계를 꾸민 게….."

윤 접사의 말이 끝나기도 전에 화를 내는 법이 없던 박영채가 얼굴이 붉게 달아오르면서 소리를 쳤다.

"더 이상 말을 하지 마시오, 윤 접사! 오늘 일로 그동안 쌓아 올린 덕을 한 번에 날렸단 말이오! 도대체 잘못된 것을 바로잡자는 윤 접사의 말에 내 귀가 홀린 듯하니, 이제 물러가시오. 당장!"

당황한 윤 접사는 기죽지 않고 실실 웃으면서 말했다.

"박 접주님, 은월 접장이 힘이 세지면 결국 박 접주님 입지도 흔들리지 않습니까? 은월 접장 후계자 영옥이만 곁에 두시면, 은월이는 종이호랑이가 됩니다. 이 모든 것이 우리 접을 접답게 만들기 위한 것입니다. 다시 한 번 저의 충성심을 믿어 주십시오."

박영채는 윤 접사의 눈을 뚫어지게 바라보았다.

"다시는 도인들 앞에서 조롱거리를 만들지 말게!"

"알겠습니다."

소만

-음력 4.17(양5.21)

보리 가마니들이 강경포에 가득했다. 은월은 강경 포구를 거닐다
가 보리 가마니 앞에 섰다. 보리 가마니를 세고 있던 상인이 은월을
보자 반갑게 뛰어왔다.

"은월 접장 오셨습니까?"

은월은 미간을 찌푸리면서 보리 가마니를 바라보았다. 상인은 걱
정스럽게 말했다.

"죄다 군산으로 갈 것들입니다. 왜놈들 배만 불리게 생겼으니….
답답합니다. 그래도 어쩌겠습니까? 우리 같은 장사치들이야 돈만 벌
면 되지 않겠습니까?"

상인은 주변을 두리번거리다가 은월한테 바짝 붙었다.

"왜놈들의 사재기가 심상치 않습니다. 전쟁이라도 할 심산인지…."

"전쟁이라…. 왜놈들이야 워낙 근본이 없어서요. 겉만 사람이지 야
수와 같은 것들이지요."

"맞습니다."

"우리가 어떤 민족입니까? 왜놈들이 쳐들어오면 이번에도 혼쭐을

내서 수장시켜 버리면 되지 않겠습니까?"

속시원하게 말하는 은월을 보며, 상인은 호탕하게 웃었다. 금 객주가 보낸 상인이 와서 은월에게 귓속말을 했다. 은월은 보리 가마니를 세던 상인에게 인사하고, 총총걸음으로 상시장으로 향했다. 장날이다 보니 길은 없어지고 사람들로 넘쳐났다. 빼곡한 상점들과 사람들 틈에 끼어 이리저리 물밀 듯이 발길을 옮겼다. 은월은 밀려가다 발을 멈추고 세책방으로 간신히 들어갔다. 얼마 전 한양에서 유행하던 세책방을 금 객주가 차렸다. 실은 반지하 방을 만들어 이곳에서 비밀리에 회합을 하기 위해 마련한 것이다. 영옥이 늘 자리에 있었는데 안 보이자 은월은 미간을 찌푸렸다. 영옥이 있어야 할 자리에 김석진이 앉았다가 웃으면서 은월을 반겼다.

"은월 접장 오셨습니까?"

"영옥이는 어디 갔나요?"

"와 보니 없었습니다. 다들 기다리고 있습니다."

김석진은 은월을 뒷방으로 안내했다. 'ㄹ'자로 된 복도를 지나 허름한 문을 여니 뒷방이 나왔다. 둘은 계단을 내려가 둥근 탁자와 의자가 가지런히 놓여 있는 반지하 방으로 들어갔다. 이미 도인들이 대여섯 모여 있었다. 김석진이 은월을 소개했다.

"은월 접장입니다."

젊은 도인들은 반가운 듯이 함박웃음을 지으며 은월을 바라보았다. 은월은 미소를 지으면서 상냥한 목소리로 말했다.

"반갑습니다. 제가 여러분을 만나고 싶다고 했습니다. 이 자리에는 글공부를 하는 유생도 있고, 상인도 있습니다. 농사꾼도 있고, 보부상도 있습니다. 주막을 하는 아낙도 있습니다. 대장장이도 있고, 바느질을 잘하는 아낙도 와 있습니다."

은월은 숨을 크게 들이마셨다.

"지금도 도처에서 도탄에 빠진 나라를 바로 세우고자 피를 흘리면서 싸우고 있습니다. 우리는 그들을 잊어서는 안 됩니다. 지역을 넘고 접을 넘어 우리는 함께 힘을 모아야 합니다. 그래서 우리가 모인 것입니다. 연산이 어떤 곳입니까? 논산평야가 있고, 강경 포구를 끼고 있는 물산이 수없이 오가는 근거지입니다. 그뿐이겠습니까? 감영을 넘어 한양 도성으로 가는 길목이기도 하지요. 더 큰 판이 벌어지면, 이곳이 중심이 될 수밖에 없습니다."

사람들의 눈빛이 반짝였다. 앞치마를 두른 주막 아낙이 나섰다.

"무엇을 해야 할지 말씀만 하십시오."

"각자 생활하시는 곳에서 최대한 다양한 정보를 수집해야 합니다. 정보가 모이는 곳은 바로 장입니다. 상인과 주막, 보부상의 역할이 그래서 매우 중요합니다. 보부상들과 유림들의 동태뿐 아니라, 한양에서 내려온 상인들을 통해 대원군의 움직임과 일본이나 서양 세력의 움직임도 놓치지 말아야겠습니다. 특히 민심을 잘 살펴야 합니다. 그리고 동학이 보국안민의 뜻을 높여 나라를 바로 세우겠다고 나섰다는 이야기를 퍼뜨려야 합니다."

"알겠습니다."

"왜놈들이 우리 논산평야 곡식을 약탈하지 못하게 해야 합니다. 곳곳의 창고에 최대한 쌓아 두어야 합니다. 이를 위해서는 상인들과 농사꾼들이 손발을 잘 맞춰야겠습니다."

상인들과 농사꾼들은 고개를 끄덕였다

"연일 곳곳에서 일어나는 기포로 부패한 조정에서는 감당이 안 될 것입니다. 곧 청나라에게 손을 내밀 겁니다. 청나라 군대는 서해안을 통해 득달같이 우리에게 달려들 수도 있습니다. 신식 무기는 우리가 해결할 수 없지만 최대한 총을 개량해서 무장해야 합니다. 대장장이 어른께 큰 역할 부탁드립니다."

"이 나이든 늙은이에게 주어진 일이라면 뭐든 해 보겠소. 내가 비슷하게 만들어 보겠소."

은월은 환히 웃었다.

"고맙습니다. 우리가 거리에 나선 것이 바로 밥 한 그릇 제대로 먹어 보겠다고 한 것이 아닙니까? 아무리 좋은 무기가 있고 사람이 많다 하지만 먹지 않고서는 아무것도 못하지요. 먹을 준비를 잘하도록 아낙들을 도와야 합니다. 상인회와 객주회가 비밀리에 조직되어 있으니, 이를 잘 활용하면 물량은 원활하게 공급될 것입니다. 공급은 곧 어미 탯줄과 같으니 상인과 보부상 여러분도 고생해 주십시오."

"의로운 일은 바로 우리 일이지요. 우리가 살자고 하는 일인데… 앞장서서 고생하는 분들에게 고마울 뿐입니다."

상인들과 보부상들은 머리를 숙였다. 은월은 자리에서 일어나 허리를 굽혀 예의 있게 인사했다.

"다들 부패한 관리들에게 가족을 잃거나 재산을 빼앗긴 구구절절한 사연들이 산을 이룰 겁니다. 하지만 낙담하지 않고 이리 나서 주니 너무나 감사합니다. 억울한 우리들이 보국안민, 척양척왜 깃발 아래 똘똘 뭉치는 것이 바로 우리의 무기입니다. 서로를 굳건히 믿고 서로 도와주면서 썩은 세상을 도려내고 우리가 새로운 세상을 만듭시다. 곧 개벽이 동터 올 것입니다."

둥글게 앉아 있던 사람들은 자리에서 일어났다. 은월이 주먹을 쥐고 하늘을 향해 외쳤다.

"새 세상을 위하여!"

함께 있던 사람들은 서로 강렬한 눈빛으로 마음을 나눴다. 은월은 불끈 쥔 주먹을 하늘로 쭉 뻗으면서 외쳤다.

"새 세상을 위하여!"

"새 세상을 위하여!"

사람들이 세책방을 막 나서려는데, 금 객주가 숨을 헐떡이며 세책방으로 뛰어 들어왔다.

"은월이!"

"금 객주, 무슨 일입니까?"

"어서, 어서 포구로 나가야겠습니다."

"무슨 일입니까?"

"가면서 얘기합시다!"

금 객주는 은월의 손을 잡고 뛰었다. 김석진도 함께 뒤를 따랐다. 배로 가득한 포구에는 사람들이 구름떼처럼 몰려 있었다. 전주댁과 영옥이 서로 뒤엉켜서 강물 깊은 곳으로 들어가고 있었다. 포구로 가까이 가자 카랑카랑한 전주댁의 목소리가 들렸다.

"오늘 그냥 다 죽어 버리자! 죽자, 죽어! 꼴을 보니 정말! 그래, 어미 말대로 할거 안 할거!"

전주댁은 영옥의 저고리를 한 손에 휘어잡고 강물로 점점 들어가고 있었다. 영옥은 울먹이면서 전주댁을 말리고 있었다.

"어매, 어매. 제발…. 이번만 봐주라 응?"

"이년이 아직까지…. 그래, 니 맘대로 해! 난 죽어야겠다. 그래야 니년이 정신 차리지!"

전주댁은 잡고 있던 저고리를 놓아 버리고, 강물 속으로 성큼성큼 들어갔다. 깜짝 놀란 영옥은 전주댁을 뒤쫓아 갔다.

"어매! 어매!"

둘을 쳐다보던 김석진이 강으로 뛰어갔다. 은월도 뛰어갔다. 이를 바라본 금 객주는 혼잣말로 중얼거렸다.

"이러다, 큰일이 나겠구나."

금 객주도 은월을 따라 뛰어갔다. 은월은 강가로 뛰어가면서 저고리와 치마를 벗어 던졌다. 김석진과 금 객주는 전주댁에게로 향했다. 은월은 영옥을 간신히 잡았지만 같이 물속으로 가라앉았다. 이때 건장한 사내가 웃옷을 벗어던지고, 은월과 영옥에게로 쏜살같이 헤엄쳐 갔다. 건장한 사내는 은월을 굵은 양팔로 가볍게 감싸 안았다. 은월은 영옥을 놓지 않았다. 건장한 사내는 은월과 영옥을 모래사장까지 끌어냈다. 모래사장에는 전주댁도 끌려나와 누워 있었다. 물을 많이 먹었는지 전주댁의 코와 입에서 물이 흘러나왔다. 김석진과 금 객주는 모래사장에 뻗어 있었다. 건장한 사내가 소리쳤다. 굵고 낮은 소리가 파도 소리조차 눌러 버렸다.

"이러다 사람 죽겠소!"

그 사내는 전주댁의 허리를 손으로 감싸더니 얼굴을 거꾸로 해 놓고 허리를 잡고 흔들었다. 전주댁 입에서 물이 왈칵왈칵 쏟아졌다. 사내는 봇짐에서 마고자를 꺼내 전주댁을 덮었다.

"폐에 물이 얼마나 찼는지 모르겠소. 응급 처방은 했으니 얼른 따뜻한 곳으로 옮겨야겠습니다. 어서요!"

건장한 사내의 굵은 목소리에 금 객주와 김석진이 겨우 정신을 차렸다. 금 객주는 큰소리로 상인들을 불렀다. 상인들이 달구지를 가져왔다. 영옥은 정신이 나가 한쪽에 누워 있었다. 김석진은 영옥에게로 달려가 일으켜 세우고, 젖은 얼굴을 손으로 닦아 주었다.

"영옥아, 정신 차리거라…."

김석진은 영옥을 붙들고 흐느꼈다. 건장한 사내는 김석진의 어깨를 툭툭 쳤다.

"정신차리게!"

김석진은 양팔로 영옥을 번쩍 들어 달구지에 옮겼다. 은월은 겨우 정신을 차리고, 하얀 속옷 차림으로 물에 흠뻑 젖은 채 달구지에 실린 전주댁과 영옥을 살폈다.

이때, 젊은 도령이 은월의 어깨를 감싸며 연분홍색 마고자를 입혀 주었다. 은월은 뒤를 돌아보았다. 낯선 젊은 도령이었다.

"놀라게 해서 죄송하오. 봄이라지만 물에 젖어 혹여 몸이라도 상할까 싶어….'

호리한 몸에 얼굴은 우유 빛깔이 나는 것이 부잣집 도령 냄새가 물씬 풍겼다. 은월은 살짝 웃었다. 도령은 은월의 미소에 눈빛이 흔들렸다. 도령은 은월의 미소에 넋이 나간 채 은월의 얼굴에 묻은 물을 닦아 주려고 바짝 다가섰다.

"도련님! 얼른 말에 타셔야겠습니다."

도령을 데리러 온 하인이 손가락질을 하며 말을 했다. 은월은 하인이 손짓하는 곳을 쳐다보았다. 건장한 사내가 어느새 옷을 챙겨 입고, 말을 타고 있었다. 은월은 건장한 사내의 뒷모습을 빤히 바라보았다. 도령은 은월 어깨에 마고자 섶을 잘 여며 주며 말했다.

"이제 가 봐야겠소. 이것도 인연인데 이름을 물어봐도 괜찮겠소?"

은월은 살짝 눈웃음을 지으면서 대답을 했다.

"인연이 있으면 다시 보겠지요. 그리고….'

하인은 도령의 소매를 잡아당기며 재촉했다.

"도련님!"

도령은 아쉬운 표정을 지으며 뛰어갔다. 은월을 에워싸며 사람들이 몰려들었다. 건장한 사내의 모습이 은월 눈에서 사라졌다. 아낙들의 웃음과 말소리가 들려왔다.

"아까, 물속에 뛰어들 때 봤어?"

"경망스럽게…."

"경망은…. 이번에 부임한 연산 현감이라던데 소문대로네…. 인물도 마음도 좋다던데…. 풍신도 저리 좋으니…. 내가 물에 빠지고 싶었다니깐…."

아낙들은 한바탕 웃었다. 은월이 혼잣말로 중얼거렸다.

"연산 현감이라…."

금 객주가 말을 가져왔다.

"은월 접장, 춥습니다."

"김 접장은 어디에 있습니까?"

"영옥이와 함께 은월정으로 갔습니다."

은월은 말고삐를 잡아당겼다. 어깨에 걸쳐진 연분홍 마고자 섶을 만지며 웃음을 지었다.

은월정 사랑방에서 영옥은 정신없이 잠에 빠져 들었다. 가끔 신음소리를 낼 뿐 일어날 기미가 없다. 김석진은 영옥이 신음을 하자 손을 잡아 주었다. 김석진은 은월이 사랑방에 들어온 것도 모른 채 영옥을 하염없이 바라보았다.

"영옥이는 괜찮습니까?"

"아, 은월 접장 오셨습니까?"

김석진은 얼른 영옥의 손을 놓았다.

"영옥이가 깊이 잠든 모양입니다. 의원 말로는 하루 이틀은 기진해 자다 깨다 할 거라고 합니다."

"궁금하지 않습니까? 모녀가 그 난리를 부린 이유가…."

김석진은 영옥을 안쓰럽게 바라만 볼 뿐 아무 말도 하지 않았다.

"김 접장, 괴롭습니까?"

"잘 모르겠습니다. 무엇이 옳은 일인지."

"마음이 끌리는 대로 가는 것이 맞는 겁니다."

은월은 자리에서 일어났다.

"전주댁한테 가 봐야겠어요. 두 사람이 깨어나서 어떤 선택을 할지…."

김석진은 괴로운 감정이 얼굴에 그대로 드러났다. 김석진은 은월을 따라 대청마루까지 나왔다.

"참, 김 접장 아까 난리통에 말을 못한 것이 있습니다."

"네."

은월은 김석진에게 바짝 다가섰다. 은월은 김석진 귓가에 손을 대고 소곤거렸다.

"윤지영이 신식 군대에 들어갔다는데 알아봐 주시고, 건장하고 날쌘 젊은 도인들을 십여 명씩 묶어 별동대를 만들어야겠습니다."

"네?"

"소규모로 움직일 수 있는 기동성이 빠른 별동부대를 만들어야겠습니다. 필요한 물건은 준비할 테니 최대한 빠르게 준비를 부탁드립니다. 신식 군대나 왜나라 군대에 맞서려면 우리도 그만큼 준비를 해야 합니다."

"아…. 알겠습니다. 은월 접장!"

"사람 사이에서 생기는 일도 일이고, 우리가 해야 할 일 또한 일입니다. 그냥 저기 흐르는 강물처럼 흔들림 없이 가야 합니다."

대문 밖에서는 금 객주가 은월의 애마 백설의 머리를 쓰다듬어 주고 있었다.

"타시겠습니까?"

"아닙니다. 그냥 걷고 싶습니다."

금 객주와 은월은 저잣거리를 걸어갔다.

"며칠 새에 윤 접사가 부쩍 전주댁과 만나길래 둘 관계를 의심했는데…. 영옥이와 박 접주의 혼사 문제로 만났던 모양입니다."

"알고 있습니다. 윤 접사가 집안이 결정한 것이니 따르라 하더군요."

"허허…. 그래, 전주댁이 그리 하겠다고 했다면서요."

"아마도 영옥이가 자신 같은 처지가 될까 두려웠던 모양입니다."

"어떤 처지요?"

은월은 발을 멈췄다.

"저도 모릅니다. 불안해하는 전주댁을 보자니 마음이 답답합니다."

"어쩌실 겁니까?"

"사람의 인연이란 게 다 하늘이 만들어 주는 게 아닙니까? 두 사람이 깨어나서 어떤 선택을 할지는 두 사람한테 맡겨야지요."

금 객주는 눈을 동그랗게 뜨며 은월의 팔을 잡았다.

"영옥이를 박 접주한테 보내시려구요?"

"금 객주가 왜 발끈합니까? 영옥에게 마음이라도 품었습니까?"

"아니, 그게 아니라…. 무슨 농을 그리 하는 겁니까?"

"질투 나서 그러지요."

은월은 큰 소리를 내어 웃지만 마음이 불안했다.

전주댁을 은월정 사랑방으로 옮겼다. 영옥은 닷새가 넘도록 깨어나지 못하는 전주댁 옆에서 꼼짝하지 않고 지키고 있었다. 전주댁은 닷새째가 되던 날 오후 늦게야 겨우 눈을 떴다.

"어매! 어매!"

전주댁은 사방을 둘러보았다.

"영옥아…."

영옥은 전주댁 가슴에 얼굴을 묻으면서 흐느꼈다.

"영옥아, 이번만 딱 한 번만 어미 말을 따라다오. 부탁이다…."

영옥은 소리없이 눈물만 흘렸다. 윤 접사가 방문을 열고 들어왔다.

"마침 깨어났구려…."

윤 접사는 전주댁 머리맡에 약재 꾸러미를 놓으며 말했다.

"박 접주님이 보냈다네. 구하기 힘든 약재들을 어렵게 구해서 정성 껏 만든 걸세."

윤 접사는 주섬주섬 섶에서 서찰을 꺼내 영옥에게 건넸다.

"이게 뭡니까?"

"영옥이 글 읽을 줄 알지? 함 보게."

영옥은 서찰을 펼쳐 찬찬히 살폈다.

"어매랑 혼례를 결정했다. 알고 있지? 다가오는 하지와 소서 사이 적당한 날에 혼례를 하려고 하니 그리 알고 준비하거라."

"어매, 한 달 뒤에 혼례를 한다고 약조했습니까?"

"약조를 이리 문서로 남기지 않았느냐! 경칩 무렵 약조했는데 니 어매가 그리 한 것을 모른다는 게 말이 되느냐?"

전주댁은 돌아누웠다. 윤 접사는 웃으면서 말했다.

"영옥아, 너무 어려워할 것 없다. 혼례야 집안 어른들이 다 알아서 하는 법이 아니더냐. 더욱이 도인으로서 접주님을 모시는 일이 얼마 나 영광이더냐. 안 그러냐? 아무튼, 혼례 준비를 잘하자. 박 접주님이 기대가 크다."

윤 접사는 큰 소리로 웃으면서 나갔다. 영옥은 어이가 없어 서찰을 구겨 버렸다.

"어매, 이건 아니잖아. 어매가 박 접주랑 혼인하라고 할 때 내 싫다 는 말 한마디에 그리 난리 치기에 뭔가 이유가 있을 거라 생각했더 니…. 이거 때문이었어?"

"그만해라. 다 니 잘되라고 한 거 아니여! 기생년이 어디 양반 자리를 넘보냐고. 그런 자리가 어디 있다고….."

전주댁은 휙 영옥이 쪽으로 돌아누웠다.

"동학하는 사람하고 혼인하고 싶다며. 접주 안사람이 되는 겨…. 얼마나 좋으냐….."

영옥은 아무 말도 하지 않았다.

"니가 뭐라든 니 머리 휘어잡고 혼례 시킬 거니깐 그리 알아. 아님 혀 깨물고 확 죽어 버릴겨."

"어매!"

"아님, 다시 머리 올리던가, 이년아!"

영옥은 가슴이 조여 왔다.

"어매…. 정말 내 어매가 맞아?"

영옥은 자리를 박차고 뛰어나갔다. 은월은 멀리서 영옥을 바라만 보았다. 영옥은 옥녀봉으로 힘껏 내달렸다. 달빛 아래 옥녀봉에 선 영옥은 강물을 바라보며 소리쳤다.

"악-악-악-악-!"

그날 이후, 두 모녀는 아무 말 없이 지냈다. 전주댁은 혼례를 준비한다며 바삐 나다녔고, 영옥은 전주댁이 무엇을 하든 관심이 없어 보였다. 그렇게 시간은 흘러갔다.

망종

- 음력 5.3.(양력 6.6)

　은월은 김석진과 영옥이와 함께 말을 타고 논산평야를 달렸다. 모내기가 거의 끝난 평야는 푸른 생기가 땅에서부터 뿜어져 나왔다. 들판은 평화로웠다. 까마귀 울음소리조차 정겹기만 했다. 셋이 도착한 곳은 논산평야 한가운데 있는 황화산이었다. 산기슭을 올라가자 평지가 나왔다. 수십 명의 젊은 도인들이 무예 연습을 하고 있었다. 은월을 보자 젊은 도인들은 연습을 멈추고 은월 근처에 모여들기 시작했다.

　"연습에 방해된 것은 아닌가요?"

　젊은 도인들은 땀을 닦으면서 일제히 대답했다.

　"아닙니다."

　은월과 사람들은 노송 아래 모여 앉았다. 김석진이 손뼉을 치면서 말했다.

　"자, 다들 모이셨습니까? 우리에게 무예 훈련을 강조한 은월 접장입니다."

　은월은 허리를 반 정도로 굽혀 예를 차렸다. 은월은 미소를 지으면서 말했다.

"보국안민의 깃발을 들고 기포했을 때 다들 두려웠습니다. 하지만 도탄에 빠진 민초들은 우리와 함께 죽기를 각오하고 싸웠습니다. 누가 상상이라도 했겠습니까? 전주성을 우리 힘으로 함락하고, 그 힘이 파도가 되어 마을마다 의로운 깃발이 꽂혀 갔습니다."

젊은 도인들은 일제히 박수를 치고 탄성을 질렀다.

"지금 전라도 곳곳에 집강소가 설치되었습니다. 가까운 금산과 진산에도 설치되었습니다."

이때, 한 젊은 도인이 손을 들었다. 은월은 손을 번쩍 든 젊은 도인을 보고 고개를 끄덕였다.

"금산과 진산에서 민보군과 보부상의 공격을 받아 크게 패한 것으로 알고 있습니다. 어찌 그곳에 집강소가 설치될 수 있었습니까?"

은월은 빙그레 웃었다.

"힘센 자에게 쏠리는 게 바로 세상 이치 아니겠습니까? 겨울이 지나면 봄이 오듯이, 황토현에서 우리가 크게 이기고, 팔도가 의로운 깃발로 넘쳐나자, 관찰사 명령으로 군현에 집강소를 설치했답니다. 그러자 신기하게도 금산, 진산에도 동학도와 대항했던 세력들이 거짓말처럼 사라졌습니다."

젊은 도인들이 일제히 자리에서 일어나 박수를 쳤다. 은월은 주먹을 불끈 쥐고 더 힘차게 말했다.

"소낙비가 지나가고 우리는 잠시 평화로운 세상을 경험하고 있습니다. 하지만 여기가 끝이 아닙니다. 바로 시작입니다. 언제든지 가진 자들은 우리가 되찾은 것들을 빼앗기 위해 잔인하게 달려들 겁니다. 굶주린 야수처럼 말입니다. 그리고 여전히 큰 항구마다 왜놈들이 실어 내가는 곡식 가마가 하늘을 가릴 듯이 쌓여 있습니다. 그리고 동학군 진압을 위해 민씨 정권이 청에 군대를 요청했다고 합니다. 갑신정변 때도 한양 한복판에서 청군과 일군이 대결했는데, 이번에도 청군 섭사성 부대가 아산만에 상륙했다고 하고, 이어 일본군이 제물포에 상륙했다고 합니다.

또 다른 젊은 도인이 손을 들고 물었다.

"민씨 정권이 청에 군대를 요청하다니요? 청나라 군대, 왜군이 들어왔다고요! 우리가 어찌해야 지금의 이 평화를 지킬 수 있겠습니까?"

은월은 미간을 찌푸리면서 눈에 힘을 주며 말했다.

"바로 힘입니다. 군대와 맞서 이길 수 있는 무장된 힘을 키워야 합니다. 저들은 신식 무기로 까마득히 먼 곳에서 우리를 쏘아 죽이는데, 북을 치며 함성을 지르는 것만으로는 저들을 이길 수 없고, 우리 땅과 선량한 백성들, 그리고 우리 도를 지킬 수 없습니다!"

"옳소!"

함성이 터져 나왔다. 은월은 크게 숨을 쉬고 다시 말을 이어 갔다.

"규모가 있고 체계가 잘 잡혀 있고 신식 무기를 갖고 있는 신식 군대와 싸우기 위해서는 정면으로 승부하기보다는 사방에서 치고 빠지는 식으로 싸우는 것이 좋을 것 같습니다."

한 발 뒤로 물러나 있던 김석진이 앞으로 나섰다.

김석진은 힘찬 목소리로 사람들 앞에서 말했다.

"신식 무기는 비록 없지만, 우리 무기를 스스로 만드는 것도 우리 실력을 향상시키는 좋은 기회가 될 것 같습니다."

영옥은 두 손을 모으면서 김석진을 바라보았다. 젊은 도인들은 김석진의 말에 일제히 화답을 보냈다.

"좋습니다!"

젊은 도인들은 흥분을 감추지 못했다.

멀리서 윤지영이 걸어왔다. 말쑥한 신식 군복 차림에 상투도 자르고 나타난 윤지영을 보자 영옥의 눈이 커졌다.

"오래간만입니다. 여전하시군요, 은월 접장. 아 참, 인사가 늦었습니다. 보내 준 인삼 덕에 이렇게 건강해졌습니다. 은월 접장님은 여전히 미모 출중하시고, 영옥은 활짝 핀 꽃이로구나."

영옥은 토라질 이유가 없는데 얼굴을 돌렸다. 김석진이 윤지영의 어깨에 손을 올리면서 영옥이에게 말했다.

"우리 무예 연습을 도와주고 있습니다."

은월은 미간을 찌푸리면서 말했다.

"바쁠 텐데 이렇게까지 시간을 내다니…."

윤지영은 씨익 웃으면서 말했다.

"제가 도인으로 살도록 가르쳐 주신 분이 바로 은월 접장이신데,

당연히 은월 접장이 하시는 일을 제가 도와야지요. 몸은 비록 관군에 있지만 마음은 여기에 있음을 알아주십시오."

은월은 살짝 웃으면서 말했다.

"조정에서 일하면서 우리를 돕겠다…. 첩자 노릇을 하겠다?"

윤지영은 활짝 웃으면서 말했다.

"맞습니다. 조선 정부와 왜와 청의 대결이 볼 만할 것입니다. 물론 떠오르는 태양인 왜가 이기는 것은 당연지사 아니겠습니까? 제 생각 엔, 동학과 왜가 손을 잡을 수 있다면 좋을 것 같습니다. 아니면…. 끔찍한 일을 당할 수도 있습니다."

은월은 윤지영 앞으로 다가섰다. 윤지영 얼굴을 마주 본 은월은 손 으로 윤지영 어깨의 먼지를 툭툭 털어 냈다. 그리고 윤지영 뺨을 길 고 가느다란 손가락으로 토닥거리며 귓가에 대고 소곤거렸다.

"모 아니면 도인데…. 중간은 딱 질색일세. 어쩌나…."

윤지영의 얼굴이 무너졌다.

"김 접장, 나랏일 하는 윤 사관을 이리 붙잡아 놓아서야 되겠습니 까?"

은월은 옷매무새를 가다듬고 몇 걸음 걷다가 뒤돌아서서 윤지영을 쏘아보면서 말했다.

"참, 요즘 머리가 깜박깜박합니다. 종손 어른 댁에 왜 기자가 기다 리고 있을 텐데 얼른 가 봐야 하지 않겠습니까, 윤 사관!"

순간 분위기가 얼어붙었다. 은월은 쓴웃음을 보이고 황화산을 내려갔다. 윤지영은 큰 소리로 말했다.

"조만간 은월정에 가겠습니다."

은월은 뒤도 돌아보지 않고 휙 내려갔다. 영옥이 그 뒤를 놓칠세라 바삐 따라붙었다. 화난 사람처럼 허위허위 앞서 가며 말이 없던 은월은 산 아래로 내려오자 그제서야 걸음을 늦추더니 헐레벌떡 거리를 좁히는 영옥에게 말을 건넸다.

"영옥아!"

"네, 은월 접장님."

"오늘, 황화산에 머물거라. 오늘 연습하던 젊은 도인들은 돌아가고, 이삼 일 뒤에 다른 젊은 도인들이 온다고 하니 그 준비를 하려면 김 접장 혼자는 힘들 것 같구나."

"예."

"강경에 가서 일손 도울 사람을 바로 보내마."

"알았습니다."

은월이 말에 올라탔다. 영옥은 말고삐를 손에 쥐고 멈칫거렸다.

"할 말이 있는 게냐?"

"저….."

영옥은 말이 떨어지지 않았다. 은월은 기다려 주었다.

"… 왜, 한 번도 박 접주와의 혼례에 대해 물어보시지 않습니까?"

은월은 영옥의 눈을 바라보았다.

"남자든 여자든 누구를 만나느냐에 따라 인생이 달라지지. 네 인생이니 네가 결정하거라. 난 네가 어떤 결정을 하든지 믿는다."

은월은 말고삐를 받아 들고 힘차게 박차를 차 금세 멀어져 갔다. 영옥은 은월이 사라지는 뒷모습을 한참 동안 바라보고 서 있었다. 은월의 모습이 사라지고 그녀가 남긴 먼지마저 가라앉을 즈음에 김석진이 내려왔다.

"은월 접장은 어디 계신가요?"

"떠나셨습니다."

김석진은 아쉬운 표정을 지으면서 말했다.

"영옥 접장은 왜 같이 안 가셨습니까? 훈련장에 두고 간 것이 있나요?"

"아닙니다."

영옥은 수줍은 듯이 고개를 약간 숙이면서 말했다.

"은월 접장이 다음 훈련을 준비하라고 해서 남았습니다."

김석진은 영옥이 남았다는 말에 난감해했다. 영옥은 김석진의 얼굴을 보자 마음이 상해서 토라진 목소리로 말했다.

"은월 접장이 강경에 가면 일손 도울 사람을 곧 보낸다 했습니다."

영옥은 토라져 혼자 성큼성큼 산기슭을 올라갔다. 김석진은 혼자 우뚝하니 서서 영옥의 뒷모습을 바라보았다. 순간 김석진은 영옥을 향해 소리쳤다.

"영옥 접장, 같이 갑시다!"

영옥은 멈춰 서서 뒤를 돌아보았다. 김석진이 영옥을 부르면서 뛰어왔다. 영옥은 김석진을 보며 미소를 지었다. 김석진은 자신도 모르게 영옥에게 손을 들어 흔들었다.

김석진이 중심이 된 젊은 도인들은 황화산 자락 너른 터에 훈련장을 마련하였다. 김석진은 아예 그곳이 내려다뵈는 언덕배기에 귀틀집까지 지어 놓고 상주하다시피 했다. 날이 어두워진 후 귀틀집 등잔 옆에서, 김석진은 글이 빼곡한 한지를 펼쳐 놓고 있고, 영옥은 동경대전을 보고 있었다. 둘만 덩그러니 있는 것이 어색한 영옥은 혼잣말로 중얼거렸다.

"강경에서 사람을 보낸다 했는데…."

영옥은 경전을 읽다 말고 문을 열고 밖을 내다보았다. 김석진은 아무 말 없이 글을 읽었다. 영옥은 문을 몇 번이고 들락거렸다. 김석진이 빙그레 웃으면서 말했다.

"영옥 접장!"

영옥은 바짝 긴장해서 김석진을 돌아보았다. 위축되는 몸가짐과는 달리 눈 속에는 무언가를 갈구하는 빛이 역력했다.

"무슨 일이십니까?"

"좀 가까이 오십시오."

영옥은 얼굴이 붉어져서는 김석진 옆으로 슬그머니 다가갔다.

"네…."

김석진은 등잔을 가까이 가져왔다. 은근한 불빛에 영옥의 자태가 더 빛이 났다. 순간 김석진은 정신을 잃고 영옥을 바라보았다. 김석진은 고개를 약간 흔들었다.

"영옥 접장…."

"네…."

"제게 귀한 글이 있어 함께 보고 싶어서요."

"아, 네…. 고맙습니다."

"'양천주설'이라고 하는데, 선생님께서 말씀하신 것을 필사하여 전하는 걸 어렵사리 구하게 되었습니다. 일부 내용은 아마 들어 보셨을 겁니다. 한데, 저도 이렇게 글로써 보는 건 처음이라…."

김석진은 종이를 영옥이 쪽으로 돌려 놓고 읽기 시작했다.

"한울을 양(養)할 줄 아는 자라야 한울을 모실 줄 아느니라. 한울이 내 마음속에 있음이 마치 종자의 생명이 종자 속에 있음과 같으니, 종자를 땅에 심어 그 생명을 양하는 것과 같이 사람의 마음은 도에 의하여 한울을 양하게 되는 것이라."

김석진은 영옥을 부드러운 눈으로 바라보면서 말했다.

"한번 읽어 보시겠습니까?"

영옥은 주저 없이 읽어 내려갔다.

"한울을 양할 줄 아는 사람이라야 한울을 모실 줄 아느니라. 한울이 내 마음속에 있음이 마치 종자의 생명이 종자 속에 있음과 같으니, 종자를 땅에 심어 그 생명을 기르는 것과 같이 사람의 마음은 도에 의하여 한울을 양하게 되는 것이라."

읽기를 마친 영옥이 김석진을 돌아보자 김석진은 방긋 미소를 지어 보이고 이어서 읽기 시작했다.

"같은 사람으로도 한울이 있는 것을 알지 못하는 것은 이는 종자를 물속에 던져 그 생명을 멸망케 함과 같아서, 그러한 사람은 종신토록 한울을 모르고 살 수 있나니, 한울을 양한 자에게 한울이 있고, 양치 않는 자에게는 한울이 없나니, 보지 않느냐, 종자를 심지 않는 자 누가 곡식을 얻는다고 하더냐."

다시 영옥이 따라 읽었다.

"같은 사람으로도 한울이 있는 것을 알지 못하는 것은 이는 종자를 물속에 던져 그 생명을 멸망케 함과 같아서, 그러한 사람에게는 한평생을 마치도록 한울을 모르고 살 수 있나니, 오직 한울을 양한 사람에게 한울이 있고, 양치 않는 사람에게는 한울이 없나니, 보지 않느냐, 종자를 심지 않는 자 누가 곡식을 얻는다고 하더냐."

"잘했습니다. 그 뜻하는 바를 알겠습니까?"

"사람은… 노력한 만큼 얻을 수 있다는 뜻, 아니 노력을 한다면 한울님의 능력만큼 이룰 수 있다는 생각이 듭니다만…."

김석진은 반짝이는 눈빛으로 영옥을 바라보았다.

"맞습니다. 아무리 어려운 역경이라도 내 안에 한울이 있으니 내가 어떻게 마음을 먹느냐에 따라 달라진다는 뜻입니다."

영옥은 가슴이 벅차올랐다. 영옥은 주먹을 쥐면서 김석진의 눈을 뚫어지게 바라보았다.

"서로 같은 곳을 바라보고 있을 때 느낌이요… 오라버니."

김석진은 쑥스러워 책을 만지작거리면서 고개를 숙여 글을 보았다. 영옥은 심장에서 터져 나오는 벅찬 마음을 쏟아 내지 않으면 숨이 막힐 것 같았다. 영옥은 입술을 약간 떨면서 말했다.

"동지가 무엇인가요?"

"한뜻을 가지고 함께 가는 사람… 이겠지요."

김석진은 말끝을 흐리면서 고개를 숙였다. 영옥은 뭔가에 빠져들듯이 김석진을 쳐다보았다.

"저에겐 소원이 있습니다. 뜻을 나눈 동지와 평생 함께 살고 싶습니다. 오라버니와 평생 동지가 되고 싶습니다. 방법이 없겠습니까?"

김석진은 돌발적인 영옥의 말에 조심스럽게 고개를 들어 영옥을 바라보았다. 둘은 눈을 마주하며 서로에게 빨려들 듯 한동안 마주 보았다. 그러다 김석진은 괴로운 듯 고개를 떨구었다.

"영옥 접장, 공부는 여기까지 하시지요."

김석진은 떨리는 손으로 종이를 조심스레 접어 소맷자락에 집어넣고 자리에서 일어섰다. 영옥은 김석진의 팔뚝을 잡았다.

"저에게 그런 기회가 없을까요? 네?"

"……."

"방법이 없다면 오누이처럼 다정하게라도 해 주시면 안 됩니까? 냉담한 시선에 심장이 도려지는 듯 아픕니다."

"영옥 접장이 물에 빠져 누워 있을 때, 많은 생각을 했습니다. 앞으로 노력하겠습니다."

김석진은 참던 감정이 무너져 얼굴이 일그러졌다. 영옥은 때를 놓치고 싶지 않았다.

"석진 오라버니… 오라버니…."

영옥은 애절한 눈빛으로 김석진을 바라보았다. 김석진도 이번엔 눈을 피하지 않았다.

"영옥 접장, 서로의 마음을 알아도 어찌할 수 없다면 모른 척하면서 사는 것도 방법이지 않겠소?"

"마음먹기에 달렸다 하지 않으셨습니까?"

"그래도 세상엔 뜻대로 갈 수 없는 길도 있는 법…."

"세상이 잘못되었다고 하여 이를 바꾸자고 하면서 어찌 그런 말을 하십니까?"

김석진의 눈가에 눈물이 맺혔다.

"오래 전에, 한 여인이 심장으로 들어왔다. 해밝은 웃음이 지금도 눈앞에서 아른거리고, 십 년이 지난 지금도 처음 그 순간처럼 심장이 요동친다. 하지만 난 용기가 나지 않았다. 세상과 맞설 용기가 나지 않았다. 지금도 마찬가지다. 그냥… 멀리서 바라보는 것으로…."

김석진의 두 눈에서 눈물이 주루룩 흘러내렸다.

"오라버니…."

영옥은 김석진의 품에 와락 안겼다.

"영옥아… 난… 말과 행동이 같지 않아 괴로웠다. 애써, 연정은 사사로운 것이고, 대의를 위해 행동하면 이 괴로움이 없어질 거라 생각했다. 하지만 네가 강에 빠졌을 때 내 곁에 영옥이 네가 없다고 생각하니 살 이유가 없어졌다. 나에게 넌 생명과 같았다는 걸 그때서야 깨달았다…. 못난 나를 용서해 줄 수 있겠니?"

김석진은 하염없이 영옥의 가슴에 얼굴을 묻고 통곡했다. 영옥은 김석진의 괴로움을 온몸으로 느끼며 눈물을 흘렸다.

"감정을 묻느라고 얼마나 힘드셨습니까? 그래서 저를 그리도 피하셨군요."

"그렇다. 비겁해서 두 여인에게 몹쓸 짓을 하는구나…."

영옥은 김석진 얼굴의 눈물을 가느다란 손가락으로 닦아 주었다.

"혼자 힘들게 둬서 미안해요…."

영옥은 환하게 웃으면서 김석진의 손을 다정하게 잡았다.

"이제 놓아 주세요. 조씨 부인을 먼저 놓아 주세요. 그녀도 자신의 삶을 살아갈 수 있도록 말입니다. 그녀도 신분 때문에 오라버니처럼 괴로워하며 한평생을 살게 둘 수 없지 않습니까?"

김석진은 놀란 눈으로 영옥을 바라보았다.

"어찌 알았느냐?"

"오라버니 집에서 회합을 할 때마다 조씨 부인을 애처롭게 바라보던 그 하인의 눈빛이 마치 오라버니를 바라보는 제 눈빛과 같이 느껴졌습니다. 남들에게는 조씨 부인이 오라버니에게 매달리는 것처럼 보였지만, 제게는 조씨 부인이 자신을 내쳐 달라고 하는 것처럼 보였습니다. 그래서 조씨 부인을 만났습니다. 그리고 물었습니다. 조씨 부인은 진솔하게 자신을 내보이더군요."

김석진은 고개를 떨구었다.

"오라버니, 조씨 부인이 품고 있는 사람이 있는 것을 알고도 그리하는 것은 옳지 않습니다. 오라버니가 비겁해서 실망했습니다. 이제라도 그녀에게 자유를 주셔야 합니다. 세상이 꼼짝 못하게 옭아매지만, 우리는 우리 스스로 옭아매는 것을 풀어헤치고 우리 자신의 삶을 살아가야 하지 않습니까?"

김석진은 고개를 들었다.

"전, 오라버니를 사랑하면서, 세상이 제 사랑을 받아 주지 않는 것에 좌절하고 분노했습니다. 오라버니의 모든 것을 좋아하다 보니 동학을 알게 되었습니다. 동학을 접하면서 제가 깨달은 것이 있습니다. 제 운명은 제가 개척해 나가는 거라고요. 조선의 여인으로, 천한 신분으로 저를 옭아매었지만, 그 구속을 벗고자 싸우겠다고 오라버니를 보면서 마음먹었지요. 그것이 죽도록 힘든 일이라고 해도 의미 있는 일이라고 생각했습니다."

"영옥아…."

영옥은 김석진의 손을 힘주어 잡았다.

"잘못된 것을 알았다면 바로잡으셔야 합니다. 바로잡는 과정에서 폭풍이 몰아치고 천둥이 친다고 해도…. 비 온 뒤에 땅이 더 단단해지지 않습니까? 그리고 사랑은 사소하지 않습니다. 사랑은…."

영옥은 큰 숨을 쉬었다.

"세상의 시작이니깐요."

김석진의 얼굴이 붉어졌다. 그리고, 영옥을 힘껏 안았다.

"오라버니, 뜻을 같이하는 사람이 있다면 세상을 다 가진 것 같다고 하시지 않았습니까? 평생 동지로 살고 싶습니다. 평생 동지로, 오라버니와 함께 서서 개벽을 맞이하고 싶습니다."

"영옥아….."

"석진 오라버니….."

둘은 서로의 이름을 부르면서 눈빛을 주고받았다. 둘은 수년 간 잠가 둔 마음의 빗장이 열리자 이내 한 몸이 되어 새벽을 맞이했다.

다음 날 아침, 둘은 서로 어색한 웃음을 지었지만 하루 종일 서로에게서 눈을 떼지 못했다. 김석진은 영옥이 곁에 다가가서 영옥의 손을 살포시 잡았다. 하늘은 하늘대로 숲은 숲대로 한껏 푸르렀다. 그 모든 것이 두 사람의 결정을 축하하는 것 같았다. 그 며칠 동안 하늘이 둘만의 세상을 만들어 준 것처럼 행복한 시간을 가졌다.

하늘이 사나워지면서 먹구름이 가득했다. 은월정 대청마루에 앉아 있던 전주댁은 불안한지 대문만 바라보았다.

"아니, 계집년이 어쩌자고 밖으로만 싸돌아다니는겨! 아이구 속터져 죽겠네, 죽겠어!"

은월은 방 안에서 전주댁 지청구를 듣다못해 방에서 나와 전주댁 옆에 앉았다.

"나 들으라고 그러는 거죠?"

은월은 전주댁을 빤히 쳐다보았다.

"전주댁, 날씨도 그런데, 부침개에 막걸리 내와 봐요."

"대낮부터 웬 술타령이래? 영옥이나 어서 데리고 오소."

은월은 방긋하게 웃었다. 전주댁은 툴툴거리면서도 부엌에서 술상을 차려 왔다. 둘은 술잔을 주고받았다. 전주댁은 은월을 똑바로 쳐다보지 못했다. 자리가 영 어색한 김에 전주댁은 술병을 잡고 혼자 술잔에 술을 가득 채워 벌컥 마셨다.

"어-, 시원-허다."

은월은 살짝 웃으면서 전주댁 술잔에 술을 따라 주었다.

"박 접주 집에서 있었던 일이 아직 마음에 걸리나요?"

전주댁은 눈을 부릅떴다.

"뭔 소리여? 딸년 시집 좀 제대로 보내겠다는데…."

"남자든 여자든 한 이불 쓸 사람 잘 만나야지요."

"그럼 은월이도 영옥이 박 접주한테 시집보내자는 거야?"

"영옥이가 원하면요…."

"아이구, 그런 것도 모르고 난 또…. 영옥이야 당연히 에미 말을 따를 거."

전주댁은 호탕하게 웃으면서 금세 신바람을 내며 술을 벌컥벌컥 들이마셨다. 은월은 빈 잔에 지체 없이 술을 따랐다.

"근데, 영옥이는 뭔 일이데? 집을 왜 이리 오래 비우는거?"

"훈련장에 갔어요."

은월은 술잔을 비웠다. 전주댁의 눈이 흔들렸다.

"뭐여! 훈련장? 거기를 누구랑 갔어? 응?"

전주댁은 흥분하여 반말을 하면서 은월에게 들이댔다. 은월은 단호하게 말했다.

"김 접장하고 같이 있습니다."

전주댁은 손으로 가슴을 팍팍 쳐 댔다.

"아이고, 아이고…. 혼사 앞둔 년이…."

"알고 있었죠?"

"뭘? 뭘?"

전주댁은 소리를 버럭 질렀다. 은월은 눈 하나 깜박하지 않고 차분하게 말을 이어 나갔다.

"영옥이 마음을요. 그리고, 김 접장 마음도요. 어미라면서…."

전주댁은 살기 돋은 기세였다가 은월의 말에 금세 풀이 죽었다.

"말을 하면 현실이 돼. 그런 현실이 될까 두려웠다."

전주댁은 술을 벌컥 들이마셨다. 은월은 달래듯이 물어봤다.

"뭐가 그리 두려운데요?"

"그 두 사람의 사랑은 불행한 것이여! 그 끝을 알면서 내버려 둘 수야 없지. 불구덩이에 뛰어든다는데 당연히 말려야지. 말려야 해…."

"사랑은 상처투성이죠. 그럼에도 어떤 사랑도 아름답지요. 그 아름다운 것을 가지기 위해서는 용기가 필요하죠. 용기 없는 사랑은 미련만 남을 뿐입니다. 평생….”

“은월아…. 안 된다. 영옥이는 나처럼 되면 안 된다…. 계집년 팔자 어미 닮는다는데, 절대 안 된다. 안 돼. 말려다오. 은월아….”

전주댁은 은월의 손을 잡고 소리 내어 눈물을 흘렸다. 은월은 전주 댁의 등을 토닥거리면서 말했다.

“인연이라는 것이 말린다고 말려지나요! 하늘이 이미 다 정해 놓은 걸요.”

마당에는 어느덧 굵어진 빗소리가 요란했다. 은월은 방문을 열고 검은 하늘을 바라보았다.

“밖에 빗소리가 요란합니다, 박 접주님!”

윤지영은 박영채와 술상을 사이에 두고 마주했다. 윤 접사는 호리 병 하나를 들고 신이 나서 방으로 들어섰다. 윤지영이 그런 윤 접사 를 반겨 맞았다.

“형님, 뭐 좋은 일이라도 있습니까?”

“암 좋고말고…. 박 접주님, 오늘 강경에 가서 영옥 어미를 만났습 니다.”

박영채는 살짝 웃으면서 술잔을 들어 한 모금 마셨다. 윤지영은 박 영채와 윤 접사를 번갈아 가며 쳐다보았다.

“우리 아우가 궁금해하겠군. 자 일단 술부터 받으시게나. 이거 특 별한 걸세. 박 접주님 축하주네….”

"무슨 축하입니까? 새장가라도 갑니까?"

"어찌 알았나?"

윤 접사는 얼굴이 터질 듯이 웃음을 지으며 말을 이었다.

"박 접주님, 드디어 영옥 어미와 혼례 날을 잡았습니다."

"형님, 누구랑 혼례를 한다는 겁니까? 설마 전주댁은 아닐 테고….”

"어허, 이 사람이 큰일 날 소리를. 영옥일세, 영옥이!"

윤 접사는 함박웃음을 지으면서 박영채를 바라보았다.

"접주님, 축하주 한 잔 올리겠습니다."

박영채는 만족스러운 얼굴 표정을 지었다. 윤지영은 잠시 생각하더니만, 박영채에게 술잔을 권하여 부딪치고 나서 이야기했다.

"혼례를 앞두다 보니 더 열심히 했던 모양이군요, 영옥 도인이."

윤 접사는 눈이 동그랗게 커졌다.

"아우, 무슨 말인가?"

"아, 황화산 훈련장에 갔더니, 영옥이가 있었어요. 김석진 접장 옆에서 훈련을 돕는다고 며칠 묵는다고 하더군요. 김 접장이 지휘하는 훈련장에 사내들도 감당하기 어려운데, 스스로 나서서 훈련장을 지킨다고 해서 기특하다 했더니…. 박 접주님과 혼례를 앞두고 도인들의 모범이 되고자 했던 모양입니다. 거 참, 기특하군요."

윤 접사와 박영채는 얼굴이 굳어졌다. 윤 접사는 입을 실룩거리면서 물었다.

"훈련장에 영옥이가?"

윤 접사는 속이 타서 술잔을 한 모금에 비웠다.

"제가 나올 때 1진 훈련이 끝나고 2진을 기다린다고 했습니다."

윤지영은 술잔을 들었다.

"은월이의 왼팔 격인 영옥 도인과의 혼례라…. 영옥이라는 여인은 나도 탐이 났지요. 사람을 끄는 매력이 있어서…. 후세에 길이 기억될 혼례입니다. 박 접주님, 축하드립니다."

윤지영은 쓴웃음을 지으면서 박영채와 술잔을 부딪쳤다. 윤지영이 뒷간에 간다고 잠시 자리를 비웠다. 박영채는 잔에 술을 가득 부으면서 물었다.

"듣자 하니, 김 접장과 영옥이 관계가 심상치 않다던데…."

윤 접사는 박영채를 보면서 애써 태연스럽게 웃었다.

"둘이 어렸을 적부터 오누이 했던 터라…. 소문은 소문일 뿐 신경 쓰지 않아도 됩니다, 접주님."

"윤 접사! 이번엔 자네 말이 맞길 바라네."

박영채는 윤 접사를 노려보았다. 윤 접사는 말을 금세 돌렸다.

"그나저나, 은월 접장이 도를 넘어서고 있는데 그냥 둬서는 안 될 것 같습니다."

"나도 유심히 보고 있네. 때가 되면 송곳이 드러나겠지. 그때를 기다려 보세."

"때야 만들어야지 않겠습니까?"

박영채는 아무 말도 하지 않았다. 윤지영은 방문 밖에서 두 사람 이야기를 귀를 쫑긋 세우고 엿들었다. 헛기침을 하고 윤지영이 들어왔다. 윤 접사는 웃으면서 윤지영의 술잔에 술을 따르며 말했다.

"듣자 하니 신식 군대에 들어갔다고? 어떻게 군대에 들어갔는가?"

"접에서 비밀리에 그쪽에 선을 놓고자 저를 파견하신 것 아닙니까? 그래서 보고차 이렇게 들렀습니다."

윤 접사는 눈살을 찌푸렸다.

"무슨 소린가?"

"은월 접장이 어떻게든 신식 군대에 들어가라고 하였습니다. 저는 그래서 무슨 뜻이 있는 줄로만⋯."

박영채는 앞으로 나서려를 윤 접사를 손으로 막으면서 말했다.

"왜놈과 붙어서 다닌다는데 어찌 자네 말을 쉽게 믿을 수 있겠는가? 방금 한 말이 사실이면 글로 남기게."

"듣던 대로 박 접주님은 빈틈이 없으시군요. 그렇게 하겠습니다."

윤지영은 붓을 들었다. 박영채는 윤지영이 쓴 문서를 손에 들고 한참을 바라보았다.

"보고할 게 무엇인가? 말해 보게."

"네, 지금 청나라와 일본국의 움직임이 심상치 않습니다. 청군이 아산만에 들어오고 일본군이 제물포로 들어오면서, 서로 점점 군대를 증강시키고 있습니다.

윤지영은 박영채 앞으로 바짝 다가갔다.

"두 나라가 한판 붙을 것 같습니다."

윤 접사가 물었다.

"그래, 누가 이길 것 같으냐?"

"당연히 '왜국'이지요. 왜국은 청나라를 칠 준비를 철저히 하고 있지요. 그에 비하면 청나라는 강성해 보이지만, 종이호랑이에 지나지 않습니다. 왜국이 청나라를 치자면, 먼저 뒤통수에 도사리고 있는 동학을 치려 들 겁니다. 제가 훈련장에서 젊은 도인들 훈련을 봐주었는데, 힘 빠질까 봐 말은 못했지만 한심합니다. 그런 무기로 싸우겠다는 것은 죽겠다고 달려드는 거지요."

박영채는 심각한 표정으로 말했다.

"무모하다…."

"바로 그거지요. 무모하게 왜국에게 달려들었다가는 수십 년간 쌓아온 것을 훅 날릴 수도 있습니다. 이럴 때일수록 대세를 보고, 승산이 있는 곳과 협력해야 살아남습니다. 괜히 맞서다간…."

윤지영은 고개를 저었다. 윤 접사는 윤지영의 말에 맞장구를 쳤다.

"박 접주님, 이대로 있다가 큰일 나겠습니다."

박영채는 큰 소리로 웃었다.

"하늘이 다 정해 놓은 대로 가지 않겠는가? 무모한지 아닌지는 좀 더 지켜 봅시다!"

윤지영은 쓴웃음을 지었다. 윤 접사는 어색한 분위기를 다잡으려고 입을 열었다.

"박 접주님의 깊은 뜻은 이 혼란스러운 세상의 잡다한 것들을 모두 쓸어 담고도 남을 것 같습니다. 아우, 앞으로 종종 들러 좋은 소식을 전해 주게나."

윤지영은 활짝 웃으면서 술잔을 들었다. 윤지영은 윤 접사의 얼굴을 살피다가 심각한 얼굴로 물었다.

"형님, 요즘 대원군이 도인들을 부쩍 찾는다고 하던데 여기는 별 소식 없습니까?"

"없긴…."

윤 접사는 낮은 목소리로 윤지영에게 이야기했다.

"이건 비밀일세. 대원군 측근이 노성 윤자신을 찾았다는군."

윤지영의 눈이 반짝였다.

"그래요? 무슨 일로요?"

"모르지. 입을 다물고 있어서. 자네도 알면서 그러나. 윤자신이 입이 얼마나 무거운지…. 때가 되면 알겠지. 자 자, 비도 오고 하니 술이나 마시자고."

박영채는 가느다랗게 눈을 뜨면서 윤지영을 바라보았다.

"윤 사관, 대원군 밀지 내용을 알게 되면 나에게도 꼭 전해 주게나. 나도 궁금하네."

윤지영은 박영채의 얼굴을 웃으면서 바라보았다. 박영채는 밖을 바라보며 낮은 목소리로 말했다.

"밖에 비가 거세게 내리는군. 빗줄기가 더 거세어지려나…."

하지

- 음력 5.18(양6.21)

어느덧 장마가 찾아왔다. 눈코 뜰 새 없이 돌아가던 일손에 잠시 짬이 생겼다. 장마가 다 지날 때까지 영옥은 은월정에 나타나지 않았다. 전주댁은 은월만 보면 욕을 했다. 하지만, 전주댁도 한 걸음에 달려갈 만한 거리에 있는 영옥에게 얼씬도 하지 않았다. 전주댁은 은월이 나갈 채비를 하자 큰소리를 냈다.

"내 포기하는 거 아닐세…. 하기야, 지년이 혼례를 하면 지 맘대로 살 수 있나. 실컷 지 맘대로 살라고 그냥 두는겨!"

은월은 전주댁의 소리에 아랑곳하지 않고 대문을 나섰다. 대문 밖에 비를 흠뻑 맞고 한 도령이 서 있었다. 은월은 걱정스러운 눈빛으로 그 도령에게 말을 건넸다.

"누구신데, 이 비를 다 맞고서 예 서 있으십니까?"

"은월 접장, 뭔 일 있는겨?"

전주댁은 은월을 부르면서 대문 밖으로 나왔다. 전주댁은 도령을 보자 쏘아붙였다.

"아니, 여긴 기생집이 아니라고 했잖어! 몇 번을 이야기했는데….

아이고….”

“전주댁, 이 도령이 언제부터 이리 집 앞을 지키고 서 있었나요?”

“뭐, 꽤 되었지. 강경포에서 영옥이를 찾더니, 지난번엔 저쪽 감나무 아래 서 있어서 잘 타일러 돌려보냈는데…. 오늘은 무슨 맘이 들었는지 대문 앞에 저리 서 있구먼. 실성했냐?”

전주댁은 도령을 이리저리 살폈지만 약간 고개를 떨구고 아무 말도 하지 않고 떨고 있었다.

“전주댁, 안 되겠습니다. 비를 이리 맞아서는 크게 병나겠습니다. 일단 안으로 안내해 주세요.”

“뭣이여? 누군지도 모르는데? 영옥이를 연모하는 놈일 거여. 누구 혼례 망칠 일 있어?”

은월은 난리를 피우는 전주댁을 바라보았다.

“알았어, 알았다니깐! 도령, 이리루 오셔.”

전주댁은 돌비석처럼 서 있던 도령의 팔을 휙 잡아끌었다. 이때, 도령이 힘없이 입을 뗐다.

“은월이라 했는가?”

전주댁은 잡은 팔을 세게 흔들어 댔다.

“은월 접장이라고? 너, 누가 보낸 첩자냐?”

전주댁은 눈을 부라렸다.

“전주댁, 그리 의심할 만한 자는 아닌 듯하니 일단 사랑방으로 안내해 주세요. 갈아입을 옷을 드릴 테니 따뜻한 차 한잔하면서 저를 찾아온 연유를 듣겠습니다."

도령은 힘이 없어 보였지만, 은월이 살짝 웃음을 보이자 이내 눈빛이 살아났다. 전주댁은 도령을 데리고 은월정 안으로 들어갔다.

그러는 사이 금 객주가 말을 타고 대문 앞에 도착했다.

"은월 접장, 무슨 일 있습니까?"

"네, 금 객주 오셨습니까? 웬 도령이 나를 찾아왔습니다."

금 객주는 도령의 뒷모습을 유심히 살폈다. 이때 도령은 살짝 은월을 뒤돌아보았다.

"은월 접장, 저 도령은 연산 현감 이현제의 큰아들인 듯합니다. 그때 전주댁이 바다로 뛰어들었을 때…."

"아…."

"그런데 저 도령이 어찌 된 일로 은월 접장을 찾아왔을까요?"

"강경포에서는 영옥이를 찾았다더니, 대문 앞에서는 전주댁이 나한테 은월 접장이라고 하자 묻더군요."

"뭐라고요?"

"내가 은월이냐고…."

금 객주가 큰 소리로 웃었다. 은월은 금 객주의 웃음이 거슬렸다.

"웃음소리가 기분 좋게 들리지 않습니다."

"죄송합니다. 난리 났을 때 저 도령이 은월 접장에게 자기 마고자를 벗어 줬던 거 기억납니까?"

"그랬나요? 워낙 정신이 없어서…."

"아마도 저 도령이 은월 접장에게 한눈에 반한 것 같습니다."

"네? 아침부터 농이 심합니다."

"저도 상사병에 걸려 봐서 알지만, 딱 상사병 걸린 사내의 모습입니다. 좋겠습니다. 저렇게 젊은 도령의 마음을 확 휘어잡을 정도이니…. 제 마음은 어떻겠습니까?"

능청을 부리면서 금 객주는 은월의 얼굴에 바짝 다가갔다.

"농 그만하십시오."

"어찌할 겁니까?"

"아마 전주댁이 푹 잘 수 있도록 조치할 겁니다. 그리고 밥 한 끼 주고 보내야겠지요."

"음…. 글쎄요. 과연 은월정을 떠날까요? 한번 내기해 봅시다."

"한가로이 그런 내기할 때가 아닙니다. 어서 연산 관아로 갑시다, 금 객주!"

"재미있게 되었습니다. 현감 아들이 은월이 품 안에 있으니…."

은월은 금 객주에게 한심하다는 눈빛을 보내고 백설의 고삐를 잡아당겼다.

"은월 접장, 같이 갑시다."

은월과 금 객주는 연산 관아에 다다라 말에서 내렸다. 은월은 금 객주를 바라보면서 살짝 웃음을 보였다.

"갈까요?"

금 객주는 고개를 끄덕였다. 금 객주는 관아로 먼저 걸어갔다.

"현감을 만나러 왔소."

금 객주가 서찰을 보이자, 관졸은 얼른 허리를 숙였다.

"자, 은월 접장, 들어가지요."

은월은 미소를 지으면서 금 객주를 바라보았다.

"금 객주, 능력이 참 대단합니다. 나랏밥 먹는 관졸도 저리 허리를 굽히니…."

"세상, 돈으로 안 되는 것이 없더이다. 아무래도 세상 이치를 너무 잘 깨달은 것 같소. 권력보다 돈이니! 그런데, 연산 현감이 어찌 나올지…."

"듣자니, 부패한 조정에 반감이 있으나, 고리타분한 성리학을 금과옥조로 여기고 있으니…, 본인도 갈등이 있겠지요. 유학의 가르침에도 부패한 조정, 민심이 저버린 임금은 혁명을 해야 한다고 했으니…."

"어찌할 생각입니까?"

"어찌하다니요. 흔들어야겠지요."

"흔든다…. 그런 다음에는?"

은월은 금 객주를 보고 활짝 웃었다.

"얻어야죠."

"무엇을 말입니까?"

"현감 마음을 얻어야지요!"

은월과 연산 현감 이현제 그리고 금 객주가 객사에 마주 앉았다. 불편한 마음이 이현제 얼굴에 그대로 드러났다. 찻잔을 감싸면서 은월이 먼저 말을 냈다.

　"아드님 일로 마음이 무겁겠습니다."

　이현제의 얼굴빛이 흐려졌다. 금 객주도 사뭇 놀라 은월을 바라보았다. 이현제는 냉정한 표정으로 얼굴을 돌렸다.

　"사람의 마음 어찌하겠습니까? 무처럼 자를 수도 없고…. 참, 저도 난감합니다. 현감 나리."

　"아들을 볼모로 나와 협상하려거든 썩 나가거라!"

　"현감 나리, 어찌 사람의 마음을 가지고 그리 비열한 짓을 하겠습니까. 아드님은 아드님이고, 일은 일이니…."

　은월은 흔들리지 않고 이현제를 똑바로 바라보면서 말했다.

　"일? 기생이 나에게 무슨 볼일이 있겠는가?"

　이현제는 금 객주를 못마땅하게 바라보았다. 금 객주는 살짝 웃으면서 차 한 모금을 마셨다. 은월도 이현제를 바라보면서 살짝 웃음을 지었다.

　"나으리, 그리 날을 세우면 너무 아픕니다."

　"어흠, 아랫것들을 돈으로 매수까지 하면서 날 보고자 한 이유가 뭔지 썩 말하거라!"

　"재물이란 있는 만큼 써야 또 도는 법이지요. 나라가 엉망이라 아랫사람들 먹고사는 것도 넉넉하지 않은데…. 그들에게 먹고 살 수 있게 재물을 나눠 주는 것을 두고 욕할 수 없지 않습니까?"

"관을 상대로 한 비리이니 국법으로 중히 다스릴 수도 있다."

"비리라니요. 몇 푼 나눈 것 가지고. 비리의 몸통은 따로 있지 않습니까? 꼬리를 탓하지 마시고, 그리 문제가 있으면 몸통을 확 잡으셔야지요. 아랫것을 원칙대로 하려거든 먼저 이씨 민씨부터 따져야겠지요! 안 그렇습니까? 현감!"

이현제는 말문이 막혀 아무 말을 못했다. 방금 전까지 호통쳤던 은월은 금세 미소를 지으면서 현감을 바라보았다.

"차가 식겠습니다. 나으리, 어서 드십시오."

이현제는 어떨결에 은월이 시키는 대로 차를 마셨다.

"나으리, 듣자 하니, 동비들을 잡자고 청나라, 왜나라를 끌어들인다지요?"

"나랏일이다. 감히, 계집이 나설 일이 아니다!"

"계집이 나설 일은 아니지만, 도인들은 제 생명이지요. 생명이 위험에 처했는데 어느 누가 가만히 있겠습니까? 쥐도 궁지에 몰리면 고양이를 무는 법 아닙니까?"

"강상의 법도를 허물고 나라의 안녕을 어지럽힌 놈들이 바로 동비들이다. 민란을 일으키지 않았으면 청과 왜가 들어오지 않았을 터. 남의 나라 군대가 맘대로 우리 땅을 짓밟게 된 것은 바로 동비들 때문이다!"

"백성이 나라의 근본이라고 하는 것이 유학이라 알고 있습니다. 민심을 헤아리지 못하는 임금은 임금이 아니지 않습니까? 충이 덕목인 나라에서 어찌 재물을 우선시하게 되었는지요? 지금의 혼란은 유학의 진정한 가르침을 실천하지 않기 때문입니다. 그래서 민이 일어선 것입니다. 그들이 원하는 것이 뭔지 아십니까? 혁명도 반란도 아닙니다. 밥 한 그릇 먹게 해 달라는 것입니다. 밥은 생명이지요. 그 생명이 끊어질 판인데 어찌 일어서지 않겠습니까?"

이현제의 눈동자가 흔들렸다. 은월은 여기서 멈추지 않았다.

"나으리, 동비라 하지만 그들은 우리와 한 핏줄이요, 왜놈들은 적인데 누구를 선택하실 겁니까?"

은월은 강렬하게 이현제를 노려보았다. 이현제는 입을 굳게 다물었다. 은월은 틈을 주지 않고 몰아쳐 갔다.

"썩은 손가락이라도 붙어 있으면 내 손가락이지요."

은월은 자리에서 벌떡 일어났다.

"임진왜란을 잊으셨습니까? 왜놈들은 거죽만 사람이지 속은 야수와 같습니다. 더한 수모를 당하게 두실 겁니까?"

"난, 조선의 관리다! 어디서 감히 수작을 부리는 게냐?"

"무엇이 백이고 흑인가를 가리자는 거지요. 그 정도 분별력은 있을 거라 생각했는데…. 동학을 하고자 찾아온 아드님보다 못한 아버지이시니 차라리 아드님은 제가 데리고 있겠습니다. 민족과 백성을 배신하는 아버지에게 뭘 배우겠습니까?"

은월은 자리를 박차고 나갔다. 금 객주는 갑작스러운 상황에 당황해서 어쩔 줄 몰라 했다.

"은월이란 기생이 워낙 드세다 보니…. 대감께서 노염을 푸십시오. 아드님은 곧 돌려보내도록 하겠습니다. 이만 물러가겠습니다."

금 객주도 얼른 자리를 피했다. 이현제는 홍두깨로 흠씬 두들겨 맞은 것처럼 얼굴이 일그러져서 한동안 멍하니 앉아 있었다.

은월은 백설이를 타고 힘차게 달렸다. 금 객주도 말을 타고 그녀 뒤를 따라 달렸다. 연산천과 노성천이 만나는 초포에 이르러 은월은 말을 세웠다. 둘은 개천을 내려다보았다. 금 객주는 은월의 얼굴을 살피면서 말을 조심스럽게 꺼냈다.

"아까, 너무 세게 부딪친 거 아닌지…. 걱정됩니다."

쉽게 감정을 드러내지 않는 은월을 금 객주는 걱정스럽게 바라보았다.

"계집을 천한 존재라고 생각하는 사내한테… 내가 구걸이라도 해야겠습니까? 어쨌거나 나라 덕을 보는 관리가 대놓고 우리 편을 들겠습니까? 줏대 있고 사리가 있다면 내용을 보겠지요. 내가 말한 것이 틀린 말이 아니기 때문에 선택하겠지요."

"무엇을 말입니까?"

"양심이 가리키는 대로 행동할지 말지를…."

"양심이라…."

"사람은 양심이 있어서 지금의 내 모습이나 행동이 바르지 못하면 괴롭고 힘들어하지요. 그 양심이 있는지 확인하고 싶었습니다. 그런데, 아들 문제로 감정이 격해 있어서 어찌 될지 두고 보아야 할 것 같습니다."

"은월 접장도 격했습니다."

금 객주는 굳은 표정으로 은월을 바라보았지만, 은월은 눈을 피했다. 잠시 어색함이 흐르자 금 객주가 말을 돌렸다.

"그래, 현감 아들은 어찌할 생각입니까?"

"어쩌긴요. 다 큰 어른인데 자기가 하고 싶은 대로 하게 둬야지요."

퉁명스럽게 말을 하다 은월은 금 객주와 눈을 마주치자 살짝 웃었다. 굳어 있던 금 객주도 미소를 지으며 다정스럽게 말했다.

"아무튼 재미있게 되었습니다."

은월은 호탕하게 웃었다.

"열 길 물 속은 몰라도 한 길 사람 속은 알아야 합니다. 그래야 사람 마음을 얻을 수 있지요. 전, 현감이 양반이지만 체통보다 사람을 귀하게 여긴다는 것을 알고 있습니다."

"그걸 어찌 압니까?"

"강경포에서 웃통을 벗고 저를 구하지 않았습니까?"

"아… 그때 내가 은월 접장 뒤를 봐줬어야 했는데…."

"전주댁을 먼저 구한 건 잘한 일입니다. 아니었으면 귀한 목숨 잃을 뻔했지요. 현감은 우리를 도울 겁니다. 그를 우리 편으로 잡아당겨야 합니다. 첨예한 때일수록 싸움은 머릿수가 많아야 이길 수 있습니다!"

"우리의 무기는 뭉쳐진 힘이다! 은월 접장의 그런 생각은 도대체 어디서 나오는 건지….."

"어디서 나오긴요. 서책을 보면 나옵니다."

둘은 한바탕 웃었다. 웃으면서 금 객주는 불안한 듯 은월을 바라보았다.

소서

-음력 6.5(양7.7)

김석진은 황화산 훈련장을 정리하고 있었다. 영옥이 살갑게 다가
왔다. 영옥이 다가오자 김석진은 대나무 묶던 일을 멈췄다.

"오라버니, 이제 가 보려고요."

"그래, 걱정 말고 은월정에서 기다리고 있어라."

영옥은 김석진의 손을 살포시 잡고 고개를 끄덕였다. 김석진은 영
옥의 뒷모습을 물끄러미 바라보았다. 영옥은 몇 번이고 뒤를 돌아보
았다. 영옥의 뒷모습이 사라지자 밝았던 김석진의 얼굴이 굳어졌다.

해가 질 때쯤 조씨 부인이 하인과 함께 김석진을 찾아왔다. 김석진
은 어색한 인사를 나눴다.

"부인, 누추하지만 방으로 안내하겠습니다."

조씨 부인은 아무 말 없이 김석진이 안내하는 귀틀집으로 들어갔
다. 같이 온 하인은 귀틀집에서 멀리 떨어진 나무 아래 바위에 앉았
다. 귀틀집 안에 들어가자 김석진은 차를 준비했다. 조씨 부인은 찬
바람이 쌩쌩 도는 분위기로 말을 내뱉었다.

"됐습니다."

부인은 앞섶에서 서찰 하나를 꺼내 김석진에게 내던지듯 거칠게 내밀었다.

"이게 무슨 말입니까? 나와의 인연을 여기서 정리하고 싶다는 뜻입니까?"

부인은 매섭게 다그쳤다.

"말 그대로입니다. 진정하고 내 말을 좀 들어주었으면 합니다."

"뻔뻔하게 겉으로는 온갖 예를 다 갖추는 척하면서, 결국 조강지처를 버리겠다는 것 아닙니까? 동학에서 그리 하라고 하더이까?"

김석진은 입술을 깨물었다.

"부인…. 상의하고 싶어서 서찰을 보내 이곳에서 보자고 한 것입니다."

"상의요? 일은 다 벌여 놓고 상의요? 이게 상의입니까? 통보지요!"

김석진은 사납게 대드는 조씨 부인을 애처로운 눈으로 바라보며 조씨 부인 앞으로 차를 내밀었다.

"먼 길 오시느라 지쳤을 텐데 따스한 차 한 모금 마시세요. 부인이 좋아하는 국화차를 어렵게 구했습니다."

조씨 부인의 눈빛이 흔들렸다.

"부인의 날카로움이 아프지 않습니다. 둘 다 이제 남은 생은 가슴에 두고 있는 사람과 단 한 순간이라도 행복하게 살았으면 하는 바람으로 부인을 보자고 한 것입니다."

"진심을 가장한 위선으로 더 이상 저를 농락하지 마십시요!"

"부인, 마음속 깊이 감췄던 것을 풀어놓고, 이제 각자 선택하자는 겁니다."

조씨 부인의 얼굴이 심하게 일그러졌다.

"바람피워 놓고, 손가락질 받을 게 두려워 나까지 끌어들이겠다? 무슨 속에 있는 마음을 말하라고요!"

부인은 가늘게 떨면서 흥분에 찬 감정을 그대로 드러냈다. 김석진은 몸을 떨고 있는 조씨 부인에게 다가가서 품에 안았다. 거칠게 반항하던 조씨 부인은 김석진이 등을 토닥토닥 달래 주자 이내 흐느끼면서 울기 시작했다. 김석진은 차분한 목소리로 말을 이었다.

"누군가의 잘못을 들춰내서 아프게 하려는 것이 아닙니다. 이제부터라도 내 마음을 숨기지 말고 솔직해지자는 겁니다."

김석진은 진심을 다해 조씨 부인에게 다가갔다. 김석진은 조씨 부인의 어깨를 양팔로 잡고 눈을 똑바로 바라보면서 말했다.

"십 년이 넘도록 이 말을 하고 싶었지만, 늘 당신을 보면 괴로웠습니다. 어쩌면 당신이 부러워서 때론 나한테 화가 나기도 했습니다."

조씨 부인은 울음을 멈추고, 김석진을 바라보았다. 김석진은 계속 말을 이어 갔다.

"당신과 혼인하기 전 마음에 품었던 한 여인이 있었습니다. 하지만 그 여인은 양반이 아니었습니다. 몇 번을 부모님에게 말씀드리고 싶었지만 용기가 나지 않았습니다. 그리고 마음에 품은 여인에게도 망설이기만 하고 내 마음을 표현하지 못했습니다. 그렇게 나약하게 상황 앞에서 주저했지요. 그러다가 혼례를 하라는 부모님의 명을 거역하지 못하고, 난 혼례를 치러야만 했지요. 망연자실했던 난 죽고 싶었습니다. 그래서 혼례 전날 당신 집 뒷동산에 목을 매러 갔다가 당신과 한 사내의 모습을 보게 되었지요."

조씨 부인 얼굴이 일그러졌다.

"더 이상 듣고 싶지 않습니다."

"부인, 끝까지 들어 주세요."

김석진은 조씨 부인을 애처롭게 바라보았다.

"더 이상 듣고 싶지 않습니다. 그냥 이대로 살겠습니다. 다른 여인을 품는다고 해도 모른 척하겠습니다. 이만 가 보겠습니다."

조씨 부인은 겁에 질려 자리에서 일어났다. 김석진은 조씨 부인 양팔을 힘껏 잡았다. 조씨 부인은 체념한 듯 고개를 떨구었다.

"부인과 그 사내의 사랑이 너무나 아름다워 보였습니다. 전 그런 용기가 없었지요."

김석진의 말에 조씨 부인은 그를 뚫어지게 바라보았다.

"당신 사랑을 지켜주는 것이 당신을 위하는 일이라고 생각했습니다. 하지만, 그것이 오히려 나의 비겁함을 숨기기 위한… 당신 말대로 위선이었습니다."

조씨 부인은 긴장이 풀렸는지 힘없이 김석진을 바라보았다. 김석진도 깊은 바닥에 있던 감정을 풀어냈다.

"방황하던 시절에 동학을 알게 되었습니다. 사람은 누구나 똑같은 한울님을 모시고 있다! 저는 깜깜한 어둠 속에서 한 줄기 빛을 본 듯했습니다. 이제 나도 신분의 틀에 얽매이지 않고 내 사랑을 찾을 수 있다는 걸 알았습니다. 하지만, 나약하고 비겁한 나는 여전히 낡은 신분제도에서 벗어나지 못하고 허둥대기만 했습니다. 나는 동학의 가르침을 실천하겠다고 집안 노비들 문서는 태웠지만, 내 사랑을 세상에 고백하지는 못했습니다. 하지만, 당신은 그의 노비 문서를 태우지 말라고 소리쳤지요. 그 모습이 생생합니다. 그렇게 해서라도 자신의 사랑을 지키려고 했던 당신의 마음을 바라보지 못했습니다."

조씨 부인은 어깨를 떨며 흐느끼기 시작했다.

"노비 문서를 태우지 않고, 합방하지 않는 것만으로 당신의 사랑을 지켜 주는 거라고 생각했는데…, 제가 어리석었습니다. 그것이 오히려 당신을 힘들게 했으니…. 비겁한 나를 용서해 주실 수 있겠습니까?"

조씨 부인은 김석진에게 매달리면서 울었다. 김석진도 하염없이 눈물을 쏟았다. 두 사람은 한참을 그렇게 부둥켜안은 채 울었다. 십년 가까운 세월의 한이 굽이굽이 물결 지고 있었다. 조씨 부인이 어렵사리 말을 꺼냈다.

"아들을 못 낳아 구박받던 어머니 옆에서 늘 가슴 졸이면서 살았습니다. 그러다, 아버지는 아들을 낳기 위해 저와 비슷한 나이의 애첩을 두었습니다. 아버지 소원대로 그 애첩은 아들을 낳았고, 애첩의 모함으로 어머니는 화병으로 돌아가셨지요. 세상 사내에 대한 원망이 가득할 때마다 늘 마음에 힘이 되었던 이가 바로 밖에 있는 하인입니다. 지병이 있다는 이유로 혼인을 미루면서 서로 사랑을 겨우 이어 갔지요. 어머니가 세상을 뜨자 애첩이 저를 출가시키려고 아버지를 움직여 혼인을 하게 되었습니다."

조씨 부인은 조용히 일어나 문을 열어 하인을 바라보며 말을 이어 갔다.

"목매어 죽는다고, 혼인해도 그냥 옆에 있어 달라고 애원했지요. 그분은 제가 당신한테 한 번도 사랑을 받지 못한 것을 안타까워했습니다. 그분도 제 옆에서 얼마나 속이 시커멓게 탔을까… 저도 그분에게는 이기적인 사람입니다."

조씨 부인은 고개를 돌려 김석진을 바라보았다.

"오히려 당신 덕에 그분에게 그나마 지켜 드릴 것이 있어서 다행입니다. 그리고… 고맙습니다."

조씨 부인은 맥없이 앉았다.

"하지만 당신이 용기를 가졌다 해도 어쩌겠습니까? 당신도 나도, 조선이라는 나라에서 아무것도 할 수 없는 처지입니다."

조씨 부인은 한숨을 크게 쉬었다. 김석진은 조심스럽게 말을 꺼냈다.

"비겁한 내 자신이 감당할 테니, 부인은 정인과 떠나세요."

"어찌할 생각입니까?"

김석진은 조씨 부인에게 종이 한 장을 내주었다. 조씨 부인은 종이를 읽었다.

"이혼…. 가정을 소홀히 한 책임을 물어 부인에게 이혼을 당한다면… 접 내에서 쌓아 올린 것이 한순간에 무너질 수도 있습니다."

"비겁한 것에 대한 대가라면 치러야지요."

"이혼을 하고 어디로 간단 말입니까?"

"중국 상해입니다."

"상해요?"

"상해는 세계 여러 나라 사람들이 모여 사는 데라고 합니다. 그곳에서 새롭게 출발하면 어떨까 합니다."

조씨 부인은 김석진의 말을 듣자 눈이 반짝였다.

"괜찮겠습니까?"

김석진은 고개를 끄덕였다. 조씨 부인은 붓을 잡고 서찰에 조씨라고 써 넣었다.

"그러고 보니, 이름도 없이 살았군요. 상해에 가면 이름부터 가져야겠어요."

자신감이 넘치는 얼굴로 조씨 부인은 종이를 펼치면서 말했다.

"이렇게 쉬운 것을…. 내 자신의 인생을 선택하면 되는 것을… 무엇을 위해 살았는지…."

김석진은 조씨 부인에게 마지막으로 큰절을 했다. 조씨 부인도 맞절을 했다. 조씨 부인은 문을 열고 나가 같이 온 하인을 불렀다.

그 하인은 한걸음에 달려왔다. 조씨 부인은 와락 그 사내에게 안겼다. 사내는 두려움이 가득한 눈으로 김석진을 바라보았다. 김석진은 말없이 고개를 끄덕여 주었다. 두 사람은 총총걸음으로 훈련장을 떠났다. 김석진은 그 길로 영옥에게 달려가고 싶었다. 그는 강경을 바라보면서 다짐했다.

"어떤 시련이 있더라도 물러서지 않겠다!"

며칠이 지나도 은월이 찾지 않자 도령은 소리를 고래고래 지르면서 은월을 찾았다. 대청마루에 앉아서 마당을 지나가던 전주댁을 불렀다.

"여봐라. 이은결이 은월이를 찾는다고 말을 전했느냐?"

전주댁은 눈을 흘기면서 지나갔다.

은월은 도령의 성화에 도령을 방으로 불렀다. 은월은 도령과 마주 앉았다. 은월은 살짝 미소를 지으면서 말을 꺼냈다.

"그래, 몸은 괜찮습니까?"

"좋소. 은월이라고 했나?"

은월은 가만히 미소를 지었다.

"맞습니다. 어찌하여 저를 보자고 했습니까?"

"몇 살인가?"

은월은 박장대소하면서 웃었다.

"왜 웃는 것이냐?"

"제 나이가 왜 궁금하십니까?"

"왜라니, 어디서 말대꾸냐. 어서 말하지 못하겠느냐?"

"올해로 딱 마흔하고 하나입니다."

"아니, 음… 생각보다 나이가 많구나. 그래, 정인은 있느냐?"

"무엇 때문에 그러는지 알아야겠습니다, 도련님."

"어허, 양반이 묻는 말에…."

"좋습니다. 묻는 말에 다 대답을 할 터이니, 그다음부터는 제 뜻대로 따라 주셔야 합니다."

"알겠다."

"정인은 없습니다. 마음에 품은 자가 있으나 이젠 미련만 남았습니다."

"그래? 음… 한 가지만 더 묻겠다. 사내를 품은 적이 있느냐? 듣자하니 기생이었다고 하던데…. 예기였느냐?"

"그건 아무한테도 말할 수 없지요. 혼례를 약조한 사이면 모를까…. 아무리 신분의 고하가 있다 하나 사내가 여인에게 물을 수 있는 말은 아닌 것 같습니다."

은월은 눈웃음을 치면서 이은결을 주시했다. 오히려 이은결의 얼굴이 붉어졌다. 은월이 빨개진 이은결의 얼굴로 손을 가져갔다. 이은결은 화들짝 놀라다가, 은월의 손길이 얼굴을 어루만지는 걸 내버려 두었다.

"도련님…. 제가 평범하게 살았으면 도련님 같은 아들을 두었을 텐데….”

이은결은 매끄러운 은월의 손길이 너무 좋아 순간 넋이 나갔다. 은월은 넋 나간 도령의 뺨을 살짝 치면서 부드럽게 그러나 단호히 다그쳤다.

“도련님, 이번에 내가 묻겠소. 그동안 여기를 정탐해 왔는데…. 관아의 첩자인가요?”

이은결은 두 손을 휘저으면서 떠듬거렸다.

“아니다, 아니… 첩자라니…. 이 무슨….”

이은결은 갑작스런 질문에 적이 당황하며 말을 더듬었다.

“첩자가 아니면, 기생집도 아닌 이곳을 정탐한 이유가 뭔지요? 당장 말을 안 하면, 쥐도 새도 모르게 금강에 돌로 묶어 수장시켜 버릴 수도 있습니다!”

날카롭게 은월이 말하자 이은결은 겁에 질려 바닥에 엎드렸다.

“아이고, 살려 주시오. 난, 다만… 다만….”

“어서 말하시오!”

은월이 책상을 탕탕 쳤다.

“사실은….”

“어서!”

“아이고… 나도 모르겠다.”

이은결은 눈을 질끈 감고 소리쳤다.

“은월이 당신을 연모하오! 당신을 하루라도 보지 않으면 숨이 막혀 죽을 것 같소. 비록 나이 차이는 있지만, 내 마음을 받아 주시오!"

이때 금 객주가 문을 열고 들어왔다. 밖에서 이은결의 말을 듣고 있었던 금 객주는 어이없는 표정으로 은월의 옆에 앉았다. 은월은 눈을 감고 있는 이은결을 보면서 웃음을 터뜨렸다.

금 객주가 바로 옆에서 대놓고 비아냥거렸다.

"이 한심한 자가 바로 현감 아들이라는 자입니까?"

"그렇다네요. 금 객주, 제가 아직도 꽃다운 여인으로 보입니까? 기분은 아주 좋습니다."

은월이 웃자 도령도 함께 웃었다.

금 객주는 이은결을 한심하게 쳐다보면서 말했다.

"웃을 일입니까? 이 바쁜 시기에 이런 한심한 애송이 도련님 때문에 시간을 허비하다니요."

이은결은 발끈했다.

"아니, 한심한 애송이라니. 사내의 사랑만큼 귀중한 것은 없소."

이은결은 제 딴에는 간절한 눈빛으로 은월을 바라보았다. 은월은 그 모습이 너무 가소로워 한참을 웃다가 겨우 말을 꺼냈다.

"도련님, 사랑이 귀중하다면 사랑의 위대함을 보여주셔야지요."

이은결은 한시도 머뭇거리지 않고 바로 답을 했다.

"좋소. 은월이 마음을 얻을 수 있다면 그보다 더한 것이라도 하겠소."

진지하게 말하는 이은결을 보면서 은월은 더 이상 웃지 않았다.

은월은 수십 권의 서책을 도령 앞에 내놓았다.

"서책 한 권을 읽으면 하루에 한 시간 이야기를 나눌 수 있습니다."

이은결은 눈이 커졌다.

"정말이오? 그 말 다시 거두기 없기요? 알았소. 당장 가서 읽겠소. 은월이, 그럼 난 사랑방에 기거하겠소."

금 객주는 불만스러운 표정으로 은월을 바라보았다. 은월은 살짝 미소를 지으면서 고개를 끄덕였다. 이은결은 뜻밖의 성과를 거두고 신이 나서 방을 나섰다. 이은결이 나가자 김석진과 영옥이 나란히 들어왔다. 은월은 둘을 보자 흐뭇한 표정으로 반겼다.

"김 접장, 어서 오세요."

금 객주는 김석진과 영옥을 번갈아 보다가 참지 못하고 말을 꺼냈다.

"마침 잘 왔네. 소문을 듣자니, 부인한테 이혼을 당했다고 하는데, 맞는가?"

"네."

"그래서, 부인이 집을 나갔다는데 맞는가?"

"네."

"아니, 어쩌다가…."

은월은 계속 웃기만 했다. 금 객주는 제 혼자 애가 달아 김석진을 다그쳤다.

"괜찮은 거요?"

김석진은 담담하게 말했다.

"금 객주, 걱정해 주어서 감사합니다. 하지만 괜찮습니다. 어차피 서로 마음에 품은 사람을 따라간 거니, 걱정할 일이 아니라 잘된 일입니다."

영문을 잘 모르는 금 객주는 눈이 휘둥그레졌다. 은월이 한마디 거들었다.

"금 객주, 속 깊은 이야긴 나중에 천천히 합시다. 그래, 김 접장, 무슨 일로 둘이 함께 온 거요?"

김석진과 영옥은 서로를 바라보면서 미소를 지었다. 김석진이 용건을 이야기했다.

"은월 접장, 의논드릴 일이 두 가지 있습니다."

"······."

"서양은 싸우면 이기고 치면 빼앗아 이루지 못하는 일이 없는데, 신식 무기 때문이라고 생각합니다. 그런데 그 신식 무기를 관군, 일본군, 청군이 가지고 있습니다. 신식 무기를 갖고 있는 정규 군대와 죽창 든 우리 농민군들이 어떻게 싸울 것인가에 대한 고민입니다. 손자병법에 '주도권을 잡고, 충실한 적은 피하면서 싸우라.'고 했습니다. 평소에 병법에 관심을 갖고 공부해 왔는데 실제로 해 보는 것은 귀한 경험이 될 것 같습니다."

"구체적인 안이 있습니까?"

김석진이 영옥을 바라보았다. 영옥은 숨을 한 번 내쉬고는 차분히 말을 꺼냈다.

"음력 칠월 초에 세 개 무리로 나누어 허허실실 전법을 해 보는 것입니다."

은월은 신중하게 영옥을 바라보면서 물었다.

"흥미롭구나. 구체적으로 말해 보거라."

"대상은 연산 관아입니다. 습격은 하되 소규모로 하고, 밖의 민심을 부추겨서 감히 함부로 우리를 공격하지 못하게 하는 것입니다. 듣자 하니, 이번에 부임한 현감은 다른 관리들과 다르다고 합니다. 민심을 잘 다독이고, 하급 관리들의 부정을 엄금한다고 합니다. 그래서 지난번 금 객주한테 뇌물을 받은 관리들이 호되게 당했다고 들었습니다."

금 객주가 신중하게 물었다.

"연산 백성들의 신임을 받는 현감을 공격하면 오히려 역풍을 받지 않겠느냐?"

"물론 그럴 수도 있지만, 지금 도처에서 먹을 것이 없어 굶주린 백성들이 허덕이고 있습니다. 관아의 물건이라고 해서 현감 마음대로 풀 수는 없지요. 그래서 대신 우리가 관아의 곡식을 가져다 관아 앞에서 나눠 주는 겁니다."

은월은 빙그레 웃었다. 영옥은 자신감 있게 말을 이어 갔다.

"그래서, 세 번을 습격할 계획입니다. 그래야, 현감의 진심을 알 수 있겠지요. 두세 번째를 암묵적으로 방치하면 우리를 지지한다는 것으로 알아도 되겠지요."

금 객주가 나서서 이야기했다.

"그럼 만약 젊은 도인들을 공격하면?"

"맞서 싸울 수밖에요. 하지만, 우리의 싸움을 지켜보는 백성들이 우리를 지지해 준다면 현감 성품에 함부로 공격하지는 못할 것입니다. 설령 동학도를 싫어한다 해도 백성들을 다치게는 못할 테니까요."

은월은 박수를 치면서 좋아했다.

"좋소. 아주 좋습니다. 그렇게 합시다. 의논할 다른 일이 뭔지 들어봅시다."

방금 자신감에 넘쳤던 영옥은 살짝 고개를 숙였다. 이번엔 김석진이 나섰다.

"은월 접장, 금 객주. 영옥이와 혼인하겠습니다."

금 객주는 놀라서 입이 벌어졌다. 은월은 웃음을 지었다.

"은월 접장, 김 접장이 방금 뭐라고 한거요? 둘이 혼인을 한다고?"

"금 객주, 귀가 먹었습니까?"

금 객주는 한숨을 쉬면서 말했다.

"좋은 일에 재 뿌릴 생각은 없지만…. 전주댁이 박 접주와 영옥이의 혼인을 약조한 상황인데 가만있을 것 같지 않습니다. 또한, 전처와 이혼했다고는 하지만, 조강지처를 버리고 영옥이와 혼례를 하다니요. 세상이 둘을 용납하지 않을 겁니다. 당장 접 내에서 반발이 심할 텐데….”

금 객주는 고개를 저었다.

“금 객주, 그렇다고 둘을 떼어 놔야 합니까? 10년을 가슴앓이하면서 서로를 기다렸어요. 이제 두 사람이 실컷 사랑하게 돼야지요.”

은월은 김석진과 영옥을 바라보면서 말을 이어 갔다.

“난 무조건 두 사람 편입니다. 어렵겠지만 잘 헤쳐 나갈 거라 믿습니다. 한시라도 진정으로 사랑하는 이와 같이 숨 쉬는 것이 얼마나 큰 행복인지를 나보다 두 사람이 잘 알 거라 생각합니다. 두 사람 마음이 잘 맞으니 잘되었습니다. 허허실실 전법도, 향후 있을 기포도 잘 될 것 같습니다. 뜨거운 사랑의 힘으로 잘 준비해 주세요.”

“알겠습니다.”

김석진과 영옥은 동시에 대답을 하고 방을 나갔다. 두 사람의 뒷모습을 근심스럽게 바라보던 금 객주가 은월을 다그쳤다.

“어쩌려고 그러십니까? 가뜩이나 접에서 은월 접장에 대한 견제가 이만저만 아닌데 말입니다. 이번 일로 궁지에 몰릴 수도 있습니다.”

“작심하고 방해하면 별수 있습니까? 내 처지 때문에 저 아름다운 인연을 방해할 순 없지요.”

은월은 담뱃대를 입에 물고 담배 연기를 길게 내뿜으면서 말했다.

“네… 저 두 사람은 어릴 적부터 서로 가슴앓이한 사이입니다. 김석진 부인도 김석진과 혼례 전에 연모하던 사내가 있었지요. 그 사내는 노비였습니다. 신분으로 서로 엇갈린 사랑이 이제야 제자리를 찾은 거지요. 이 또한 하늘이 맺어 준 인연이라고 생각합니다."

"그럼, 전주댁은 어쩌실 겁니까? 또 죽겠다고 강물에 뛰어들 텐데…."

"전주댁은 결국 둘을 갈라놓지 못할 겁니다. 전주댁도 알고 있습니다. 영옥이와 김석진의 관계를…."

"조만간 벼락 맞을 준비나 해야겠습니다."

"금 객주!"

"……."

"저 두 사람을 도와주실 거지요?"

"아니… 내 사랑도 못 챙기는 놈이 무슨 남의 사랑까지…. 모르겠소."

금 객주는 고개를 흔들면서 방을 나서다가 다시 은월을 돌아보며 퉁명스레 말했다.

"사랑방에 있는 도령이나 쫓아내시오. 신경 쓰입니다."

은월은 고개를 끄덕였다. 방 안에 덩그러니 앉아서 담배를 피우던 은월은 혼잣말로 중얼거렸다.

"사랑의 상처가 두려워 말도 못하고 한평생 미련이 되어 바위를 가슴에 담고 사는 것보다 나아요. 비록 끝이 좋지 않다 해도 후회 없이 열정적으로 사랑하는 이와 함께하는 시간은 영원하거든요…. 험난한 세상을 살아가는 힘이 됩니다."

은월은 길게 담배를 들이마시다가 내뿜었다.

입추

- 음력 7.7(양8.7)

연산 관아 아문 앞. 장날로 관아 앞은 분주했다. 검은 옷에 자줏빛 복면을 쓴 젊은이가 대나무 만장을 치켜 올렸다. 자줏빛 깃발에 의 (義)라는 금색 글씨가 빛났다. 그 젊은이는 대나무를 힘차게 흔들면서 외쳤다.

"백성이 나라의 근본이오!"

이때 또 한 명의 복면이 나타나 주먹을 하늘 높이 치켜들었다.

"하지만 조정은 무능하고 부패하여, 백성들이 헐벗고 굶주리고 있어도 사치와 향락에 빠져 지내며, 외국 세력에 휘둘리고 있습니다."

사람들이 주춤주춤 몰려들었다. 장터 곳곳으로 바람보다 빨리 소식이 전해졌다. 영옥을 비롯한 몇몇 도인들이 그들 틈에 섞여 들었다.

뒤편에서 또 다른 자주 복면이 나타나 소리쳤다.

"지금, 왜놈들은 경복궁을 점령하고 임금을 핍박하고 있소! 조선 땅에서 청나라 군대와 왜놈의 군대가 총질을 하며 전쟁을 벌이고 있소!"

젊은 동학 도인들 몇몇이 일사불란하게 관아 앞으로 나무 궤짝을 날랐다. 그 궤짝 위에 김석진이 올라섰다. 김석진도 자줏빛 복면을 하고 있었다.

"민심이 천심이라 했습니다. 그러니 백성의 마음을 하늘처럼 살피지 못하는 이 나라를 두고만 볼 수 없습니다. 밥 한 그릇에 들어 있는 피와 땀과 눈물을 알고 소중히 여기는 우리가, 썩어 빠진 이 땅에 의를 바로 세울 사람들입니다!"

자줏빛 복면을 한 도인들은 얼추 스무 명 정도 되었다. 자줏빛 깃발이 힘차게 바람에 펄럭였다.

"우리 손으로 의를 세웁시다!"

김석진이 총을 한 손에 들고 크게 외쳤다. 몰려든 사람들은 김석진의 말에 호응하며, 함성을 지르기 시작했다.

"와-와-!"

영옥은 아낙들과 사람들 속에서 북을 쳤다.

"둥- 둥- 둥-!"

사람들이 점점 더 많이 모여 들었다. 함성 소리로 온몸이 둥둥 떠 있는 것 같았다. 김석진은 손에 든 총을 번쩍 들었다. 함성으로 가득 찼던 거리는 조용해졌다. 김석진은 천둥 치듯이 외쳤다.

"오늘, 연산 관아를 응징하는 것은 무능한 조정에 대한 우리의 뜻을 전달하고, 함부로 왜놈들이 우리 연산 땅을 짓밟지 못하게 하려는 것이오. 나아가 백성의 뜻이 곧 하늘의 뜻이라는 것을 세상에 알리려는 것입니다!"

김석진은 허공에 대고 총을 쏘았다.

"탕!"

"와! 와!"

사람들의 함성 소리에 하늘과 땅이 흔들렸다. 김석진은 뒤돌아서서 연산 관아의 문을 두 손으로 힘차게 열었다. 아문 바로 뒤에 뜻밖에 연산 현감 이현제가 서 있었다. 김석진은 이현제 현감에게 소리쳤다.

"백성들 앞에서 묻겠소. 이현제 현감은 백성들을 나라의 근본으로 생각하는 목민관이시오?"

"그렇소!"

"됐소!"

"백성들이 꼭 필요한 만큼 가져가겠소!"

김석진이 이끄는 젊은 도인들은 관아를 뒤지기 시작했다. 이현제 현감은 자리에서 꿈쩍하지 않고 가만히 서 있기만 했다. 김석진은 총과 돈 그리고 말을 챙겨서 관아를 나왔다. 관아를 나오자 관아 밖은 사람들로 가득 메워져 있었다. 길은 없어지고 사람들의 행렬이 끝이 안 보였다. 사람들의 함성 소리가 들려왔다.

"와-와-!"

"둥-둥-!"

김석진의 가슴 깊은 곳에서부터 뜨거운 것이 밀려 올라왔다. 이때, 열 살도 안 되는 어린 여자아이가 달려와서 김석진의 손을 살짝 잡았다. 여자아이는 김석진의 손에 붉은 꽃 한 송이를 쥐어 주었다. 김석진은 여자아이를 말안장에 올려 앉혔다. 여자아이는 활짝 웃으면서 상냥하게 말했다.

"다교라고 합니다. 저도 세상의 의를 세우고 싶습니다."

김석진은 대답 대신 고개를 끄덕였다. 그리고, 모여든 사람들을 향해 소리쳤다.

"여러분! 이 아이가 우리의 미래입니다! 우리의 싸움은 비록 고통스럽지만 앞날에는 의로운 시대가 올 것입니다! 함께한다면 두려울 것이 없으며, 두려움이 없으면 반드시 승리할 것입니다! 백성들이 더 이상 굶주리지 않고 천대받지 않는 세상을 위하여 앞으로 함께 나갑시다!"

자줏빛 깃발이 바람에 힘차게 휘날렸다. 말에 올라탄 여자아이는 해맑게 웃었다. 함성은 끝이 없이 이어졌다. 김석진이 이끈 동학 도인들과 그들에게 합세한 농민들은 사흘 동안 연산 관아를 점거하고 머물렀다. 이현제 현감은 아무런 대응도 하지 않았다. 그 사흘 동안 윤지영은 멀리서 이 모습을 유심히 지켜보고 있었다. 윤지영은, 가는 대오리로 겉을 하고 왕골속으로 안을 받쳐 거의 삿갓과 비슷하지만 둘레를 둥글려 네 개의 꽃잎처럼 만든 방갓을 쓰고 있었다. 방갓을 쓰고 허름한 옷을 입어 아무도 윤지영을 알아보는 이가 없었다.

"동학의 세상인가 왜국의 세상인가…."

윤지영은 입술이 바짝 말랐다.

처서

- 음력 7.23(양8.23)

그로부터 며칠 후, 윤지영은 한양 마포나루에 나타났다. 마포나루
는 언제나 그렇듯 사람들로 넘쳐 났다. 멀리서 깔끔하게 차려 입은
왜인 한 명이 손을 번쩍 들고 윤지영에게 반갑게 인사했다. 윤지영도
활짝 웃으면서 성큼성큼 다가갔다. 악수를 나눈 두 사람은 급히 걸음
을 옮겨 마포나루에 하나뿐인 일본인 요릿집으로 들어갔다.

"윤지영 사관! 그동안 고생했소. 한 잔 받으시오."

"별말씀을 다 하십니다."

"윤 사관의 정보 수집 능력은 대단하오. 영사관에서 대만족이오."

"그게 정말입니까, 나리스케 순사님?"

왜인은 호탕하게 웃었다.

"윤 사관, 우리는 외무성과 참모본부가 하나가 되어 움직이고 있다
는 사실을 명심해야 하오."

인천 영사관 소속 순사 나리스케 노부시로(成相喜四郞)와 윤지영은
작년 보은에서의 척왜양 운동 때부터 본격적으로 정보 수집을 해 오
고 있었다. 나리스케 노부시로는 윤지영에게 제법 공손히 술을 따랐

다.

"올해 들어 최해월이 있는 호서 중심으로 정보 수집 활동을 하라고 조여 왔는데… 윤 사관 역할이 컸소. 그 공 잊지 않겠소."

윤지영은 쓴 미소를 지었다.

"별말씀을요. 나라를 걱정하는 사람이라면 당연히 해야 할 일이지요."

"얼마 전에, 충청 감영 인근 지역을 다녀왔다고?"

당황한 윤지영은 미간을 찌푸렸다.

"아, 예…."

"그쪽은 별일 없소? 호남에서 충청으로 올라오는 길목이 금산이라…. 금산에서 올해 처음으로 무장봉기도 일어났고…. 윗선에서 관심이 많소."

윤지영의 찌푸린 미간이 풀렸다. 나리스케 노부시로는 스산한 웃음을 지으면서 가방에서 뭔가를 조심스럽게 꺼냈다.

"윤 사관, 이게 뭔 줄 알면 깜짝 놀라서 뒤로 훌러덩 넘어갈 것이오!"

나리스케 노부시로는 커다란 종이를 펼쳐 상 위에 올려놓았다. 지도였다. 윤지영은 심장이 뛰었다.

"아니, 이건 지도 아닙니까?"

"보통 지도가 아니지. 이건, 우리 일본의 고급 관리들만 보는 걸세."

윤지영의 눈이 커졌다.

"윤 사관…. 놀라는군. 당연히 그러겠지. 그래, 우리나라는 이 정도 일세. 정밀한 조선 지도를 직접 만든 걸세! 정말 위대한 나라 아닌가? 그런 위대한 나라를 위해 헌신하는 것이 얼마나 영예로운 일인가? 윤 사관 자네가 대일본제국이 전 세계를 향해 뻗어 나가는 길에 함께 하고 있다는 것을 잊지 않게 하려고 이렇게 자네에게 보여주는 것일 세!"

"영광입니다!"

윤지영은 머리를 조아렸다.

나리스케는 술을 벌컥벌컥 마셨다. 윤지영은 여러 장으로 되어 있는 지도를 유심히 살펴보았다. 너무 정밀해서 고을과 고을을 잇는 길들이 직접 눈앞에 펼쳐져 있는 것 같았다. 윤지영은 지도를 살피면서 물었다.

"언제 이런 지도를 다 만들었습니까?"

"미개한 이 조선은 자기 나라를 측량하는 것도 모르고 있지. 쯧 쯧…. 오래 전부터 일본 해군이 대놓고 해안가를 측량해도 그냥 멀뚱 멀뚱 쳐다만 봤으니…. 게다가 내륙으로도 전국의 지형을 속속들이 조사하여 이렇게 정밀 지도를 만들었는데도 아마 조선 조정에서는 꿈에도 생각지 못하고 있을 게야. 윤 사관! 지금 동학당들이 숫자만 믿고 날뛰는데 다 부질없는 짓일세…. 일본군은 동학당이 움직이는 걸 손바닥 들여다보듯이 훤히 꿰고 있지. 게다가, 신식 무기들은 아

직 구경도 못했으니, 아마 그 위력을 몸소 겪게 되는 날에는 독 안에
든 생쥐 꼴로 떼죽음을 당할걸세! 떼죽음!"

윤지영은 온몸이 살짝 떨리면서 서늘한 기운이 등골에서 머리까지
쭉 뻗치는 걸 느끼며 잠시 비틀거렸다.

"윤 사관 자네는 우리 대일본제국의 충실한 신민으로 내가 보증할
테니 앞으로 더욱 충성을 다해야 하네."

비열한 웃음을 지으면서 나리스케는 윤지영의 어깨에 손을 얹었
다.

"그런데 윤 사관…."

"네, 말씀하십시오."

"그건 그렇고, 사실은 나도, 조선에서 돈 되는 사업을 좀 하고 싶은
데…. 금광이나 염전을 하는 사람들이 주변에 있다는데… 조선의 금
광과 염전이 어떻게 생겼는지 자네 덕에 구경을 하고 싶은데 말이
야…."

"네! 조만간 자리를 만들겠습니다."

윤지영은 정성껏 나리스케 노부시로의 잔에 술을 따랐다.

"그래그래. 술맛이 좋구만. 음… 내 처조카가 조선에 오는데…. 어
린 나이에 과부가 되었지만 순종적이고 상냥하고…. 참, 아버지가 고
위 군 관료라네. 어떤가? 자네가 도성 안내를 해 줄 수 있을까?"

윤지영은 나리스케의 눈을 바라보았다. 윤지영은 갑자기 자리에서
일어나 허리를 굽히면서 말했다.

"몸과 마음을 다하겠습니다!"

"왜 내가 자네를 좋아하는지 아나? 바로 이런 점 때문일세. 말만 하면 척척 알아서 하니…. 난 그런 자네와 더 가까워지고 싶다고. 처조카를 잘 부탁하네. 만약 잘되면 자네 앞길은 탄탄대로일세, 탄탄대로!"

나리스케가 잠시 자리를 비운 사이 윤지영은 지도를 다시 꼼꼼히 살폈다. 윤지영은 자신도 모르게 얼굴이 활짝 펴졌다.

"아! 없다."

지도에 연산 지역은 텅 비어 있었다. 윤지영은 본능적으로 가슴을 쓸어내리면서 안도하며 한숨을 쉬었다. 나리스케 노부시로가 낯선 순사와 함께 방 안으로 들어왔다.

"윤 사관, 내가 문 앞에서 누굴 만났는지 아나? 바로 와타나베 타카지로(渡邊鷹次郎) 순사님일세. 오늘 정말 즐거운 날일세."

윤 사관은 얼른 자리에서 일어나 와타나베 타카지로에게 인사했다. 그리고 윤지영은 그를 유심히 바라보았다.

"반갑소! 와타나베 타카지로 순사요. 경성 영사관에 있소."

"경성 영사관…."

윤 사관은 경성 영사관 와타나베 타카지로 순사 이야기를 들은 적이 있다. 그는 고급 정보만을 수집하는데, 그 정보는 외무성뿐만이 아니라 일본군 참모본부, 즉 대본영에 그대로 보고되었다. 외무성과 참모본부를 연결하여 동학군을 진압하는 데 중심 역할을 하고 있는 인물이었다. 윤지영은 바로 앞에 일본국의 거물이 있다는 사실이 믿겨지지 않았다. 나리스케가 윤지영을 추켜올리는 이야기를 꺼내며 슬쩍 윤지영의 어깨를 밀었다. 윤지영은 어깨에 힘이 들어갔다. 나리스케는 몸을 비틀거리면서 말했다.

"윤 사관, 뭐하나. 어서 자신을 소개해야지. 이런 기회가 또 어디에 있다고."

"아, 예. 저는 윤지영 사관입니다."

와타나베는 날카로운 눈으로 윤지영을 주시하였다.

"와타나베 순사, 요즘 대원군 동정을 탐문한다지요?"

"나리스케 순사는 인천에 있으면서도 경성을 훤히 들여다보는군. 요즘 대원군 쪽이 심상치 않아서… 같이 일할 믿을 만한 사람을 찾고 있지."

나리스케는 술잔을 와타나베에게 권하면서 은근히 말했다.

"와타나베 순사! 제가 도움을 드리면, 저의 공도 대본영에 보고해 주실 수 있겠습니까?"

"당연한 이야기를!"

이번에는 와타나베가 윤지영에게 술을 따르면서 물었다.

"고향이 어딘가?"

"충청 감영 인근 노성현입니다."

와타나베의 가느다란 눈이 반짝였다. 와타나베는 윤지영을 찬찬히 살피면서 말했다.

"윤지영이라고 했나? 기억해 놓겠네."

와타나베가 자리에서 일어났다.

"일행들이 기다리고 있어 그만 가 봐야겠네."

와타나베가 문을 열고 나가다가 몸을 돌려 윤지영을 바라보며 말했다.

"윤자신(尹慈信)을 아는가?"

윤지영은 멈칫거리다가 대답했다.

"네, 가까운 친척입니다!"

"윤지영이라 했지?"

"네!"

"나리스케! 둘이 한번 경성 영사관에 오게나."

나리스케는 입이 함지박만하게 벌어지며 힘차게 대답했다.

"알겠습니다!"

와타나베는 뿌듯한 표정을 지으며 밖으로 나갔다. 그가 나가자, 나리스케는 신이 나서 박수를 치고, 윤지영의 두 손을 잡으며 기쁨을 감추지 못했다. 윤지영은 심각한 표정으로 나리스케를 자리에 앉혔다.

"와타나베 순사님이 윤자신을 왜 찾는 겁니까?"

"왜 찾긴? 다 필요하니까 찾는 게지."

"그러지 말고, 아니 알아야 판을 짤 거 아니오. 이번이 하늘에서 내려 준 기회인데 말입니다."

"아, 그렇지···. 가까이 와 보게나···."

나리스케는 윤지영의 귀에 입을 가져갔다.

"대원군이 청과 동학당 놈들과 연계해서 대일본제국을 몰아내고 조정을 장악하려는 움직임이 포착되었지. 전 교리 송정섭이 충청도 노성현의 토호인 윤자신과 비밀리에 접촉하고 있소. 송정섭은 윤 씨의 재궁인 정수암을 거점으로 의병을 모으려는 계획을 알아냈지. 송정섭을 끈으로 해서 대원군과 윤자신이 내통하여 우리와 맞서려고 하는 거지. 하지만 걱정 말게. 그들의 운명은 개죽음이니!"

"대원군이 윤자신을 통해 얻고자 하는 게 뭡니까?"

"그게 바로 자네 몫일세. 그래서 경성 영사관까지 자네를 오라는 거고. 음, 늙은 여우 같은 영감탱이··· 대원군 때문에 골치가 아프지. 한 번에 확 보낼 수 있는 물증만 있다면, 자네와 난 돈과 명예를 얻고 평생 탄탄대로를 걸으며 살걸세!"

윤지영은 뒷목이 뻐근했다. 머리에 바윗덩어리가 쿵 하니 떨어진 느낌이었다. 머리는 혼란스러웠고 가슴은 벌렁거렸다. 윤지영은 손으로 가슴을 꽉 쥐었다.

추분

- 음력 8.24(양9.23)

"왜놈들이 경복궁을 침탈한 것이 사실인가요? 왜놈들이 청과 전쟁을 일으켰다는데….."

"……."

"금 객주, 답답합니다. 얼른 이야기해 주십시오."

영옥은 금 객주의 옷소매를 잡고 매달리다시피 했다. 은월은 담뱃대를 잡았다. 김석진은 영옥을 말리고 있었다. 금 객주가 무겁게 말했다.

"다 사실입니다."

방 안 사람들 얼굴은 흙빛이 되었다. 은월이 담배를 피우다 기침을 심하게 했다. 곧 전주댁이 진달래차를 가지고 들어왔다. 뒤따라서 이은결도 들어왔다. 기침을 하던 은월이 힘겹게 말을 꺼냈다.

"결국 때가 왔구나!"

은월의 얼굴이 분심에 붉게 물들었다. 방 안에는 침묵만이 흘렀다. 속내로 보면 이미 진즉에 망한 나라이지만 안방까지 왜놈들이 쳐들어온 것은 이 땅에 사는 백성으로 수치스러운 일이 아닐 수 없었다.

은월은 모멸감으로 온몸을 바들바들 떨고 있었다. 김석진만 보면 잡아먹듯이 노려보던 전주댁도 근심 어린 표정으로 앉아 있었다. 철없어 보이는 이은결도 눈을 껌벅이며 금 객주의 말에 귀를 쫑긋 세우고 있었다. 금 객주는 한양 도성 침탈에 대해 상세하게 이야기하기 시작했다.

"기억나시는지요? 9년 전이죠. 갑신정변으로 청나라 이홍장과 일본 이토 히로부미 사이에 맺어진 천진조약 말입니다."

은월은 또렷이 기억하고 있었다. 전주댁이 기침하는 은월이 대신 말했다.

"기억이 나고말고. '어느 한 나라가 조선에 군대를 파병할 경우 그 사실을 상대방에게 알리고, 그 사변이 진정되면 즉시 철병한다.'고 예전에 은월 접장이 말했잖어! 기억들 안 나?"

금 객주는 고개를 끄덕이며 말했다.

"맞습니다. 조정에서는 동학군이 전주성을 함락하고 나니 마침내 청나라에 군대를 보내 달라고 요청했지요. 왜국은 이 기회를 놓치지 않고, 왜인 거류민을 보호한다는 명분을 내세워 병력을 파견했습니다."

은월은 미간을 찡그리면서 금 객주를 바라보았다.

"금 객주! 지금은 어느 정도 정리가 되었으니, 청나라든 왜놈들이든 다 물러나야 하지 않습니까?"

"그래야지요. 조정에서도 그리 요청을 했다는군요. 청나라는 그러겠노라고 했지만, 왜놈들은 동학군이 난을 일으킨 것은 조선이 내정을 잘못해서이니 이를 함께 개혁하자고 청나라에 제안을 했답디다.”

“청나라가 그걸 받아들이겠습니까? 청나라 입장에서는 우리를 자기 나라 속국으로 생각하고 있는데 왜놈들이 같이 나눠 먹자고 덤벼드는 판국이니….”

“그것이 왜놈들의 속셈이지요. 그런데 청나라가 이에 응하지 않으니 이번에는 자기들이라도 조선을 개혁하겠다는 것입니다.”

은월은 기가 막혀 눈이 커지면서 말했다.

“그래서, 군대 철수를 못하겠다…. 조약에서 군대가 주둔할 이유가 없어지면 철수해야 하는데, 철수 못하게 그 이유를 만들어 냈군요. 이제, 왜놈들이 추악한 본심을 드러내고 있어요!”

무거운 침묵이 한동안 흘렀다. 울분을 삭일 시간이 필요했다. 금 객주는 방 안 사람들을 한번 둘러보면서 숨을 고르게 쉬었다. 금 객주가 다시 침묵을 깼다.

“김옥균을 아는가, 김 접장?”

“알고말고요. 김옥균의 갑신정변이 3일 만에 끝나 아쉽지요. 만약 성공했다면 지금 같은 사태는 없지 않았을까 싶습니다. 청나라에 대한 종속 관계가 청산되었을 테고, 강대국에 휩쓸리지 않고 우리 방식대로 발전하지 않았을까 싶어 미련이 남습니다.”

이은결이 끼어들었다.

“하지만, 김옥균이 왜국과 손잡았으니 과연 종속 관계가 청산되었을까 싶은데…."

"당시에는 김옥균이 옳은 선택을 했다고 생각합니다. 청나라와의 관계를 청산하기 위한 전술적인 조치였고, 이후 개혁이 성공했다면 왜국에 종속되는 게 아니라 평등한 관계가 되지 않았을까 싶은데…."

이은결이 말을 꺼내려 하자 금 객주가 선수를 쳤다.

"김옥균이 이 시대에 대단한 인물임은 틀림없는 사실이지요. 김옥균은 어쩔 수 없이 왜국으로 망명했지만…. 그로부터도 10년이 지났네. 이 갑신정변 실패로 청국에 대한 적대감이 왜놈들 사이에서 급속히 퍼졌고, 이후 왜놈들은 실력을 양성하여 국권을 해외로 확장해야 한다고 주장했지. 탈아론(脫亞論)을 외치면서 자국의 정치인들을 선동한 후쿠자와 유키치 같은 자가 대표적이지."

이은결이 호기심이 가득한 표정으로 끼어들었다.

"탈아론이라면 동양에서 벗어나 서양의 문화를 받아들이고 지향하자는 뜻인가?"

금 객주는 이은결이 끼어드는 게 마음에 들지 않아 퉁명스럽게 대꾸했다.

"아주 머리가 텅텅 빈 건 아니군. 맞네. 동양 것은 낡고 뒤진 것이요 서양 것은 새롭고 앞선 것이니, 일본은 아시아를 벗어나 서양 세계로 나아가야 한다는 거지. 거기에는 또 조선과 청나라의 관계는 낡은 것이니 청산의 대상이라는 생각도 들어 있어. 야만적인 속셈을 가진 왜놈들이 새로운 서양의 문물을 받아들여 강성해지면, 동양의 나라들에 대해 자기들이 앞장서서 탈아를 선도하겠다는 것인데… 침략을 위한 명분으로 탈아론을 만들었다고 생각하네. 결국은 서양 제국 흉내를 동양 세계에서 내 보겠다는 거지."

이은결은 기가 막혀 가슴을 턱턱 치면서 분통을 터뜨렸다.

"왜놈들을 몰라도 너무 모르고 있었던 것이 섬뜩합니다. 그동안 장에서 왜놈들이 싼값으로 싹쓸이하듯이 가져간 쌀가마들이 눈에 아른거립니다. 왜놈들 목적은 군량미를 준비하려던 게 아닙니까! 야욕이 가득 찬 사악한 무리들이군요!"

금 객주는 이은결의 말을 듣는 둥 마는 둥 제 말을 이었다.

"흥미로운 이야기를 하나 더 해 드리지요. 김옥균이 상해로 갔는데, 얼마 되지 않아 살해당했습니다. 조선인 자객 홍종우에 의해 살해되었지요. 그리고 한성 양화진 형장에서 능지처참을 당하여 조각조각난 시신은 팔도에 보내 전시하고 머리는 저잣거리에 효수되었지요."

"왜놈들은 이를 명분 삼아 야만적인 조선을 무력으로 개화시켜야한다고 여론을 조성하고 있네."

이은결은 금 객주에게 궁금한 표정으로 물었다.

"금 객주, 왜국이 조선에 대한 야심을 드러내면 서양 세력들이 가만있지 않을 텐데요?"

"그것을 왜놈들이 가장 걱정한다고 하네. 그래서 왜국은 조선에 야심이 없다고 하면서, 한쪽으로는 청과의 전쟁을 벌일 수 있는 명분, 서양 제국들을 무마시킬 수 있는 명분을 찾은 거지. 바로, 조선의 개혁일세."

이은결이 갑자기 괴로운 표정을 지으면서 말했다.

"이러다가 이 나라 조선이 왜놈들의 나라가 되겠습니다. 큰일 아닙니까?"

김석진은 괴로워하는 이은결의 등을 두드리면서 무거운 방 분위기를 바꿔야겠다고 생각했다.

"그래서, 우리가 이렇게 나선 것이 아닙니까? 동학 도인들뿐만 아니라 백성들도 일어섰습니다. 무엇이 두렵습니까? 왜국이 아무리 강하다고 해도 우리가 함께하면 두려워할 것이 없습니다. 대동강에서도 서양의 함선을 평양 백성들이 맨주먹으로 싸워 불태우지 않았습니까? 우리가 뭉쳐 싸운다면 왜놈들을 반드시 이길 수 있을 것입니다."

은월은 다시 담뱃대를 잡았다. 전주댁은 걱정이 돼서 얼른 은월의 담뱃대를 낚아챘다. 둘은 오래간만에 눈빛을 주고받았다. 전주댁은 은월의 손에 진달래차가 가득 담긴 찻잔을 쥐여 주었다. 은월은 편안한 얼굴로 말했다.

"김 접장, 말씀 참 잘했습니다. 우리에게는 개벽의 꿈이 있고, 그 꿈을 위해 생명을 바친 수만의 도인들이 있습니다. 그리고 이를 받쳐 주는 수백만의 민초들이 있지요. 또한 모진 세월을 다 이겨 낸 우리의 해월 선생이 계십니다. 혼란한 시대는 오히려 의를 세울 수 있는 기회가 될 수 있습니다. 하늘 아래 사람이 주인 되는 세상을 만들 수 있는 기회 말입니다!"

침울했던 방 안은 은월의 밝은 목소리로 순식간에 희망으로 가득 찼다. 모두의 눈빛이 반짝였다. 은월은 방 안 사람들 얼굴을 하나하나 돌아보았다.

"하지만, 우리는 명심해야 합니다. 왜놈들은 이미 사람이길 포기한 자들입니다. 사람으로 생각하면 정이 생기지요. 야수라 생각하면 어떠한 정도 생기지 않을 것입니다. 왜놈들은 특유의 성질이 있습니다. 강자 앞에서 그놈들만큼 유순하고 복종의 몸짓을 보이는 자들은 세상에 없을 겁니다. 그러나 약자들 앞에서는 비열한 품성이 그대로 드러나지요. 한마디로 겉 다르고 속 다른 놈들이 왜놈들입니다. 그런 그들이 우리 조선 사람들을 미개인 취급하고 있습니다. 한 발 앞서 서양으로부터 새로운 문물을 받아들인 걸 내세우는 거지요. 이 또한 우리가 간과하지 말아야 할 일입니다. 저놈들의 본성은 야비한 짐승의 그것과 진배없지만, 무조건 저들을 얕보는 것만이 능사는 아니라는 점도 유념해야 합니다."

은월은 이은결의 손을 잡았다.

"그렇다고 두려워할 필요는 없습니다. 진실과 정의는 반드시 이깁니다."

이은결은 은월에게 빠져들었다. 넋 놓고 있는 이은결에게 금 객주가 쏘아붙였다.

"우리 도련님! 어찌할 생각인가?"

"아니, 뭘 말입니까?"

"이제부터 전쟁이네 전쟁! 야만적인 왜놈들과 싸워야 하네. 왜놈들 총 끄트머리만 보고도 바들바들 떨며 험한 꼴 보이지 말고, 집에 꼭 꼭 숨어 있는 게 낫지 않겠는가?"

금 객주의 말을 흘려들으며, 이은결은 여전히 은월만 바라보고 있었다.

"무슨 말이오! 은월이, 걱정 말게. 내가 반드시 사악한 짐승의 무리를 잡아 가죽을 벗겨 은월이에게 가져다주겠소!"

이은결이 잡고 있던 은월의 손등에 볼을 비볐다. 금 객주가 이은결을 은월로부터 떼어 내려고 했다. 이은결이 거칠게 금 객주를 밀치면서 한 덩어리가 되어 나뒹굴었다. 모두들 배꼽을 잡고 웃었다. 김석진은 웃으면서 살포시 영옥의 손을 잡았다. 은월은 두 남자의 소동을 바라보면서 우스갯소리를 했다.

"내가 아들 둘을 키웁니다. 이제 그만하십시오."

은월이 손뼉을 쳤다. 이내 방 안이 정돈되었다.

"자, 이제부터 우리도 결사의 마음으로 싸워야 합니다. 내가 한 발물러서면 우리 뒤의 동학군들은 두 발 물러서게 됩니다. 끝까지 전진해야 합니다. 이제부터 일사불란하게 움직여야 합니다. 김 접장, 다른 접 소식은 없는지요?"

"있습니다. 조만간 이곳으로 전봉준 대장 부대가 올라올 것 같습니다. 그리고…."

방 안을 살폈다. 은월은 고개를 끄덕였다.

"대원군이 밀지를 내렸다고 합니다."

"올 게 왔군요."

"네, 대원군의 특사가 밀지를 가지고 지금 접주들을 비밀리에 만나고 있다 합니다. 제가 알기로 박 접주도 만났다고 합니다."

은월은 미간을 찌푸리면서 말했다.

"박 접주가 이번만큼은 현명하게 움직여야 하는데…. 귀가 가벼워도 내공이 있으니… 믿을 수밖에…. 김 접장, 전봉준 대장 이야기를 좀 더 자세히 해 주세요."

"네, 전봉준 대장과 손병희 대접주가 공주를 치고 한양으로 갈 준비를 연산에서 할 것 같습니다. 대원군의 은밀한 움직임도, 이곳으로 향하고 있습니다."

방 안에서 탄성이 터졌다. 금 객주는 박수를 치면서 말했다.

"은월 접장의 예리한 판단, 정말 탁월하오. 이곳 연산이 기포의 중심이 되는군요!"

은월은 살짝 미소를 지었다. 김석진은 말을 이어 갔다.

"맞습니다. 정말 탁월한 지략입니다. 덕분에 우리 연산을 중심으로 노성과 은진의 젊은 도인들은 인근의 진산, 멀리는 호남에 있는 접들과 연합 작전 경험도 많이 쌓았습니다. 또한, 도상하 도인을 중심으

로 연산의 향리나 유생들하고도 관계를 잘 맺어 놓았습니다. 동학은
멀리하더라도, 나라를 삼키려는 왜놈들과 싸울 때는 함께 싸워야 한
다고 뜻을 모았습니다."

은월은 흐뭇한 표정으로 김석진을 쳐다보았다.

"작은 것 하나라도 놓치지 않고, 공통된 마음을 모아 유리한 전선
을 김 접장이 잘 만들었습니다. 보국안민과 척왜양의 대의를 앞세워
유생들의 마음을 흔들어 놓았지요. 그뿐입니까? 젊은 도인들을 의
(義)라는 깃발 아래 하나로 뭉치게 해서 군사훈련까지 하지 않았습니
까? 연산 관아를 대상으로 훈련을 해서 현감의 의중도 파악하고 일석
이조였지요. 탁월한 전술이었습니다."

이번에는 금 객주가 영옥을 앞세웠다.

"영옥이는 얼마나 자랑스럽겠습니까? 이런 멋진 사내를 옆에 두고
있으니 말입니다."

영옥은 고개를 숙이면서 얼굴을 붉혔다. 전주댁은 못들은 척 딴청
을 피웠다. 은월은 금 객주에게 물었다.

"금 객주, 물품 상황은 어떻습니까?"

"금광 사업을 먼저 시작해서 이득을 톡톡히 보았지요. 오죽하면 왜
놈들이 침을 질질 흘리면서 달려들겠습니까? 얼마 전에 윤지영이 나
리스케 노부시로라는 왜놈 신문기자를 데리고 와서는 금광에 대해
꼬치꼬치 물어보고 갔지요. 왜군에서 금에 대해 관심이 많다고, 고급
정보도 주었지요. 아무튼 연산 지역 동학군뿐 아니라 전국의 동학군

이 온다 해도 몇 달 충분히 먹고 입을 수 있을 정도로 후방은 든든합니다!"

은월은 만족스러운 표정으로 말했다.

"자, 이제 전진할 일만 남았습니다. 전방과 후방을 철저하게 다시 점검해야 할 것입니다. 그리고 김 접장!"

"네!"

"우리 지휘부로 어디가 좋을까요?"

"도상하 도인이 연산향교를 추천했습니다. 저도 같은 생각입니다. 지형상 산을 끼고 있고, 퇴로도 있어 좋습니다. 또한, 황화산에도 제2 도소를 둘 계획입니다."

"좋습니다. 전봉준 대장과 손병희 대접주의 도소는 박영채 접주와 긴밀하게 협조해서 진행하도록 합시다. 그래야, 우리가 후방 사업에 더 집중할 수 있습니다. 또한, 박 접주가 움직여야 연산 내부가 합심해서 움직일 수 있습니다. 이 과정에서 사사로운 이익만을 내세우는 자들과 박 접주를 갈라서게 만들어야 합니다."

은월은 눈에 힘을 주면서 말했다.

"우리의 무기는 사람입니다. 이 나라를 외세로부터 구하고, 의를 바로 세우기 위해 모든 사람들을 하나로 모아야 개벽이라는 복잡하고 어려운 일을 완수할 수 있습니다. 사람을 쳐내긴 쉬워도 붙잡긴 어렵습니다. 단 하나의 뜻만이라도 같다면 손잡고 통 크게 단결해야 합니다. 이것이 우리가 이기는 방법임을 잊어서는 안 됩니다! 그리고, 민초들이 세상의 주인입니다. 그들이 나설 수 있도록 우리 도인들이 앞장서야 합니다. 이 또한 잊어서는 안 됩니다!"

모두 고개를 끄덕였다. 눈빛을 반짝이며 이은결은 혼잣말로 중얼거렸다.

"세상의 주인이 백성이니, 그들의 힘을 모아 혁명을 하겠다!"

말끝에 은월이 갑자기 분위기를 바꾸며 김석진을 바라보았다. 김석진도 은월을 바라보았다. 은월은 잠시 망설이다 말을 꺼냈다.

"조만간 박 접주와 상의해서 황화산에서 결의를 다지는 자리를 마련합시다."

모두들 결의에 찬 눈빛으로 고개를 끄덕였다. 다들 방을 나가고 전주댁이 찻잔을 정리했다. 은월이 전주댁을 불렀다.

"전주댁, 나랑 이야기 좀 합시다."

"내 생각은 바뀌지 않았소."

전주댁은 방을 나가려다 말고 멈춰 섰다. 은월은 전주댁의 등을 바라보았다.

"은월 접장, 인연은 하늘이 정해 준다고 했지? 어느 인연이 하늘이 선택한 건지 끝까지 가 보고 싶네. 그래야 내가 죽어도 후회하지 않을 것 같네…."

"하나 묻고 싶은 것이 있어요."

"……."

"영옥이…, 전주댁 아이가 맞죠?"

전주댁 어깨가 사르르 떨렸다.

사납게 대들어야 할 전주댁은 아무 말 하지 않고 문을 닫고 나가 버렸다. 은월은 숨을 크게 쉬었다.

"도대체 무슨 사연이 있기에 저리도 모질게 대하는 건지…."

입동

- 음력 10.10(양11.7)

향교골에 있는 연산향교는 매우 분주했다. 아낙들이 연산향교 마당에 모여 김장을 담그고 있었다. 도상하는 마당에서 김장하는 아낙들을 바라보며 슬그머니 미소를 머금었다. 난리가 나도 입동이 다가오니 여전히 김장을 담그는 것이 한편으로 신기했다.

"난리가 언제 끝날지 모르니 최대한 많이 담가야 합니다!"

아낙들의 눈빛은 금강의 모래처럼 빛났다.

"도 접장, 걱정 마십시오. 다 먹자고 하는 일인데…. 싸우더라도 먹어야 싸우지! 이 김치 한 쪽이면 밥 한 그릇 뚝딱이고, 밥을 먹어야 왜놈이고 관군이고 때려잡지. 우리가 해 주는 밥이 없으면 아무리 힘쓰는 장사라도 며칠 못 가 죽창조차 들지 못할 거유!"

"그려, 그렇지!"

"이런데도, 난리 끝나고, 우리 아낙들을 무시한다면, 내 가만두지 않을 것이여! 그날로 그냥, 확…!"

아낙이 길게 잘라 놓은 무를 들고 부러뜨리는 흉내를 내자, 마당은 웃음바다가 되었다. 후방에서 정성을 다해 먹을 것을 만드는 아낙들의 자부심이 대단했다. 도상하는 그런 아낙들을 존경스런 눈으로 바라보았다.

연산은 유학의 숨결이 깊이 배어 있는 곳이다. 연산에는 조선 초에 세워진 연산향교, 임진왜란 이후 조선 사회를 지배했던 노론의 돈암서원이 자리잡고 있다. 연산 유학의 중심지 중 하나인 향교골에서조차 새로운 시대를 갈망하는 박동 소리가 거세었다.

"김 접장!"

한참을 향교 외문 앞에서 일하고 있는 김석진을 부르는 목소리가 들렸다. 이웃 마을인 관창골에 사는 도상하였다. 도상하는 유학의 가풍이 엄중한 가문에서 자라났다. 하지만 이즈음 들어 도상하가 모시게 된 것은 위패가 즐비한 향교에 모셔진 유학의 성현이 아닌 백성을 하늘로 섬기는 학문이다. 도상하의 집안은 누대에 걸친 유학자 가문으로, 유학의 뜻을 제대로 살펴 '백성이 나라의 근본'이라는 말을 금과옥조로 여기며 그에 걸맞게 실천하고자 애써 온 집안이다. 세도정치가 정국을 장악하고 유학의 이념과 선비들이 더 이상 국가의 경영에 역할을 다하지 못하자, 미련을 버리고 새로운 철학과 이념을 제시하는 동학과 인연을 맺었다. 도상하의 집안은 고을 백성들의 인심도 얻고 있었다. 삼정 가운데서도 그 폐해가 가장 극심했던 환곡의 처분권을 지역 유지들에게 넘겼을 때, 연산에서는 도씨 집안이 그 책임을 맡았다. 도씨 집안은 환곡의 관리를 정당한 기준과 절차에 따라 진행하였다. 모든 것이 엉망인 세상에서 원리 원칙대로 하는 것만으로도 도씨 집안은 민심을 얻었다. 연산향교 외문 밖에 고즈넉이 세워진 문묘정에서 김석진과 도상하가 마주 앉았다. 도상하는 호기심이 가득 찬 눈으로 김석진에게 물었다.

"해월 선생께서 '기포령'을 내렸다는 것이 사실인가?"

"그렇다네. 손병희, 손천민, 오지영, 박인호 등 해월 선생을 보필하는 대접주들이 숙고를 거듭한 모양일세. 지난봄의 거사는 호서 호남에서 도인들에게 가해지는 탄압을 중지시키고, 나아가 백성들을 도탄으로 몰아넣는 폐정을 개혁하는 것을 전면에 내세웠지만, 이제 왜적이 이 나라를 침탈하고, 총구를 우리 동학 도인들을 향해 돌리는 것이 확실한 이상, 전면적인 기포와 대응이 불가피하다는 결론에 도달했다 하네. 하여 호서와 기호 지역의 동학 도인들은 손병희 대접주 휘하에 결집하여 전봉준 대장과 내응하기로 했다는 소식일세. 해월 선생이 손병희 대접주에게 모든 지휘권을 위임하는 통령기를 하사했다 하네."

"드디어…! 뒷말하는 자들이 더 이상 할 말이 없게 되었으니, 마음 편히 기포 준비를 할 수 있어 얼마나 다행인지…."

도상하는 김석진의 손을 굳게 잡았다.

"김 접장, 그동안 마음고생 많았지? 그래, 연산접에서는 다른 말 없는가?"

"박 접주가 호남접과 긴밀하게 기포 준비를 하고 있다고 들었네."

"정말 잘되었네 잘되었어. 그래서 윤 접사 얼굴이 똥 씹은 표정이었구먼."

김석진도 도상하의 손을 꽉 잡았다.

"다 자네 덕분이네."

"내가 뭘⋯."

도상하는 머리를 긁적거렸다.

"도상하 자네가 아니었으면, 유학의 전통이 깊은 이 고을에서 유생들을 어찌 하나로 묶을 수 있었으며, 꼬장꼬장한 어른들을 어찌 설득할 수 있었을까 싶네."

"벗에게 칭찬을 들으니 하늘을 날아갈 것 같네. 하지만 기포령이 내려졌다고 해서 모든 것이 해결된 것은 아닐세. 지금부터 시작이니 계속 예의 주시해야 하네."

김석진은 고개를 끄덕였다. 도상하는 차분히 사태의 전반을 살펴 주도면밀하게 사태를 판단하는 데 뛰어났다. 벼슬을 했으면 아마도 나라의 장래를 도모할 유능한 책사가 되었을 거라고 김석진은 늘 생각했다. 도상하는 김석진의 손을 꼭 잡으면서 사뭇 진지하게 말했다.

"그래, 영옥이와는 어찌 되고 있는가?"

"속을 털어놓고 항상 지지해 주는 벗이 있다는 사실만으로 행복하네."

"그런 말은 나중에 듣기로 하세나. 조만간 '기포령' 때문에 접 회합이 소집된다고 하는데 자네 괜찮을까 싶은데⋯. 이미 접 내에 이혼당했다는 소문이 쫙 퍼졌네. 어찌할 생각인가?"

"올해가 지나면 영옥이와 혼례를 할 생각일세."

"기포령을 앞두고, 접주 혼례를 마무리 지어야 한다는 목소리가 많네. 그나마 전주댁이 아파서 혼례가 자연스럽게 연기되었지만…. 접에서 자네가 영옥이를 마음에 두고 있다고 하면… 사달이 날 텐데…. 접 회합에서 사실을 말할 건가?"

김석진은 고개를 끄덕이면서 담담하게 말했다.

"기포가 잘 마무리되면…. 지금은 때가 아닌 것 같아서… 나보다도 은월 접장이 걱정일세."

"아니, 자네 문제인데 왜 은월 접장이 문제가 된다는 것인가?"

"나와 영옥의 관계를 묵인해도 문제가 될 것이고, 지지해도 문제가 될 것이네."

"무슨 도깨비 같은 소리인가? 이혼은 부부 사이에서 한 것 아닌가?"

"이혼을 부추겼다고 한다면… 도덕적으로 문제가 될 게 분명하네."

"그럼, 박 접주도 자네와 영옥이 사이를 눈치챘다는 건가?"

"아직은 모르는 듯하네. 하지만 소문을 그냥 지나칠 분이 아니지."

도상하는 근심이 가득 찬 얼굴로 김석진의 어깨를 토닥거렸다.

"힘내게. 하늘이 맺어 준 인연일세. 누가 뭐라 해도 두 사람의 사랑만큼은 순수하고 아름답네. 내가 산증인 아닌가?"

"상하!"

김석진은 눈물을 글썽였다. 도상하는 힘주어 말했다.

"드디어 기포령이 내려졌네. 김석진! 사랑도 기포도 우리가 꼭 승리하세!"

김석진이 진정되자, 도상하가 김석진에게 다가가 조용히 귀엣말을 했다.

"대원군 사람이라던 송정섭이 고종의 밀지를 가지고 윤자신을 찾아왔다네. 동학군 열두 포를 돌아다니면서 의병과 연계하자고 했다네. 또한, 왜군에 맞설 의병을 모집했다고 하더군. 듣자 하니, 9월 초쯤 이미 대원군이 보낸 밀사를 전봉준 대장이 직접 만나 밀교를 전달받았다고 들었네."

"밀교 이야기는 들었는데 무슨 내용인지 아는가?"

" '방금 왜구들이 침범하여 화가 국가에 미쳤는 바 운명이 조석에 달렸다. 사태가 이에 이르렀으니 만약 너희들이 오지 않으면 화와 근심을 어떻게 하랴. 이로써 교시하노라.'라는 내용이라고 들었네."

"한마디로 자기와 손잡고 왜를 몰아내자는 제안이 아닌가. 그래서 은월 접장도 군량을 든든하게 준비하라고 다그쳤군."

"왜놈들의 방해가 극심하다고 들었네. 왜놈들이 밀지를 손에 넣으려고 각지에 첩자들을 박았다고 하네."

"밀지를?"

"밀지를 손에 넣으면 눈엣가시인 대원군을 칠 수 있지."

김석진이 진지하게 말했다.

"그뿐만 아니라 대원군과 동학군이 손잡고 한양으로 진격하는 것이 두려운 것이지!"

"맞네. 두 세력이 연합하여 도성으로 진격할 경우 만만치 않다고 보고 필사적으로 막는 것 같아."

순간 김석진의 얼굴이 굳어졌다.

"그래, 노성 윤자신은 괜찮은가?"

"별일 없을걸. 왜 그러는가?"

"윤지영이 왜인 신문기자를 데리고 다닌다는 말을 들어서…."

도상하는 눈이 커졌다.

"누구한테 들었는가?"

"얼마 전에 윤지영이 금 객주를 찾아왔다고 하네."

"음, 그러고 보니 윤지영이 윤자신 집에 며칠 머물렀다고 들은 것 같은데…."

"뭐라고?"

둘은 서로를 쳐다보면서 얼굴이 사색이 되었다. 김석진의 일을 도와주는 나이 든 도인이 헐레벌떡 뛰어왔다.

"김 접장, 김 접장!"

"아니 왜 그러는가?"

"지금 박 접주 댁에서 회합이 급히 열렸는데, 윤 접사와 무리들이 앞장서서 글쎄 은월정으로 들이닥쳐 은월 접장을 포박하여 끌고 갔습니다."

"뭐라고? 이유가 뭐라고 하나?"

"첩자라고 하면서 대원군 밀지를 빼돌렸다고…."

김석진은 어이가 없어 맥을 놓았다. 이때 도상하가 김석진의 팔을 잡아당겼다.

"이보게! 정신 바짝 차리게."

"알았네! 어서 박 접주한테 가세나."

해가 지고 날이 어두워지고 있었다. 두 사람은 숨이 턱에 닿아서 박영채 접주 집 마당으로 뛰어 들어갔다. 이미 마당에는 도인들로 가득했다. 은월 접장은 마당 한가운데에 오랏줄로 묶인 채 반듯하게 허리를 펴고 당당하게 서 있었다. 웅성거리는 소리로 마당이 어수선했다. 김석진과 도상하가 마당으로 뛰어 들어오자 도인들의 웅성거리는 소리가 커졌다.

윤 접사는 김석진이 온 것을 보자 얼른 사랑방으로 들어갔다. 잠시 뒤에 박영채와 윤 접사가 안방에서 나왔다. 윤 접사는 큰소리를 쳤다.

"접주님이 나오십니다."

웅성거리던 마당이 한순간에 조용해졌다. 박영채가 근엄하게 말했다.

"다들 모였습니까?"

이때, 마당에서 한 도인이 손을 번쩍 들고 물었다.

"박 접주님! 총기포를 앞두고 접 내 단결을 도모해야 할 상황에서 은월 접장을 이리 욕보이는 이유가 뭡니까?"

다른 도인도 나섰다.

"무슨 연유인지 모르나, 작은 일은 뒤로 미루고, 큰일을 도모해야 합니다."

윤 접사가 손뼉을 쳤다.

"자, 자…. 성급하게 굴지 마시오. 박 접주님이 누구신가? 속 깊은 분이 이렇게까지 극약 처방을 할 때는 다 이유가 있는 법! 기포를 앞 두고 접의 기강을 바로잡고자 이리 결단을 한 걸세."

윤 접사가 박영채를 바라보았다. 박영채는 굳은 얼굴로 오랏줄에 묶인 은월을 바라보았다.

"누가 은월 접장을 묶었습니까?"

윤 접사는 활짝 웃으면서 말했다.

"아이고, 우리 접주님은 어찌 이리도 바다와 같은 품성을 가지셨는 지…."

윤 접사는 얼른 은월을 풀어 주었다. 은월은 윤 접사를 노려보았 다. 윤 접사는 큰 소리로 은월을 호통쳤다.

"은월 접장! 척왜양이 동학의 정신이라는 것을 누구보다 잘 알고 실천해야 할…."

은월은 윤 접사의 말을 잘랐다.

"시간이 없소. 결론만 말하시오. 이 마당에서 척왜양 모르는 자가 있겠습니까? 한 살 먹은 어린아이도 아는 것을 구구절절 말하지 마시고, 어서 절 이리 끌고 온 이유부터 말해 보시오. 박 접주님!"

"모두 들으시오. 해월 선생께서 전국 모든 동학 도인들에게 일제히 기포하여 왜적을 물리치라는 영을 내렸습니다. 하여, 우리 연산접에서도 그동안 분분하던 의론을 일소에 붙이고, 함께 일어서서 왜적에 대항하여 이 나라를 지키고, 보국안민의 뜻을 펼치려고 합니다. 왜적은 그동안 상대하던 오합지졸의 관군과는 다릅니다. 이럴 때일수록 내부의 기강과 질서를 바로하지 않으면, 왜적과의 싸움에서 필패할 것입니다. 그것은 우리 모두를 위험으로 몰아넣는 일이니 접주로서는 결코 용납할 수 없는 일입니다. 오늘 은월 접장을 치죄하고 징계하는 뜻도 바로 여기에 있습니다."

은월은 눈을 동그랗게 떴다.

"도대체 제가 무슨 잘못을 저질렀다는 것입니까?"

"은월 접장은 우리를 배신하였습니다. 자신의 사사로운 이익을 위해 왜군에 사람을 넣어, 결국 왜군에게 대원군 밀지를 넘기지 않았소!"

도인들은 경악했다. 마당은 탄식으로 뒤덮였다. 김석진이 소리를 쳤다.

"말도 안 되는 소리요! 대체 무슨 근거로 그런 말을 하는 것입니까?"

윤 접사가 나섰다.

"김 접장! 이미 물증이 있소! 바로 첩자 노릇을 한 윤지영이 직접 쓴 진술서요! 이것보다 더 확실한 것이 어디에 있겠소!"

윤 접사는 진술서라 말한 종이를 마당에 던졌다. 젊은 도인이 나와서 집어 들고 읽었다.

"나 윤지영은 은월 접장의 지시로 대원군 밀지를 윤자신 집에서 빼냈다. 은월 접장은 대원군과 동학의 연합을 막기 위해 그 밀지를 왜군에 넘기라고 지시하였다⋯."

젊은 도인은 머리를 흔들면서 말끝을 흐렸다. 김석진은 속이 타서 주먹으로 가슴을 쳤다. 은월은 차분하지만 날카롭게 말했다.

"거짓말입니다. 모함입니다. 첩자 노릇을 하다 걸린 윤지영이 자신의 잘못을 내게 뒤집어씌운 것입니다. 기회를 엿보는 사람들이 늘 하는 수작 아닙니까?"

박영채가 무겁게 입을 열었다.

"나도 은월 접장을 믿고 싶소. 하지만, 윤 접사가 들고 온 물증 대신 자신의 결백을 밝힐 만한 게 있어야 합니다."

다시, 김석진이 나섰다.

"윤자신 대감에게 직접 확인하면 어떨지요!"

마당이 술렁였다. 윤 접사는 주먹을 불끈 쥐었다.

"바람나서 조강지처한테 버림받은 놈이 감히 어디라고 나서는 게냐!"

은월은 김석진을 뒤로 밀치고, 박영채 앞으로 다가섰다. 은월은 뒤를 돌아 마당의 도인들을 하나하나 쳐다보면서 차분히 말했다.

"도인 여러분! 우선, 중요한 일을 앞두고 소란을 피워 송구스럽습니다. 하지만, 전 결코 윤지영과 아무 관계가 없습니다."

이때, 윤 접사가 나섰다.

"윤지영이 사당에서 난리를 피워 죽을 고비를 넘길 때 윤지영에게 값비싼 산삼까지 구해 먹인 사람이 누구인가? 바로 은월 접장이 아닌가! 윤지영을 매수해 첩자 노릇을 시키기 위한 것이었소! 지금 와서 윤지영을 모른다고 잡아떼는 건 삼척동자가 들어도 웃을 일이오."

은월은 윤 접사 말에 아랑곳하지 않고 말을 이어 갔다.

"오랜 세월을 동학을 위해 정성과 공경을 다하였습니다. 동학을 위해 옥고를 치르는 도인들을 챙기고, 그 가족들의 생계를 책임졌습니다. 목천에서 동경대전을 발간할 때도 재정을 마련하려고, 객주 일을 하면서 밤낮으로 일했습니다. 아낙들에게 글과 동경대전을 가르치면서 기포 때 후방을 책임지려고 지금껏 노력했습니다. 도인 여러분! 이런 제가 왜 왜놈들의 이익을 위해 그런 수작을 벌이겠습니까? 윤지영이 저를 모략하는 겁니다. 윤지영의 말 한마디에 부화뇌동해서는 안 됩니다."

마당을 가득 채운 도인들은 귀를 쫑긋 세우면서 은월의 말을 듣고 있었다.

"밀지 유출은 대원군을 치고, 연합작전을 방해하려는 것이 명확한 만큼, 윤지영과 왜놈 기자를 붙잡아야 합니다. 윤지영을 쥐고 흔드는 자가 바로 왜놈 기자를 가장한 왜놈 첩자일 겁니다. 왜놈 기자로 가장한 놈은 일본 영사관이나 본국과도 연관되어 있을 겁니다! 당장 윤지영과 왜놈 기자를 잡아들여야 합니다!"

마당의 도인들이 술렁거렸다. 이게 다 무슨 소리인가 싶은 사람이 대부분이었으나, 은월이 첩자가 아니라는 점에 심증을 갖기에는 충분하였다.

박영채도 눈빛이 흔들렸다. 윤 접사는 조급해졌다. 윤 접사는 은월에게 무서운 표정으로 성큼성큼 걸어가더니, 은월의 코앞에 서서 씹어 뱉듯이 말했다.

"자기의 잘못을 감추고 반성할 줄 모르는 자는 동학 도인이 될 자격이 없다. 김석진을 부추겨 평온한 가정을 박살내게 하더니, 이젠 첩자 노릇까지 해서 동학을 쥐고 흔들 생각이더냐. 은월이 너 하나로 얼마나 접이 소란했는지 아느냐! 박 접주님, 은월이를 제명하셔야 합니다."

도상하가 나섰다.

"박 접주님, 서로 주장이 다릅니다. 은월 접장에게도 소명할 시간을 주어야 하지 않습니까? 이 마당에 있는 도인들 누구든 윤지영의 자필 문서보다 은월 접장의 말을 믿을 겁니다. 박 접주님도 그렇지 않습니까?"

마당은 다시 술렁였다. 윤 접사는 박영채를 뚫어져라 쳐다보았다.

"박 접주님! 은월이를 제명시키고, 재산을 접으로 몰수해야 합니다!

박영채는 은월과 윤 접사를 번갈아 쳐다보았다. 박영채가 결단을 못 내리고 우뚝하니 서 있자 윤 접사가 다시 나섰다.

"지금 이 순간부터 은월 접장이 자신의 결백을 입증할 물증을 가져올 때까지 은월 접장은 접에서 정한 규율대로 제명이오. 모두 들으시오! 앞으로 이 여인과 내통하는 자는 첩자로 규정하고 엄히 다루겠소. 은월 접장이 소유한 재산은 지금부터 접에서 관리하겠소! 그리고….”

김석진이 나섰다.

"무슨 자격으로 윤 접사가 나서는 겁니까?"

"접주가 자신의 권한을 행사하기 어려우면 접사인 내가 대리한다. 이건 관례다!"

은월은 박영채를 바라보았다.

"박 접주님! 아직도 흑백이 눈에 들어오지 않습니까? 박 접주님의 신중한 면을 틈타 윤 접사가 횡포를 부리고 있습니다. 박 접주님!"

김석진이 윤 접사에게 달려들었다. 김석진은 주먹으로 윤 접사의 얼굴을 사정없이 내리쳤다. 분위기가 험해졌다. 윤 접사는 입술이 터져 피를 흘리면서 소리쳤다.

"김석진 접장도 앞으로 당분간 도인 자격을 박탈하오! 자기 감정 하나 다스리지 못해 접사인 나에게 폭력을 행사했으며, 또한 이 엄중한 시기에 가정의 불화를 만들고 결국 이혼을 당하여 동학 도인의 명예를 실추시켰소. 도인으로써 수련이 부족한 탓이요! 김 접장은 근신해야 하니, 당장 끌고 가시오! 이의 있습니까?"

"없습니다."

"정당한 조치입니다."

윤 접사 무리들이 앞장섰다. 마당의 도인들은 박영채만 바라보았다.

은월은 박영채를 향해 소리를 질렀다.

"진실을 이야기했는데 그것이 오히려 배신이 되고, 진심을 전했는데 그것이 가식이 되어 돌아오고 있습니다. 제가 당하는 수모야 견딜 수 있지만, 윤지영의 말이 거짓말이면 그 책임을 어떻게 지시려고요! 지금 왜군들이 몰려들고 있습니다. 조정도 대원군과 우리의 연합을 두려워하고 있습니다. 그들의 기만에 놀아나서는 안 됩니다. 박 접주님!"

박영채는 괴로운 표정으로 굳게 다문 입을 열었다.

"은월 접장을 믿고 싶소. 하지만 만약 윤지영이 거짓이면 다행이지만, 윤지영이 사실이면 앞으로 기포에서 큰 해를 끼칠 수밖에 없소. 그래서 신중할 수밖에 없소. 윤 접사가 과한 면은 있지만 사안이 사안인 만큼 엄하게 다룰 수밖에 없소. 그게 내 결론이오."

박영채는 괴로운 표정으로 방에 들어갔다. 윤 접사는 얼굴에 화색이 돌았다.

"은월이를 당장 광에 가두거라!"

이때, 대문이 열리고 큰 소리가 났다.

"연산 현감이시다! 모두들 비켜서시오!"

마당에 모여 섰던 도인들이 순식간에 좌우로 갈라지고, 그 사이로 이현제가 관군과 함께 들어섰다.

윤 접사는 당황한 기색이 역력했다. 이현제는 마당을 둘러보고, 무표정한 얼굴로 대청마루까지 걸어갔다. 이현제는 윤 접사를 뚫어지게 쳐다보며 말했다.

"왜와 밀통한 첩자가 있다는 제보를 받고 그자를 잡으러 왔다!"

윤 접사는 연산 현감 앞에 머리를 숙이면서 말했다.

"현감 나으리, 동학 접 내 일입니다. 접에서 이미 처결하고 있습니다."

"참으로 무엄한 말이 아니오. 왜국과 내통하는 것은 나라의 문제요. 감히 국법을 시행하는 일을 가로막고 나서겠다는 것이오? 동학 집강소라 해도 사형(私刑)을 가하는 것은 용납되지 않는다는 걸 모르오? 국법을 처결하는 일을 막아 나서는 자는 누구를 막론하고 대가를 치르도록 할 것이오."

윤 접사는 깜짝 놀라 허리를 굽혔다.

"영감…. 어찌 감히…. 오해이십니다. 노여움을 푸십시오."

윤 접사는 웃는 표정으로 이현제 앞으로 다가섰다.

"현감, 접 내에서 진상을 확인하고 관아에 넘기려는 참이었습니다."

"오늘 윤 접사 덕분에 국가의 안위를 위태롭게 한 첩자를 이리 손쉽게 잡았소. 조만간 관아로 오시오. 내 섭섭하지 않게 대접하겠소. 자, 돌아가자!"

윤 접사는 관군이 돌아가자 자신에 넘쳐 도인들을 향해 소리쳤다.

"분란의 불씨를 오늘 잘 없앴으니 모두 돌아가시오!"

도인들이 분통을 터뜨리면서 제각기 흩어지려고 하자 윤 접사가 발 빠르게 소리쳤다.

"자, 다들 들으시오. 어수선한 접의 분위기를 다시 잡고자 합니다. 그래서 기포를 위한 결의를 다지기 위해 전체 회합을 가질 것입니다. 그 회합 때 접의 중요한 일을 밝힐 것이오. 출정 하루 전날에 연산향교 앞마당에서 진행하겠습니다. 그리들 알고 각자 준비하세요! 이만 해산하겠습니다!"

윤 접사는 아랫사람을 시켜 은월정에 있는 재산을 가져오라고 시켰다. 윤 접사가 어깨에 힘이 잔뜩 들어간 채로 웃으면서 사랑방으로 들어왔다. 박영채는 혼자 술잔을 기울이고 있었다.

"접주 어른, 김석진은 광에 가뒀습니다. 은월이도 관아로 끌려갔습니다."

윤 접사는 박영채의 술잔에 술을 가득 부었다.

"좀 무리를 해서라도 이렇게 처리해 버리는 것이 두고두고 있을 우환 거리를 없애는 길입니다. 사흘 뒤에 회합 자리에서 '영옥이 내 부인이다.'라고 선포하면, 접주님의 혼례도 잘 마무리될 것입니다. 그런 연후에 연산에 들어오는 전봉준 대장만 잘 맞이하면 박 접주님 중심으로 연산접이 굳건해질 것입니다. 게다가 이번 기회에 은월이의 재산까지 손 안에… 아니 접에서 관리하게 되면…."

박영채는 아무 말도 하지 않았다.

"윤 접사….."

"네….."

"김석진과 영옥이 아무 관계가 없는 것이 맞는가?"

"네… 그저 소문일 뿐입니다."

"영옥 접장이 마음에 품은 다른 이가 없는 게 맞는가?"

"아 그럼요! 접주님!"

"오늘은 일찍 쉬고 싶네. 그만 물러가게."

"네? 아, 네."

윤 접사는 방문을 나와 혼잣말로 중얼거렸다.

"허허 저리도 나약해서….. 은월이 재산도 손에 쥐었겠다. 곧, 접주 자리는 내가 맡을 거니, 새파랗게 젊은 처자 치마폭에서 자식 재롱이나 보면서 편히 쉬게나, 박 접주."

은월정에서 은월이 잡혀갔지만 영옥은 손을 쓸 틈이 없었다. 은월에게 뛰어가려고 하는데 누군가 영옥의 뒤통수를 내리쳤다. 순간 정신을 잃었다.

영옥이 깨어났을 때, 은월정 사랑방에 누워 있었다. 이은결이 곁에 앉아 있었다.

"은월 접장은 어찌 되었나요? 제가 여기 왜 누워 있는 건가요?"

영옥이는 깨질 듯 아픈 머리를 매만지며 자리에서 일어나 앉았다.

"아이고, 정신없구나. 하나씩만 물어보거라."

"은월 접장은요?"

"은월 접장은 잘 있다."

"어디에 있는데요?"

"어디긴…, 우리 집에 있지."

"예? 지금 농담할 기분 아닙니다!"

"정말이다. 너 깨거든 같이 갈까 하고 기다리고 있었다."

"아니, 어찌하여 박 접주에게 끌려간 은월 접장이 도련님 집에 가 있단 말이오? 그럼 관아로 결국 끌려갔단 말이오?"

"그건 차츰 알게 될 것이고, 은월이도 은월이지만 자넨 김 접장도 걱정해야 할 걸. 김석진 접장은 풍기문란죄로 박영채 접주 집 광에 갇혀 있네!"

"뭐라고요?"

영옥의 눈앞이 새하얘지는데, 이은결은 그런 영옥을 두고 벌떡 일어나 방을 나갔다. 영옥은 허겁지겁 따라 나갔다.

"아니, 그게 대체 무슨 말이랍니까? 왜 김 접장이….."

그러나 이은결은 아무 대꾸도 없이 대문 밖으로 나가 말에 올라탔다. 뒤쫓아 온 영옥에게 이은결이 말 위에서 손을 내밀었다.

"안 탈 건가? 그럼 걸어오든지….."

머뭇거리던 영옥은 이은결의 손을 잡고 말에 올랐다.

"꽉 잡아라."

이은결은 말을 몰아 관아 쪽으로 달리기 시작했다.

연산 관아 안방에 은월이가 식은땀을 흘리며 누워 있었다. 금 객주
와 이현제가 은월을 바라보며 나란히 앉아 있었다. 방 안에서는 은월
의 깊은 기침 소리만 났다. 은월이 신음하자, 금 객주는 괴로운 듯 미
간을 찌푸리며 주먹을 꽉 쥐었다.

"금 객주라고 하셨지요?"

이현제가 자리에 일어서며 말했다. 금 객주는 아무 말 없이 은월이
만 응시했다.

"기다렸습니다. 찾아오길….."

금 객주는 그제서야 이현제를 바라보았다.

"세월이 많이 흘렀는데 나를 알아보는구나…."

금 객주는 씁쓸하게 웃음을 지었다.

"족보에서 이름 석 자 파 버리고 바람 따라 살고 있는데… 무슨 인
연으로 찾아가겠느냐? 금 객주로 살고 있는 지금이 행복하다."

"이십 년 전인가요? 마지막으로 집에 왔을 때 절 만나지 않은 것이
지금껏 섭섭합니다."

"족보에서 이름을 빼 달라 하고, 대신 재물을 달라고 찾아갔는데
어찌 너를 볼 수가 있겠느냐?"

금 객주는 괴로운 듯 눈을 감았다.

"형님! 신분 다른 어머니를 두었지만… 그래도 우린 형제입니다.

잊지 마십시오."

이현제는 문을 세게 닫으며 방을 나갔다. 방문 앞에 이은결과 영옥이 막 도착해 있었다. 이현제는 이은결을 보자 매서운 눈초리로 말했다.

"여기까지다. 더 이상 아버지에게 흥정을 걸지 말거라."

"네, 아버님."

영옥은 은월을 보자 은월에게 달려갔다. 금 객주는 차분하게 영옥을 달랬다.

"자, 이리 앉게. 은월이는 잠들었네."

영옥이 두 눈을 동그랗게 뜨고 물었다.

"어찌 된 일입니까?"

"다행히도, 이 도령이 기지를 발휘해서 관아로 은월이를 빼돌렸다. 은월 접장 심부름으로 진산에 간 사이에 벌어진 일이라 큰일 날 뻔했구나. 은월이는 구했지만, 김 접장이 걱정이군."

영옥은 흥분을 감추지 못했다.

"영옥 접장, 이럴수록 침착해야 한다."

이은결이 금 객주를 향해 물었다.

"윤 접사의 더러운 속내가 드러난 만큼 그대로 둘 수는 없지 않소?"

"어쩌겠습니까! 그냥 둬야지요."

"그대로 앉아서 당할 생각이십니까?"

"당하긴요! 가져갈 게 별로 없을 겝니다! 이미 그간 확보한 물자들은 동학 접주들에게 전달되고 있을 게요. 그리고 돈이 될 만한 것들은 애초에 은월정에 없었소. 그렇게 호락호락한 은월이가 아니오. 최악을 대비하는 사람이 바로 은월이지."

영옥은 한숨을 내쉬었다.

"다행입니다. 상황을 자세히 이야기해 주십시오."

금 객주는 누워 있는 은월을 바라보며 말했다.

"자네가 끌려가는 은월이 뒤를 따라 가려고 할 때 전주댁이…. 자식을 생각하는 어미의 심정이니 너무 원망 말게."

영옥의 두 눈에 눈물이 맺혔다.

"정말 어매는 인정이라고는 손톱만큼도 없으세요. 그럼, 은월 접장은요?"

"영옥아, 원망하지 말거라."

영옥이 눈물을 닦으면서 금 객주에게 채근했다. 금 객주는 은월을 안쓰럽게 바라보면서 그간의 사정을 이야기했다.

"윤자신에게 전달된 대원군 밀지를 윤지영이 빼돌려 왜군에게 넘겼다가 이를 눈치챈 윤자신에게 추궁을 받았다. 궁지에 몰린 윤지영이 자신이 살고자, 배후로 은월이를 지목하고 자술서를 작성한 것이다. 하지만 윤자신은 윤지영의 자술서를 믿지 않았지. 그리고 계속 뒤를 캐던 중 이를 알게 된 윤 접사가 윤지영의 자술서를 빼돌려 은월이를 궁지에 몰았다. 때마침 기지를 발휘해 이은결 도령이 이현제 현감에게 찾아가 왜군의 첩자를 관에서 다뤄야 할 문제라고 설득하여, 현감이 나서서 은월이를 박 접주 집에서 빼내게 되었다."

이은결이 의기양양해서 나섰다.

"내가 아버지한테, 만약 구해 주지 않으면 당장 목매달아 죽겠다고 했지."

금 객주는 이은결을 한심스러운 눈으로 바라보았다.

"아무튼, 현감이 나서서 다행히 은월 접장을 안전하게 구할 수 있었다. 그런데 뜻하지 않게 은월이가 험한 꼴을 당하게 되자, 김석진이 나섰다. 김석진을 눈엣가시처럼 여기던 윤 접사가 김석진이 이혼을 하여 동학의 위신을 실추시켰다는 핑계로 도인 자격을 박탈하고 가둬 버렸지."

영옥은 깜짝 놀랐다.

"도인들이 다들 가만히 있었습니까?"

금 객주가 다시 한숨을 쉬었다.

"술렁이는 도인들은 많았지. 하지만 평소 신중한 박영채 접주가 판단을 못하는 사이 윤 접사가 하도 완강하게 나오니 다들 섣불리 반박을 못하더구나."

영옥이 분통을 터뜨렸다. 이은결은 머리를 긁적였다.

"그럼, 우린 뭘 해야 하지?"

금 객주는 한심한 눈으로 이은결을 돌아보았다.

"우선, 김 접장을 구해야 한다. 그런 다음, 음…."

금 객주는 은월 쪽을 바라보았다. 이번에는 이은결이 웃었다.

"금 객주도 잘난 척하지만 별수 없구려. 우린 은월이가 깨어나길 기다려야 할 것 같소."

이은결은 은월의 얼굴을 은근한 눈으로 바라보며, 영옥에게 말했다.

"그나저나, 영옥이 자네는 김 접장 걱정할 때가 아닌 것 같은데?"

"······?"

"아까 윤 접사가 사흘 뒤 회합 때 중요한 발표를 한다고 했네. 아마도 영옥이 자네와 박 접주의 혼례를 발표할 모양이던데···."

이은결의 말에 영옥은 눈을 동그랗게 떴다.

"뭐라구요! 말도 안 돼요."

"말이 안 되긴. 워낙 혼사야 집안 어른들끼리 하는 법인데, 이미 자네 어미가 약혼까지 했다며! 그럼, 어찌할 방법이 없지 않느냐? 이제 박 접주의 부인이 되어서 내조를 잘하거라."

영옥이 버럭 소리쳤다.

"무슨 말을 그리 짓궂게 하십니까? 뻔히 처지를 알면서 그렇게 모질게 사람 가슴을 후벼 파다니···!"

영옥은 이은결을 잡아먹을 듯이 노려보았다. 이은결은 무안해하며 꼬리를 내렸다.

"그러니까 내 말은 정신 바짝 차리라는 게다!"

이은결은 영옥의 어깨를 두 팔로 힘껏 잡고 힘주어 말했다.

"그렇게 울보처럼 운다고 해결되는 것은 아무것도 없다!"

순간 정신이 번쩍 든 영옥은 머리를 흔들었다. 어수선한 사이에 은월이 살며시 눈을 떴다. 모두 은월의 곁으로 모여들었다. 영옥이 은월을 불렀다.

"은월 접장!"

은월은 눈을 뜨며 미간을 찌푸렸다.

"저…, 김 접장은요?"

모두 숙연해졌다. 이은결이 웃으며 말했다.

"역시 우리 은월일세. 자기보다 다른 사람을 먼저 걱정하니 말이야."

금 객주가 그간의 사정을 이야기했다.

"김 접장은 박 접주의 집에 갇혀 있소. 별모레는 윤 접사가 앞장서서 영옥이와 박 접주의 혼인 소식을 공표하겠다고 전주댁과 입을 맞춘 모양이오."

은월은 미소를 지으며 영옥에게 손을 내밀었다. 영옥이 은월의 손을 마주 잡았다.

"오히려 잘되었구나. 모든 도인들 앞에서 네 소신을 밝히거라. 다만, 김석진 이름만은 절대로 말해서는 안 된다. 그러면 둘 다 어려워질 수 있다. 이제, 네가 할 몫이다. 그리 할 수 있겠느냐?"

영옥은 고개를 끄덕였다.

"됐다. 줏대 있게 산다는 것은 험난한 길로 간다는 것이다. 너의 소신을 굽히지 말아야 한다. 게다가 그것이 사랑을 지키는 일이라면 더욱….”

“알겠습니다. 은월 접장….”

“그리고, 금 객주! 진산에 다녀온 일은 어찌 되었습니까? 최공우 접주를 만났습니까?”

“알아보라고 한 것을 알아보고 조만간 연산으로 온다고 했습니다.”

은월은 함박웃음을 지었다.

사흘 뒤, 연산접은 마지막 점검을 위한 회합을 가졌다. 동학군의 전략은 논산에서 전봉준 대장과 손병희 통령이 이끄는 정예부대가 합세하여 공주를 치고 한양으로 진격하는 것이었다. 연산접의 출정식에는 수백 명의 동학 도인들이 모였다. 윤 접사는 녹색 천에 붉은색 글씨로 ‘연산접’이라고 크게 써 넣은 만장 깃발을 흐뭇하게 바라보면서 큰소리를 쳤다.

“이보게, 깃대를 단단히 들고 서 있게. 이렇게 흔들어도 보고….”

드디어 박영채 접주가 검은색 머리띠를 매고, 무장한 모습으로 나타났다. 윤 접사와 도인들이 허리 굽혀 예를 표했다.

“모두 수고가 많으십니다. 준비는 다들 잘되고 있습니까?”

“네, 아주 잘되고 있습니다.”

윤 접사는 웃으면서 손가락으로 영옥을 가리키며 귓속말을 했다.

“지 어미까지 나서서 약조를 단단히 받은 셈이니 염려하지 않으셔도 됩니다.”

윤 접사는 전주댁에게 다시 한 번 확인하는 눈빛을 보냈다. 전주댁도 그렇다는 뜻의 눈빛을 보냈다. 박영채는 영옥에게서 눈을 떼지 못했다. 영옥의 단아함이 돋보였다. 영옥은 머리에 자주색 띠를 맸다. 머리띠 끝자락엔 노랑나비 모양이 수놓아져 있다. 남장을 하고 있었지만 고운 자태는 눈이 부셨다. 오늘따라 영옥의 붉은 입술이 도드라져 보였다.

연산 향교 앞마당에 수십 개의 깃발이 장하게 나부꼈다. 윤 접사가 박영채 접주에게 목례를 하고, 여러 개를 엎어 놓은 궤짝에 올라갔다. 윤 접사의 신호에 따라 10여 개의 북이 한꺼번에 어름굿 가락을 울렸다.

"둥 둥 둥 둥 두두두두두….'"

"이제, 때가 왔습니다. 이제, 조선 팔도의 동학군들이 모두 함께 일어나서 한양으로 진격합시다."

"와아—!"

모여 선 동학군들의 함성이 하늘을 찔렀다. 윤 접사는 어깨에 힘을 주며 말했다.

"제가 이 자리에 선 것은 내일 출정 봉고식을 하기에 앞서서 마지막 점검을 하는 이 자리를 빌려, 여러 도인들 앞에 뜻깊은 소식을 전하고자 하는 도인을 소개하기 위해서입니다. 영옥 접장은 나오시게!"

영옥은 눈을 질끈 감고 심호흡을 하더니, 사내 같은 걸음으로 성큼성큼 앞으로 걸어 나갔다. 박영채는 영옥이 자기 쪽으로 걸어오는 모습을 넋을 놓고 바라보았다. 박영채는 영옥에게 손을 내밀었다. 영옥은 살짝 웃음을 지어 보이고는 박영채의 손을 외면한 채 바로 궤짝 위로 올라갔다. 영옥은 수많은 도인들을 둘러보았다. 잠시 눈을 감고 바람 소리를 느꼈다. 크게 숨을 쉬고 영옥은 말을 시작했다.

"도인 여러분! 하늘 아래 모든 사람이 똑같다는 말을 어릴 적에 듣고, 저도 꿈이 생겼습니다. 비록 신분은 천하지만 제가 가슴에 담고 있는 사람과 사랑을 할 수 있다는 꿈을 꿨습니다. 전 아직도 그 꿈을 꾸고 있습니다. 어릴 적부터 가슴에 담고 있는 사람이 있습니다. 그리고 얼마 전 그 사람의 마음을 알게 되었습니다. 저의 천한 신분이, 사람이 사람을 사랑하는 데 어떤 장애도 될 수 없다는 것, 그것이 가능하다고 가르쳐 준 동학의 가르침이 있었기에, 제가 꿈꾸고 사랑할 수 있는 용기를 가지게 되었습니다."

전주댁 얼굴에는 아무런 미동도 없었다. 윤 접사는 전주댁을 초조하게 노려보았다. 박영채 접주의 얼굴빛이 굳어지고 있었다. 윤 접사가 영옥에게 다가가려 하자, 전주댁이 윤 접사의 팔을 잡아 끌었다. 그리고 나지막하게 말했다.

"그 아이 선택이오."

윤 접사는 당황스러워 어쩔 줄 모르고 박영채 접주의 얼굴색만 살피고 있었다.

"오늘 이 자리에서 여러분께 간절히 부탁드리고자 합니다. 제가 가슴에 품은 사람과 사랑할 수 있도록 도와주십시오. 전, 제 어머니가 약속한 사람과 혼례를 할 수 없습니다! 저의 꿈 때문에 상처를 드리게 된 어머니와 박 접주님에게는 평생 사죄하며 살겠습니다. 용기가 없어 이제야 말을 하게 되어 죄송합니다. 하지만, 제 꿈을 버릴 수가 없습니다."

도인들 속에서 술렁거림이 일었다. 알 만한 도인들 사이에서는 이미 박영채 접주와 혼인한다는 소문이 나 있는 터라, 일이 이상한 방향으로 흘러가는 것을 짐작하고는 모두들 당황스러워하는 것이었다. 그마저도 모르는 사람은 이게 무슨 소린가 하여 알 만한 도인들을 붙잡고 물어보느라 더욱 소란스러워졌다.

말을 마친 영옥의 눈에서 주루룩 눈물이 흘렀다. 영옥은 도인들에게 큰절을 했다. 이어 박영채를 바라보았다. 그리고 깊숙이 허리를 숙여 절했다. 박영채는 일그러진 얼굴을 주체하지 못하였지만 애써 태연한 척했다. 윤 접사는 잠시 생각을 하더니 궤짝에 올라섰다.

"영옥 접장의 용기에 박수를 보내겠습니다! 이왕 이렇게 자신의 속을 드러낸 마당에 마음에 품은 자가 누군지 알고 싶습니다. 도인 여러분들도 저와 같은 마음일 거라 생각합니다."

다시 사람들의 시선이 영옥에게로 향했다. 입술을 깨물면서 잠시 망설이던 영옥이 머뭇거렸다. 윤 접사는 영옥을 다그쳤다.

"그 사람이 누구요, 영옥 접장?"

"……."

그때, 도상하가 손을 번쩍 들었다.

"접니다!"

순간 술렁였다. 도상하는 더 큰 소리로 소리치고 앞으로 걸어 나왔다.

"바로 접니다!"

도상하는 성큼성큼 걸어서 영옥의 앞으로 다가와 손을 내밀었다. 영옥은 식은땀으로 얼굴이 범벅이 되었다. 도상하는 영옥의 손을 잡더니 사람들 앞에서 소리쳤다.

"영옥 접장이 가슴속에 품은 사람은 바로 접니다."

도상하는 박영채에게 허리를 굽혔다.

"관창골 도상하입니다. 연산향교 지휘소를 책임지고 있습니다. 심려 끼쳐 드려 죄송합니다."

박영채는 쓴웃음을 지었다. 박영채는 윤 접사 옆에 바짝 다가섰다.

"윤 접사!"

박영채는 짐짓 크게 웃으면서 도상하의 어깨를 두드려 주고 도인들을 향해 이야기했다.

"여러분, 오늘 우리 동학의 새로운 기풍에 따라 양반 가문 출신의 도상하 도인과 영옥 접장이 서로의 마음을 확인하였습니다. 이 마음을 지켜 주기 위해서라도, 내일 출정 때까지 준비를 철저히 하고 다시 이 자리에 모여 주시기 바랍니다."

박영채 접주가 서둘러 자리를 뜨려고 하자, 도상하가 박영채 앞에 조씨 부인을 소개했다. 윤 접사는 깜짝 놀랐다.

"박 접주님, 김석진의 전 부인인 조씨입니다. 박 접주님에게 할 말이 있다고 해서….”

조씨 부인은 가볍게 고개를 숙여 인사했다.

"김석진은 아무런 죄가 없습니다. 저의 인생을 위해 이혼한 것이고, 세상의 손가락질을 혼자 감당하겠다고 한 것입니다. 김석진 접장은 진정한 도인입니다. 그를 풀어 주십시오. 그래야, 제가 편히 떠날 수 있을 것 같습니다.”

도상하는 굳어 있는 박영채에게 다가섰다.

"박 접주님, 이제 흑과 백을 선택해야 할 것 같습니다.”

박영채가 입을 굳게 다물고 자리를 뜨자, 윤 접사가 박영채의 뒤를 급히 따라갔다. 동학군들도 하나둘씩 자리를 뜨기 시작했다. 영옥은 도상하의 옷자락을 붙잡고 자리를 옮겼다. 이윽고 인적이 뜸한 곳까지 나온 영옥이 도상하를 돌아보았다. 영옥이 무슨 말인가를 꺼내려 하자 도상하가 먼저 입을 열었다.

"당황스러웠겠지만, 이해해 주시오.”

"아닙니다. 덕분에 위기를 모면했습니다. 이제 김 접장을 구하러 가야겠어요.”

도상하는 웃음을 지으면서 말했다.

"이미 이은결 도령이 갔을 거요. 어서 관아로 갑시다.”

도상하는 영옥과 연산 관아로 향했다.

소설

- 음력 10.26(양11.23)

　세상이 뒤집어진 것처럼 폭풍 쳐 돌아갔다. 박영채는 선두에 서서 전봉준 부대와 함께 지휘했고, 윤 접사의 직위를 박탈했다. 박영채는 공주 전투를 치르러 떠나기 전에 관아로 은월을 찾아갔다.

　"윤자신에게 이야기를 들었소. 내가 어리석었소. 사람 속을 알아야 조직을 움직이는데…. 어리석은 만큼 앞장서서 싸우겠소. 연산접을 부탁하오. 그리고… 내 어린 여식을 부탁하오."

　동학군은 논산의 집결지로 향했다. 논산평야 너른 들에는 삼남의 동학군이 대거 집결하여 깃발과 사람들의 물결이 끝이 보이지 않았다. 전봉준 대장과 손병희 통령은 의형제의 결의를 맺고 호남 호서 영남 강원 경기 등 각지의 농민군을 아울러 부대를 편제하고 서로의 역할을 정하였다. 첫 목표는 공주였다. 공주성을 쳐서 점령한다면, 한양까지는 거칠 것이 없을 터였다. 공주로 가는 도중에도 인근의 접주들이 수백 명씩 동학군을 이끌고 속속 합류하였다. 10월 23일부터 사흘간 공주성을 놓고 이인과 효포에서 치열한 1차 접전이 벌어졌다.

동학군들이 논산을 거쳐 공주로 떠난 후 연산은 적막감에 휩싸였다. 그러나 관아는 오히려 긴장감이 감돌았다. 늦은 밤 관아에서, 은월은 진산에서 온 최공우를 만났다. 최공우는 열 살 정도 된 사내아이와 같이 왔다.

"최 접주님! 반갑습니다."

"은월 접장, 소식 접하고 많이 걱정했습니다. 박 접주가 정신 차렸다니 다행입니다."

"고맙습니다."

사내아이는 은월을 빤히 바라보았다. 최공우는 무안한지 사내아이의 머리를 쓰다듬었다.

"아이고 이 녀석아 어른을 보면 인사를 해야지."

사내아이는 고개를 숙였다.

"그래, 이름이 어찌 되느냐?"

"석현이라고 합니다."

"석현이라…. 그래, 성은 어찌 되느냐?"

석현이는 머리를 긁적였다.

"없습니다."

"없다?"

"네, 어머니가 성은 다 가짜라고, 이름만 가지라고 했습니다."

"그래?"

은월은 흡족한 미소를 지었다.

"석현아, 어머니를 꼭 뵙고 싶구나."

금세 석현이 얼굴이 어두워졌다. 은월은 석현이의 안색을 살피고는 영옥을 불렀다.

"영옥 접장, 이 아이에게 식혜를 챙겨 주거라."

"네. 석현이라고 했지? 난 영옥이야. 나도 성이 없어. 우리 친하게 지내자!"

석현이는 다시 얼굴이 밝아졌다. 영옥과 석현이가 나가자 성격 급한 최공우가 입을 열었다.

"저 아이가 비밀도소 길을 잘 알고 있습니다."

"한둔산(대둔산) 비밀도소를 말입니까?"

"네, 저 아이의 고향이 바로 한둔산 비밀도소 동굴입니다."

"도대체 무슨 말인지…. 차근차근 설명해 주십시오."

"몇 해 전에 한둔산에서 도둑 떼를 직접 잡았는데 그때 석현이 어미를 형제바위동굴에서 만났지요. 도둑떼들한테 붙들려 있었습니다. 자유의 몸이니 가라고 해도 저를 따라왔지요. 동네에 혼례를 못 치른 자가 있길래 주선해 주겠다고 하니 그렇게 한다고 해서 한동네에서 살게 되었습니다."

"그럼, 석현이 어미는요?"

"지난번 기포 때 도인들에게 밥을 나르다가 관군에게 끌려가 몹쓸 짓을 당하고 스스로 목숨을 끊었지요. 참 바른 사람이었는데. 석현이가 어미의 한을 풀어야 한다고 저를 졸졸 따라다니고 있습니다. 다행히도, 비밀도소로 안성맞춤인 형제바위동굴을 석현이가 잘 알고 있으니 어리지만 비밀도소 길잡이 역할을 잘할 것입니다."

"한참 들판을 뛰어놀 나이에…. 안되었습니다. 그래, 형제바위 비밀도소는 어떤지요?"

"형제바위 근처에 족히 5, 60명이 들어갈 만한 곳이 있습니다. 우리가 먼저 들어가 웅거한다면 어떤 적도 접근할 수 없을 천혜의 요소입니다."

은월은 활짝 웃으면서 최공우의 손을 덥석 잡았다.

"하늘이 도왔습니다. 한양 도성으로 간다면 새 세상이 열릴 것입니다. 하지만, 최악도 늘 대비해야 합니다. 비밀도소는 최악을 위한 대비입니다. 우리 역량을 보존하고 다음을 준비하는 그런 공간입니다."

"중대한 일을 믿고 맡겨 주니 책임감이 더합니다."

이때, 금 객주가 들어오면서 말했다.

"윤지영이 은월에게 죄를 덮어씌우고 미안했던지, 사람을 시켜 말을 전하고 갔습니다."

최공우는 씩씩거리면서 금 객주를 다그쳤다.

"죽일 놈… 그놈이 도대체 뭐라고 그랬습니까?"

"왜군은 우리 땅을 손바닥에 놓고 훤히 볼 수 있는 지도가 있다고. 최근 몇 년 동안 왜군이 조선 전역을 속속들이 측량하여 만든 지도로 팔도의 산과 들판, 도로를 손바닥 들여다보듯 한다고 하더군요. 게다가 전신선을 이용하여 천리 간에도 몇 시간 안에 소식을 주고받는다고 합니다. 왜군이 자신만만한 것은 신식 무기때문이지만, 그들의 진짜 무기는 바로 지도라고요. 왜군은 적은 수로 그 많은 수의 동학군 진압을 자신하고 있다 합니다."

은월의 얼굴이 굳어졌다. 최공우는 무슨 말인지 못 알아들어 고개를 갸우뚱했다.

"그 지도가 요술이라도 부린답니까? 지도 가지고 무슨….."

금 객주는 혀를 찼다.

"지형을 손바닥처럼 훤히 들여다볼 수 있는 지도가 있다면 전쟁에서 너무나 유리합니다. 우리는 눈뜬장님인 셈이지요."

최공우의 얼굴이 금세 잿빛이 되었다. 금 객주가 은월에게 바짝 다가갔다.

"그런데 말입니다. 그 왜군 지도에 딱 한 곳만 텅 비어 있다고 합니다."

은월은 미간을 찌푸렸다.

"그곳이 어디입니까?"

"바로 연산입니다."

"아!"

은월과 최공우는 순간 눈이 동그랗게 되었다. 금 객주는 비장하게 말을 이어 갔다.

"그래서, 조치를 취했습니다. 만약 동학군 본진이 공주를 차지하지 못하고 후퇴하게 되면 다시 이곳 연산으로 올 것입니다. 동학군은 관아 맞은편 황산성에 주둔시키고, 왜군은 이곳 관아 뒷동산에 주둔하게 할 것입니다. 그런 뒤 그동안 군사훈련을 해 왔던 젊은 동학군들이 나서는 겁니다. 그들이 성동격서의 전략으로 왜군을 혼란에 빠뜨리면, 황산성의 동학군이 일거에 왜군을 격멸시킬 것입니다. 그런 뒤, 대둔산 도소에서 다음을 준비해야 합니다. 최악이든 아니든 비밀 도소에서 다음을 준비해야 합니다. 그것을 최 접주가 맡아 주십시오. 혼자 하긴 어려울 것입니다. 김석진 접장, 영옥 접장과 함께 대둔산 도소를 지켜 주십시오. 이곳은 제가 맡아 싸우겠습니다."

은월은 고개를 흔들면서 말했다.

"금 객주는 화살도 제대로 다루지 못하지 않습니까? 혼자서는 어렵습니다. 제가 앞장서겠습니다."

이때, 문이 열리더니 이은결이 들어왔다.

"아니, 금 객주가 화살도 못 쏜단 말입니까? 허허 아무래도 은월이 옆에는 내가 있어야겠습니다."

어느덧 방에는 김석진, 도상하 그리고 영옥과 석현이, 전주댁까지 들어왔다.

"최공우 접주를 따라 김 접장, 영옥이가 한둔산으로 가거라. 그리고 도상하는 저를 도와 왜군과 전투를 준비해야 합니다."

이은결이 나섰다.

"아니 왜 저를 뺍니까?"

"도령도 제 옆에서 당연히 저를 도와주셔야 합니다."

금 객주도 나섰다.

"저는…."

"금 객주는 후방을 책임져야 합니다. 상인회와 객주회를 잘 발동해야 합니다. 후방은 당장의 싸움에도 중요하고, 후일을 도모하는 데서도 자금 조달은 매우 중요합니다."

은월이 방 안을 둘러보다 전주댁을 보며 말했다.

"전주댁은 은월정을 지켜 주세요."

전주댁은 입을 꾹 다물었다.

"꼭 살아서 새로운 세상에서 다시 만납시다!"

방 안에는 적막함과 비장함이 흘렀다. 서로의 눈을 바라보면서 의지를 확인했다.

영옥이 방에서 짐을 싸 들고 나서는데, 전주댁이 앞을 막아섰다.

"어매, 이번에도 나를 막으려고 합니까?"

"아니다. 나도 같이 한둔산으로 갈 거야!"

"어매… 거기가 어디라고 간다고 성화요."

밖에서 최공우의 다급한 소리가 들렸다.

"영옥 접장, 시간이 없소. 얼른 움직여야 합니다."

영옥이는 전주댁을 말에 태웠다. 영옥과 전주댁은 말을 타고 달렸다. 두 사람은 서로의 온기를 느꼈다. 전주댁은 영옥의 등에 얼굴을 파묻었다. 그리고 영옥이 허리를 꽉 잡아 안았다. 영옥은 참으로 오래간만에 느끼는 전주댁의 손길이 좋았다.

관아에 홀로 남은 은월은 한동안 동헌 앞뜰을 서성이다 내실 앞으로 걸어갔다.

"나리, 은월이입니다. 나리…."

"……."

"잠시 드릴 말씀이 있습니다."

"……."

방문이 확 열렸다. 현감은 은월에게 눈길을 주지 않았으나, 더 이상 물리치지 않았다. 은월은 문 밖 대청마루에 한 마리 새처럼 앉았다.

"관아에 있으니 어릴 적 생각이 납니다. 어미는 몰락한 가문의 여식이었지만 관노비였습니다. 어미는 고을의 윤희옥이라는 서당 선생을 알뜰히 챙겼습니다. 그 사랑으로 바로 제가 세상에 나올 수 있었습니다."

이현제는 눈을 돌렸다.

"아비는 난을 일으키고 어미와 저의 노비 문서를 태웠지요. 아비는 난을 일으킨 죄로 처형당하고, 어미와 저는 강경 기생집에 몸을 숨겼습니다. 그러다가 발각되어, 어미는 다시 관아로 끌려가 모진 고초를 겪으며 부패한 관리한테 희롱을 당하고 자결했습니다."

이현제는 몸을 돌렸다.

"저는 다행히 잠시 전주 기생집에 심부름을 갔다가 목숨은 부지했습니다. 아비는 저에게 사람이 하늘이라고 가르쳤고, 전주 기생집에서 만난 도령은 저에게 그것이 동학이라고 일러 주었습니다."

은월은 저고리 품에서 동경대전을 조심스럽게 꺼냈다.

"전 죽음이 두렵지 않습니다. 굶어 죽거나 맞아 죽거나 희롱당해 분해서 죽거나… 어차피 세상의 억압 속에서 죽을 운명이라면, 차라리 의로운 세상을 만들기 위해 죽는 것이 가치 있다고 생각하기 때문입니다."

은월은 잠시 말을 멈추고 크게 숨을 고르다가 다시 말을 이어 갔다.

"살아 있을 때보다 죽었을 때 누군가 기억해 주는 그런 사람으로 남고 싶습니다."

이현제는 은월과 마주 앉았다.

"저에게는 세 가지 소원이 있습니다. 첫째는, 이 나라 백성들이 따뜻한 밥 한 그릇을 걱정 없이 먹을 수 있게 되는 것입니다. 둘째는, 실력이 있다면, 그가 누구든 어떤 신분의 사람이든 나라와 백성을 위하여 일할 수 있는 기회를 얻을 수 있게 되는 것입니다. 셋째는, 출신이 어떻든 서로 사랑한다면 그 사랑이 존중되는 것입니다. 이 소원이 저만의 소원으로 끝나지 않을 거라 생각합니다. 나으리, 저의 손을 잡아 주십시오."

"난 조선의 관리다. 동학 비도들을 제압해야 하는 관리다."

"저는 동학을 하면서, 동학을 하는 모든 사람들의 꿈이 제 꿈과 다르지 않다는 걸 알게 되었습니다. 아니, 이 땅 모든 백성들의 바람이 제 바람과 다르지 않다는 걸 알게 되었습니다. 동학 도인들은 오랫동안 얻어맞고 빼앗기고 맞아 죽어 가면서도 그런 나라, 그런 세상의 꿈을 버리지 않았습니다. 그리고 그것이 마침내 거대한 물결이 되었습니다. 그런 나라를 꿈꾸는 것이 반역이고 잘못입니까? 남의 나라 군대를 끌어들여서라도 모조리 제거해야 할 극악무도한 죄입니까?"

이현제는 온몸에 전율이 느껴졌다. 그는 심장을 손으로 움켜쥐었다.

"도와주십시오. 자기 생명을 지키고자 들고 일어선 백성들입니다. 그들이 침략에 눈이 먼 왜놈들 군대에 의해 처참하게 죽어 가는 것을 외면하지 말아 주십시오!"

은월은 큰절을 올렸다.

그날 밤, 동헌 내실의 불빛은 새벽이 오도록 꺼지지 않았다.

공주를 두고 일본군·관군 연합군과 동학군 사이에 싸움이 격렬해졌다. 윤지영은 일본군 후비보병 제19대대 대대장 미나미 고시로(南小四郎) 소좌가 지휘하는 제3중대(중로분진대)에 통역으로 파견 나왔다. 부대에 합류한 후부터 매일 밤 윤지영은 악몽에 시달리고 있었다. 그날도 한밤중에 잠에서 깬 윤지영은 밖으로 나와 밤공기를 쐬며 머리를 식혔다. 그러다 진영을 시찰하던 미나미 고시로와 마주쳤다. 윤지영은 그를 뚫어지게 바라보았다. 미나미는 눈길 한 번 주지 않고 지나갔다.

'얼굴에 잔인함만 넘치는구나.'

윤지영은 자신도 모르게 속으로 중얼거렸다. 미나미가 사라지자, 번을 서는 왜군들이 수군거렸다.

"올해 안에 고향으로 돌아갈 수 있을까?"

"글쎄, 생각보다 동학 비도들이 수도 많고 저항도 만만치 않아 쉽지 않을 거라고 하던데….."

"신례원에서는 동학 비도들이 크게 이겼다고 들었네….."

"쉽지 않겠어. 대장도 동학 비도들이 떼로 들이닥치니깐 뒤로 뺀 거 아닌가?"

"쉿! 말조심하게나 그러다 큰일 나네….."

"큰일은…. 예정대로 연말에 고향으로 돌아가고 싶은 마음이 굴뚝같네. 동학 비도들의 눈빛과 그 함성 소리만 생각하면 오싹오싹해진다니깐!"

왜군 군졸은 몸을 부르르 떨었다. 윤지영은 머리가 아파 왔다. 윤지영은 고개를 흔들었다.

'왜놈의 세상이 곧 오는 게 맞는 거지?'

윤지영은 심장이 조여 왔다.

모리오 마사이치(森尾雅一) 대위는 우금티에서 40~50차례의 공방전을 치르며 동학군의 공주 진공을 저지하는 데 성공했지만 기진맥진해 있었다. 우금티 전투에서 동학군을 급습하고 이인까지 쳐 내려갔지만, 주변은 온통 동학군으로 둘러싸여 있어 급히 공주로 퇴각할 수밖에 없었다. 모리오 대위는 장위영 영관 이규태를 불렀다. 일본군은 동학군 진압에 일본군의 희생을 줄이기 위해 되도록 조선 관군을 앞세우고 있었다. 그런 점에서 이두황이 오른팔이라면 이규태는 왼팔이었다. 이규태는 한양 출신으로 이두황보다 열두 살이나 위였다. 그러나 무서운 속도로 승진을 거듭하는 이두황을 내려다보며, 이규태는 위기를 느끼고 있었다. 이번 동학군 진압은 이규태로서는 둘도 없는 기회였다. 하지만 이규태는 나름 조선 관군의 영관으로서 자존심을 지키고 싶었다. 군 편제상 자기보다 직급이 낮은 모리오 대위가 그를 부른 것이 못마땅했다.

"무슨 일이오, 모리오 대위?"

"이규태 영관, 우리 일본군은 그동안 동학당을 제압하기 위해 여러 날 고생했소. 이제 관군이 앞장서야 하지 않소?"

"그게 무슨 말이오?"

"논산으로 후퇴한 동학당을 이규태 영관이 추격하여 격멸하라는 말이오!"

이규태는 모리오의 건방진 태도가 거슬렸다.

"모리오 마사이치 대위! 난 조선이 지휘를 위임한 미나미 고시로(南

小四郎) 소좌의 지시가 아니면 따르지 않을 것이오!"

"뭐라고!"

"다시는 나한테 명령하지 마시오! 이런 식의 태도는 군의 기강과 우리 조선 관군의 사기를 저하시키는 위험한 행동이 아닐 수 없소!"

이규태는 핏대를 세웠다. 그러나 모리오 대위도 호락호락하지 않았다.

"조선의 관군? 농민들의 오합지졸에 불과한 동학당 하나 진압하지 못해 우리에게 진압을 구걸한 주제에 이처럼 큰소리치는 것이 정녕 온당한 태도라고 보시오?"

이규태는 끓어오르는 분노를 억누를 수밖에 없었다. 이런 상황에서 이야기를 하면 할수록 치부가 드러나는 것은 자기 쪽이었다.

"어차피 농민 반란군을 선량한 농민들과 구분하여 제압하자면 조선의 관군이 앞장을 설 수밖에 없소. 그러나 수적으로 우세한 저들을 제압하고 격멸하는 데는 귀국 군대의 화력이 반드시 필요하오. 저들은 어차피 논산쯤에서 다시 전열을 정비하려 할 것이오. 하루쯤 쉬었다가 출발한다 해도 늦지는 않을 터. 내일까지는 병사들을 쉬게 하고, 일기를 보아 흉악한 비적들을 뒤쫓기로 합시다."

이규태가 한 발 물러서자, 모리오도 한결 누그러졌다.

"좋은 생각이오. 그렇게 합시다. 사실 우리 병사들이 격전을 치르느라 모두 기진맥진하였소. 무엇보다 후방으로부터 탄약을 보급받아야 하는 문제도 있단 말이오. 그건 그렇고….."

"……."

"조선에는 고을마다 전해 오는 명주들이 있다고 들었소만…."

"……?"

"원지에서 내려와 연일 격전을 치르는데 이 지역 사람들은 어째 후방 지원할 염을 낼 줄 모르는지…."

"……! 곧 주안상을 마련하겠소."

"술맛 나는…."

"술맛을 돋워 줄 기생들도 들여보내겠소."

"그대는, 재주가 있어!"

"무슨…."

"말을 안 해도 이렇게 남의 마음을 헤아리니 말이오."

이규태는 잠시 어이없는 표정을 짓다가 휙 문을 닫고 밖으로 나갔다.

대설 1

- 음력 11.11(양12.7)

다행히도 큰눈이 오지 않았다. 그리고, 이틀이 지났다. 금 객주는 말을 타고 광활한 논산평야를 지나 노성천을 건너 초포를 지나 노성현으로 달렸다. 그는 노성산성에 올랐다.

"길인지 사람인지….."

금 객주는 장한 광경에 절로 입이 벌어졌다. 공주에서 노성으로 이어진 길 위에 동학군들이 강물처럼 밀려서 들어오고 있었다.

'아! 전봉준 대장 깃발이다!'

연산 관아로 돌아온 금 객주는 다급하게 은월을 찾았다.

은월은 이현제와 함께 동헌에서 연산 지도를 펼쳐 놓고 진지하게 이야기를 나누고 있었다. 금 객주가 여전히 숨을 헐떡이며 상황을 전했다.

"전봉준 대장 부대는 노성 봉화산에 진을 쳤소! 동학군들이 계속 집결하고 있소. 그렇게 많은 동학군 대열은 처음 봅니다. 광활한 논산평야 지대가 출렁이는 황금 곡식 대신 동학군으로 넘쳐날 지경이오. 족히 수만은 되어 보였습니다. 조만간 일부는 연산으로 들어올 것 같소."

은월은 담뱃대를 잡았다. 이현제가 말했다.

"전봉준 대장은 지금 어떻게 하고 있는가?"

"전봉준 대장은 지금 손병희 통령 부대와 함께 움직이면서 한편으로 후방에서 동학군을 보충하고, 다른 한편으로 동도창의소 이름으로 경군과 영병, 지역의 유생들과 백성들에게 고시문을 보내어 척왜와 척화를 위해 동심 합력할 것을 호소하고 있습니다. 그리고 김개남 대장에게 합류를 요청했다고 합니다."

담배 한 모금을 깊게 들이마신 은월은 담배 연기를 방 안으로 시원스럽게 내뿜으면서 말했다.

"그 많은 동학군들은 다 어찌하고 있습니까?"

"위중한 부상자들부터 인근 마을에 분산하여 마을 사람들의 도움을 받아 보살피고 있습니다. 하지만, 위중한 부상자가 워낙 많습니다. 모든 게 턱없이 부족한 형편입니다. 급한 대로 부상이 덜한 동학군들은 노지에서 치료하고 있고, 몸이 성한 동학군들이 산속의 나뭇잎이나 농가의 볏짚 등을 이용해서 논바닥, 길바닥 할 것 없이 저마다 쉴 만한 움막을 만들기 시작했습니다. 이것도 귀찮은 사람들은 짚이불을 만들어 그곳에 들어가 추위를 피하고 있습니다."

금 객주는 마치 눈앞에 보이는 것처럼 자세하게 이야기했다.

"그런데 신기한 게 있습니다. 분명, 우금티를 못 넘었는데도 사람들 얼굴에는 여전히 자신감이 넘치고 눈빛은 살아 있습니다. 그처럼 부상병이 많고, 또 부상자들 중에는 도중에 죽는 이들도 적지 않은데, 동학군들은 여전히 사기가 등등한 듯합니다."

"다행입니다. 아무튼 그들에게 먹을거리는 잘 보급되고 있겠지요?"

"마침 도 접장이 얼마 전에 김장을 잔뜩 해 놓았고, 그동안 모아 뒀던 식량들을 각 포별로 보급하고 있습니다. 또 부족하나마 입을 것들과 짚신들도 계속해서 조달하고 있습니다. 적어도 연산에 왔는데 굶주리고 얼어 죽었다는 말은 안 나와야지요."

은월은 다시 담배를 물었다. 금 객주는 은월의 손에서 담뱃대를 낚아채서 힘을 주더니 담뱃대를 꺾어 버렸다. 정색을 하며 금 객주가 말했다.

"중요할 때일수록 건강해야 합니다."

은월은 고개를 끄덕였다. 이현제가 어색한지 헛기침을 하고서야 은월이 말했다.

"혹 박 접주 소식은 들은 게 있나요?"

금 객주의 얼굴이 어두워졌다.

"선두에서 싸우다가 그만…. 윤 접사인지 간사인지 그자는 도망가다 왜군에게 붙잡혀 화형당해 죽었다는 소문이 들립니다. 윤 접사 그놈이 기생 출신 영옥이와 박 접주를 계획적으로 혼인을 시키려고 했다고 합니다. '젊은 부인 들이고 접 일은 뒷전이다.'라는 음모를 꾸며 자신이 접주 자리를 차지하고 은월접장 재산도 손에 넣으려고 흉계를 꾸몄다고 하더군요."

"동학이 세가 커지니 출세에 눈이 멀어 더러운 마음을 가진 자입니다. 그런 간사한 놈에게 흔들린 죄책감이 크더니만… 죽음도 두려워하지 않고 헌신한 박영채 접주를 잊어서는 안될 것입니다."

"그래야지요!"

"금 객주, 박 접주의 어린 여식을 잘 챙겨 주십시오. 마지막으로 우리에게 부탁한 일입니다."

금 객주는 고개를 끄덕였다. 은월과 금 객주의 모습을 이현제는 하나도 놓치지 않고 보고 있었다.

이현제 현감은 금 객주와 은월의 뒤를 따라 노성과 연산 일대를 말을 타고 돌아보았다. 동학군들이 몰려 있는 곳마다, 아낙들은 물론이고 동네 아이들까지 나와 동학군들 사이를 뛰어다니며 심부름을 하고 있었다. 패배의 형색은 완연하였으나 기세만은 등등하였다. 해가질 무렵 여기저기서 화톳불이 피어올랐다. 길목마다 갖가지 등들이 환하게 불을 밝히고 있었다. 근처 어느 양반 집에서 갖고 온 것이 분명한 꽃무늬 장식이 화려한 화등잔, 양반집 앞마당에나 있어야 할 사방등, 종이를 곱게 발라 방 안에 놓고 쓰는 좌등까지 등이란 등은 모조리 가지고 나온 듯했다. 평시라면 결코 볼 수 없는 그 기이한 풍경이, 굳이 어둠을 몰아내고자 하는 백성들의 염원처럼만 느껴져 이현제는 목이 메었다.

'저들이 모두 내가 보살펴야 할 백성들이거늘….'

이현제는 비감한 심정으로 말을 돌려 관아로 향했다. 잠시 후에 이현제 현감은 관졸들과 함께 쇠로 만든 바구니에 연료를 넣어 태우는 불배롱을 달구지에 한가득 싣고 나타났다. 여기저기 그것들을 나눠 주자, 제각기 불을 피워 주위가 한결 밝아졌다. 잦아들었던 동학군들의 목소리도 다시 커지기 시작했다. 이 현감은 불배롱뿐 아니라 군막에 쓸 천도 싣고 왔다. 사람들은 깜짝 놀라 이현제와 군졸들을 바라보았다. 은월도 이현제를 바라보았다. 이현제가 은월에게 다가가 조용히 말했다.

"조정에서 동학군을 진압하는 일본군에게 협조하라는 명령이 내려왔다. 나랏일을 하면서 조정의 지침을 외면할 수 없으나, 일본군을 도우라는 것은 충이 아니라 생각한다."

은월의 눈이 반짝였다.

"지금 조정의 대신들은 도대체가 무엇이 진정으로 이 나라를 위한 길인지를 판단할 능력을 잃어버렸다. 부디… 그대들의 뜻대로 보국안민과 광제창생의 뜻이 이루어진다면, 그것은 내 뜻과도 다르지 않으니…."

이현제 주변으로 사람들이 모여들었다. 이현제가 잠시 머뭇거리다 그들을 향해 말했다.

"내 목에 칼이 들어와도 왜군이 이 나라 백성을 도륙하는 일에 절대로 협조하지 않을 것이오. 지금은 왜군을 물리치는 일에 힘을 모아야 합니다. 윤자신을 중심으로 하는 유림도 왜군을 격퇴하기 위해 나섰습니다. 여러분은 혼자가 아닙니다. 그러니 모두 힘을 내서 왜놈들을 이 땅에서 내쫓읍시다!"

은월은 심장이 터질 것 같았다. 은월은 도상하 접장과 이현제 현감의 손을 양손으로 잡고 번쩍 들었다.

"다 함께 왜놈들을 물리칩시다! 우리가 하나가 되는 것, 그것이 우리의 가장 강력한 무기입니다. 척왜보국을 위하여!"

은월의 날카롭고 힘찬 목소리가 산과 들에 울려 퍼졌다. 동학군들의 함성이 하늘과 땅 사이에 가득 찼다.

"보국안민 만세!"

"동학군 만세!"

"이현제 현감 만세!"

저마다 들고 있던 불을 하늘 높이 들었다. 함성은 회오리처럼 점점 커졌다. 바람에 깃발이 휘날렸다. 도상하와 이현제, 금 객주는 서로 뜨겁게 얼싸안았다. 그들을 바라보며 은월의 눈가엔 눈물이 맺혔다. 이때, 이은결이 말을 타고 급히 달려왔다.

"아버님! 아버님!"

다들 놀라서, 이은결 쪽을 바라보았다.

"왜군이 이쪽으로 오고 있습니다!"

"드디어 왔구나!"

"미나미 고시로 소좌가 이끄는 부대라 하는데, 공주 전투에 참여하려다가 되돌아가 문의를 지키던 동학군 부대와 치열한 전투를 벌였답니다. 결국 문의의 동학군을 무너뜨리고 연산을 거쳐 논산으로 향할 예정이라 합니다."

은월은 주먹을 쥐면서 말했다.

"잘되었습니다. 우리가 그들을 막아야 합니다. 그래야 전봉준 대장과 손병희 통령이 전열을 재정비할 수 있습니다."

"왜군이 들어오면 관아를 중심으로 진을 칠 텐데 관아 근처 향교는 위험하지 않겠는가, 은월접장?"

"현감 나으리, 등잔 밑이 어둡다 했습니다. 전봉준 대장이 이끄는 동학군의 본진은 노성 봉화산에 진을 치고 있습니다. 우리는 동학군 본진을 엄호해야 합니다. 그리고 동학군 본진이 퇴각한다면 다음 접전지는 은진 황화산성(황화대)이 될 것입니다. 왜군도 그쪽을 주시하고 있을 겁니다. 우리는 여기 황산성을 기반으로 삼아 전열을 정비하여, 동학군 본진을 엄호하고, 노성에서 은진으로 퇴각하는 전봉준 장군 부대를 엄호해야 합니다. 그래서 시간을 벌어야 합니다."

이현제는 은월의 대담함에 심장이 뛰었다. 도상하는 동학군들을 향해 소리쳤다.

"이곳에 계시는 동학군들은 연산접 동학군의 안내에 따라 연산향교 뒷산 황산성으로 이동하겠습니다. 새벽이 오기 전까지 움직여야 합니다! 우리의 거점은 황산성입니다! 내일 진시까지 김개남 대장도 도착할 것입니다."

은월은 금 객주와 도상하를 불렀다.

"금 객주는 전봉준 대장에게 가서 이 소식을 알리고, 그분들을 지원해 주십시오."

긴급하게 지시를 하던 은월이 잠시 멈칫했다.

"만약, 황화산성 진지가 무너지면 여산 방향으로 후퇴하게 될 것입니다. 그 경우 길 안내를 맡아 주셔야 합니다. 전봉준 대장과 손병희 통령이 우리의 희망입니다."

"알겠소."

"도 접장은 이곳 지리를 누구보다 잘 아니 직접 지휘를 해 주셔야 합니다. 그리고 젊은 도인들 수십 명으로 정예부대를 꾸려 전투 준비를 해 주십시오. 제가 직접 지휘하겠습니다."

금 객주는 눈이 동그래졌다.

"은월 접장이 직접 나서겠다는 말이요?"

은월은 고개를 끄덕였다.

"지금 연산으로 들어오는 미나미 부대는 오는 도중에 문의에서 상당한 고전을 한데다가 산악 지대를 관통하였습니다. 매우 험준한 산맥을 두 번이나 넘었으니 상당히 지쳐 있을 겁니다."

이은결이 말에서 내리면서 은월을 거들었다.

"그래서 지친 왜군을 상대로 전투를 하겠다는 것 아닙니까?"

은월은 흡족한 표정으로 고개를 끄덕였다.

"윤지영으로부터 얻은 정보가 하나 더 있습니다."

"그게 무엇입니까? 은월 접장!"

도상하가 바짝 다가붙었다. 은월은 가느다랗게 눈을 뜨면서 말했다.

"대대장 미나미 고시로는 똥줄깨나 타고 있을 겁니다."

"도대체 무슨 얘기를 했기에 그런 이야기를 합니까?"

"미나미는 13일 오늘까지 28일 동안 동학군 섬멸 작전을 종결하고 경상도 낙동에 집결해야 합니다. 그런데 우리 입장에서 보면 공주를 돌파하지 못한 것이지만, 저들 입장에서는 공주에서 이십여 일을 지체한 셈이지요. 즉 작전에 실패한 것이지요. 신식 총만 믿고 덤벼들었다가 지금 고전을 하고 있는 모양새라고 합니다. 적잖이 당황하고 있다고 합니다."

도상하도 거들었다.

"조급해져 있겠군요."

"맞습니다. 조급하면 실수하는 법이지요. 분명 허술한 면을 드러낼 것이니, 이 부분을 제때에 찾아 공격을 집중해야 합니다."

이은결은 환히 웃으면서 은월의 곁으로 바짝 다가갔다.

"그래서, 황산성에서 저들이 우왕좌왕하는 틈을 보아 우리가 힘을 모아서 저들을 타격하여 더욱 교란시키자는 거군요!"

금 객주도 의미심장한 표정으로 말을 보탰다.

"시간은 우리 편이다…."

은월은 미소를 지어 보였다.

"그렇습니다. 뒤로 물러난다고 해서 패배한 것이 아닙니다!"

은월의 두 눈이 빛났다.

"게다가 내일, 그 유명한 검은 옷을 입은 김개남 접 동학군이 합세하면 저들도 오금이 저릴 것입니다. 그러니 저들의 예봉을 이곳에서 반드시 꺾어 놓아야 합니다. 그래서 더 이상 속절없이 밀리지 않도록 해야 합니다. 여기서 버텨 줘야 합니다. 그래야, 다음을 준비할 시간을 벌 수 있습니다."

은월은 금 객주, 도상하, 이은결의 손을 모았다.

"우리가 있기에 이미 이 순간이 개벽입니다. 서로를 믿고, 끝까지 싸웁시다!"

이를 바라보던 이현제의 두 눈이 붉어졌다.

대설 2

일본군 후비보병 제19대대 대대장 미나미 고시로(南小四郎) 소좌는 커다란 작전지도를 뚫어지게 쳐다보면서 절로 상소리를 내뱉었다.

"병신 같은…. 우리가 행군하는 곳이 어딘가?"

"네! 연산입니다!"

"논산 방향으로 바로 간다!"

미나미는 식은땀을 흘리면서, 손가락으로 지도에서 텅 비어 있는 연산 땅을 꽉 눌렀다.

소대장 마이바라(米原熊三) 중위가 급하게 뛰어 왔다.

"대장님, 선발대가 방금 도착했습니다. 그런데…."

미나미는 신경질적인 목소리로 버럭 소리를 질렀다.

"어서 말해라!"

"전봉준 부대와 대규모 동학 비도들이 노성 봉화산에 집결했다고 합니다. 어찌할까요?"

미나미는 주먹을 불끈 쥐면서 잠시 생각에 잠겼다.

'대규모라…. 간신히 저들에게서 벗어났는데….'

미나미는 지도를 바라보았다.

미나미는 체념한 듯 소대장에게 명령했다.

"우리는 연산현 관아로 들어가서 유진하다가 서로군과 합세할 것이다! 전령을 보내 연산 현감에게 우리가 곧 도착할 것이라고 통지하라."

"네!"

"잠깐! 주변 지형을 잘 살피고, 적의 동향을 예의 주시하면서 접근한다. 알겠나?"

"네! 알겠습니다!"

일본군 전령은 연산 관아에 들이닥쳐 이현제 현감에게 일본군이 곧 도착할 거라는 말을 남기고 돌아갔다. 이현제는 동헌 내당으로 이은결을 불렀다.

"이제 각자 가야 할 길을 갈 때가 왔다. 나는 이곳에서 왜군을 맞이할 것이다. 그들의 주의를 분산시키는 것이 내 일이다."

"아버님! 차라리 동학군과 합세하여 싸움을 벌이는 것이….."

"아무 말 말거라. 나로서는 주상 전하와 이 나라 백성들을 위해 내가 해야 할 몫이 있는 것이다. 너는 최대한 많은 백성들을 이끌고 황산성으로 피신하거라."

"아버님….."

"꼭 살아남거라….. 그리고 이 나라를 바로 세우는 일, 외세를 물리치는 일에 힘을 보태야 한다."

이은결은 아버지에게 큰절을 올렸다. 어느새 검정 옷으로 갈아입은 은월이 동헌으로 왔다. 은월의 손에는 레밍턴 소총이 들려 있었다. 거금을 들여 구입한 최신식 소총이다. 미국제인 이 소총은 신미양요 때 위력을 떨친 것으로, 은월이 중국 상인들을 통해 20정을 구입해 두었던 것이었다. 이현제는 관졸들을 동헌 뜰에 집합시켜 놓고 있었다. 이은결이 검정 옷 차림으로 동헌 뜰에 내려섰다. 이현제는 은월에게 어서 가라는 손짓을 했다. 은월은 깊숙이 허리 숙여 예를 표하고 이은결과 함께 연산향교로 뛰어갔다. 이현제는 은월의 뒷모습을 보면서 심장을 움켜쥐었다.

"가슴에 당신을 새기겠소."

이미 연산향교는 젊은 도인들로 가득했다. 금 객주가 연산향교 마당에 궤짝을 풀었다. 화승총과 레밍턴 소총이었다. 은월이 궤짝 위로 올라가 큰 소리로 말했다.

"이 총은 왜놈들의 소총과 대적해도 하등 뒤지지 않는 신식 총입니다. 이것을 들고 왜적들을 이곳에 묶어 두어야 합니다. 죽기로 싸워야 하는 일입니다. 각오가 되신 분들은 앞으로 나오십시오."

도상하를 필두로 젊은 도인들이 무리에서 한 명씩 빠져나와 은월의 앞에 섰다. 은월은 그들 손에 총을 쥐여 주었다. 뒤따르는 이은결은 그들의 머리에 자주색 띠를 묶어 주었다.

"두려움에 떠는 자들은 바로 왜놈들이요! 우리가 이곳에서 완강하게 싸워 저들을 섬멸해야만 대대적인 반격을 가할 수 있게 됩니다. 그렇게 되면 우리가 염원하는 개벽 세상을 앞당길 수 있습니다! 그 개벽 세상에서, 우리의 어머니와 아버지, 형제자매들은 웃으면서 살아갈 수 있을 것입니다. 그들의 목숨을 지키는 일이 바로 의를 지키는 길입니다!"

도상하가 총을 머리 위로 들었다.

"나가자! 지키자! 왜적을 물리쳐 의를 세우자!"

마당에 있는 사람들은 함성을 질렀다.

"나가자!"

"지키자!"

"의를 세우자!"

은월은 한 손을 번쩍 들었다. 주변이 조용해졌다. 은월은 도상하의 어깨를 잡았다. 그리고 힘찬 목소리로 말했다.

"황산성 책임자는 도상하 접장입니다. 도 접장을 도와 마을 사람들을 호위하여 황산성으로 가십시오."

도상하는 은월의 손을 잡았다.

"안 됩니다. 향교는 제가···."

"됐습니다. 민초들의 생명이 먼저입니다."

"은월 접장···."

이때, 이은결이 끼어들었다.

"도 접장, 은월 접장은 걱정하지 마시게. 내가 옆에서 호위무사처럼 은월 접장을 지킬 테니….”

“자네는 총도 만져 보지 못하지 않았나?”

“무슨 소리요. 나도 한때는 무예를 연마한 촉망받을 뻔한 인재요.
어허….”

은월과 도상하는 이은결의 객담에 웃음을 터뜨렸다. 은월은 도상
하를 가늘고 길 팔로 안으면서 말했다.

“이 절박한 순간에도 웃음을 잃지 않는 자네들과 함께하다니 난 정
말 두렵지 않네…. 모두… 고맙소….”

이은결도 은월 품에 안겼다.

미나미 소좌는 알 수 없는 긴장감을 떨치려 애쓰며 연산 관아로 입
성했다. 200여 명의 본대와 인부 200여 명, 40여 마리의 군마 행렬은
겉보기에 엄중한 대열을 유지하고 있었다.

이현제는 관아 정문에서 예를 차려 미나미 고시로 소좌를 맞이했
다. 미나미는 제법 꼿꼿이 위엄을 갖추고 관아 마당까지 말을 타고
들어왔다. 이현제는 미나미의 초조한 표정을 보았다. 미나미는 신경
질적인 말투로 관아에 들어서자마자 참모에게 경계병을 배치하라고
명령했다. 이현제는 다시 미나미 앞으로 다가섰다.

“귀관에게 적극 협조하라는 조정의 명을 받았습니다.”

이때 윤지영이 미나미 등 뒤에서 나타났다. 윤지영은 미나미에게
통역을 해 주었다. 그제서야 미나미는 말에서 내려 이현제 앞에 섰

다.

"인사 따윈 필요 없다! 관군은 모두 몇 명인가?"

"고작 수십 명의 관졸이 지키고 있을 뿐입니다."

미나미는 얼굴을 찌푸리면서 손을 높게 들었다. 마이바라 중위가 달려왔다.

"우리는 이곳에서 딱 하루만 머물 것이다! 딱 하루!"

"네!"

"현감은 즉시 마당에 궤짝을 갖다 놓아라! 당장!"

미나미는 마당에 궤짝들이 놓이는 것을 확인하고 나서야 방으로 들어갔다.

이현제는 윤지영에게 쓴웃음을 지으면서 물었다.

"이 밤에 웬 궤짝들을 마당에 두라는 것인가?"

"조선인 인부들도, 통역도 믿지 못하고 있습니다."

이현제가 윤지영에게 못마땅한 눈빛을 보내고 자리를 뜨려고 하자, 윤지영이 이현제의 소매를 잡았다.

"현감! 미나미 부대는 나타났다 사라지기를 반복하는 동학군에 질려서 이곳까지 왔습니다. 무너진 자존심을 만회하기 위해서 무슨 짓을 할지 모르겠습니다."

"나라를 배신한 자가 베푸는 아량치고 우습군!"

이현제는 윤지영의 손을 뿌리치며 자리를 떠났다. 윤지영은 내쳐진 손을 바라보았다.

"대세를 쫓는 것이 배신이라…."

윤지영은 머리가 아파 왔다.

미나미는 방에 들어와서야 긴장이 풀렸는지 눈이 감겼다. 눈앞에서 수많은 동학군들이 달려들자 총소리를 내 보지만 소용없었다. 더 많은 동학군들이 몰려들기 시작했다. 미나미는 옆에 있던 총을 힘껏 잡았다. 그러다 잠에서 깨어났다.

"동학당놈들을 찢어 죽이겠다!"

그러는 사이에 어디선가 쉴 새 없이 연락병이 도착하여 미나미 소좌를 찾았다. 그들은 공주에서 동학군을 격퇴한 후비보병의 서로군과 관군 쪽에서 보낸 연락병이었다. 미나미 소좌는 그들의 보고문을 검토하고, 다시 명령문을 작성하여 전달하기를 계속했다. 밤늦도록 연락병의 발길은 계속되었다. 이현제 현감은 미나미 소좌의 눈빛과 몸짓 속에서 미세한 흔들림을 간파하였다.

이현제 현감은 잠시도 경계를 늦추지 않고 일본군의 동태를 예의 주시하였다.

'지금 저들은 쫓기고 있다. 조급함이 더해 한계에 달해 있다. 저들을 무너뜨릴 한 수가 필요하다.'

왜군 수비병이 화급히 소리쳤다.

"검은 옷의 동학당이다! 전투 준비! 전투 준비!"

지휘소를 지키는 부관이 문밖으로 뛰어나가고, 거의 동시에 미나미 소좌가 내실 문을 박차고 밖으로 나왔다. 관아 이곳저곳에 흩어져 잠들었던 왜군 병사들은 순식간에 편대를 갖추어 예하 지휘관의 인솔하에 밖으로 뛰어나갔다. 검은 옷에 자주색 머리띠를 한 십여 명의 동학군들이 관아 앞까지 나타났다.

"탕-탕-"

총소리와 함께 연산천 건너편에는 수백 개의 횃불이 켜졌다. 이현제가 미나미 앞으로 달려갔다.

"동학 비도들이 총으로 관아를 습격하고 있습니다."

윤지영은 총으로 무장한 검은 옷의 동학군들을 살폈다. 얼굴을 가린 날쌘 동학군 지휘관과 눈을 마주쳤다. 윤지영은 몸이 굳어졌다.

"은월 접장!"

관아 마당은 공격 준비로 분주했다. 관아 문 위 포루에서는 큰북이 울렸다. 불을 밝히기 위해 한 손에는 불배롱을, 다른 한 손에는 창을 쥔 관군들이 이리저리 분주히 오가고 있었다. 관아 안팎이 이내 환해졌다. 이현제는 불배롱 쇠바구니와 싸리를 묶은 횃불에 불을 붙였다. 미나미가 연신 소리치고 있었다.

"빨리 상황을 보고하라! 적의 규모, 접근 방향, 아군과의 거리, 빨리 빨리…!"

이때 다시 총소리가 들렸다.

"탕-탕-"

총소리와 함께 검은 옷 동학군들이 사라지고, 수백의 횃불도 사라졌다. 하지만 당황한 왜군들은 관아 마당에서 공격 준비를 하고 있었다. 미나미가 지휘봉을 높이 들려고 하자, 윤지영이 재빠르게 미나미 앞에서 고개를 숙였다.

"대장, 동학군들이 사라졌습니다."

미나미는 지휘봉으로 윤지영의 어깨를 세차게 내리쳤다. 윤지영은 이를 악물고 다시 반듯하게 섰다. 동학군의 기습에 자존심이 상한 미나미는 윤지영의 뺨을 때리며 분을 풀었다.

"어디서 감히, 대일본군을 가지고 놀다니!"

윤지영의 입술이 터져 피가 주루룩 바닥으로 떨어졌다.

한바탕 소동을 겪은 일본군은 경계병을 증강하여 배치하고 다시 숙소로 들었다. 이현제는 관아를 나와 주변을 순시한 다음 눈을 붙이겠다고 말하고 사랑방으로 들어왔다. 이현제는 은밀히 편지를 써 내려갔다.

"기습 작전은 성공적입니다. 왜군은 점점 더 불안에 떨고 있습니다."

이때 윤지영이 불쑥 들어와 이현제의 편지를 손에 쥐었다.

"이걸로 현감 목숨을 걸기에는 아깝지요."

윤지영은 서찰 하나를 이현제 앞에 내밀었다. 이현제는 서찰을 읽어 내려갔다.

"미나미 고시로 소좌 부대는 200여 명. 미나미 부대는 17일간 옥천, 금산의 산악 지대를 거치면서, 동학군들이 모이면 군대가 되어 공격하고, 흩어지면 평민이 되어 사라져 버려, 겉으로 엄중한 전열을 유지하고 있으나 내적으로 상당히 지쳐 있으며 심리적으로 위축되어 있음. 옥천, 금산의 산악 지대를 거치면서 군마 70마리 중 반을 잃음. 미나미는 산악 지형을 행군하다 무릎 부상을 당함."

이현제는 윤지영을 바라보았다.

"우리를 돕는 이유는 뭔가?"

"누가 이길지 몰라서 그러지요. 왜군이 세 보이나 동학군도 만만치 않고…. 누가 이기든 목숨은 건져야 하기에…. 은월 접장에게 내가 뒤에서 정보를 주고 있다고 꼭 전해 주셔야 합니다."

윤지영은 미소를 지어 보이면서 나갔다. 그날 밤, 윤지영은 악몽에 시달리지 않았다.

이현제는 문밖을 지켜 서게 했던 관군 장교를 불러, 은월 접장이 있는 연산향교로 서찰을 보냈다. 서찰을 일별한 은월 접장은 그 자리에서 답장을 써 주었다.

"은월입니다. 이현제 현감, 당신 이름 석 자를 우리 모두의 가슴에 새기겠습니다. 김개남 대장도 내일 진시까지 황산성에 도착한다고 합니다. 황산벌 들판을 왜적의 무덤으로 만들고, 의로운 깃발을 함께 휘날립시다!"

붓을 내려놓은 은월은 마음속으로 한 줄 더 썼다.

'오늘 밤… 현감이 보고 싶습니다.'

연산 전투

- 음력 11.14(양12.10)

태양이 떠오르고 있다. 햇빛은 얼어붙은 땅에 생명의 숨결을 불러일으키고 있었다. 김개남 대장이 이끄는 부대는 오전 일찍 연산 관창 골에 있는 향교에 도착했다. 수만의 동학군은 모두 검은 옷을 입고 있었다. 부대는 바로 황산성으로 향했다. 이미 흰옷의 동학군들이 황산성 한쪽을 가득 메우고 있었다. 다른 능선은 검은 옷의 동학군들로 수놓아졌다. 황산성은 연산 읍내와 논산평야를 훤히 내려다볼 수 있는 위치에 자리 잡고 있다. 함지봉의 험준한 봉우리를 안고 험준한 지형을 이루며 조성되어 있었다. 황산성 정면에서 발아래로 연산 관아가 보였다. 왜군 진영이 훤히 내려다보이는 셈이었다. 관아 뒷산에는 왜군의 군막들이 옹기종기 설치되어 있었다.

태양이 땅 위로 뜨기 전부터 연산 사람들은 봇짐을 이고 지고 황산성으로 줄지어 올라갔다. 한 손에는 농사를 짓던 농기구들을 쥐고 있었다. 농기구들은 살림의 밑천이자 삶의 전부였다. 생명과도 같았다. 말굽따비, 주걱따비를 든 사람들이 맨 앞에 서 있다. 곡괭이, 쇠스랑, 종가래, 화가래… 모양도 다양한 삽들을 들고 나왔다. 아이들은 약을 캐는 벽채와 모종삽을 들었다. 아낙들은 날을 간 날카로운 호미와 자루를 길게 하여 가볍게 내리쳐도 깊이 잘 박히는 잔디호미를 들고 황산성으로 향했다. 땅을 일구고 생명을 키우는 사람들과 농기구는 오늘 새로운 생명을 위해 길을 나섰다. 태양은 새 생명을 잉태할 사람들을 비추기 시작했다. 흰옷 입은 사람들은 황산성 서쪽에 자리를 잡았다. 동쪽에서는 검은 옷을 입은 김개남 접이 올라오고 있었다. 수만의 동학군으로 채워진 황산성은 산인지 사람인지 분간할 수가 없었다. 황산성 주변의 작은 언덕들도 흰옷으로 꽉 채워졌다. 해가 어느덧 하늘에 떴다.

사시(巳時)가 되었다. 늦잠을 잔 왜군들이 하나둘씩 관아 방에서 머리를 흔들면서 나오기 시작했다. 태양의 찬란한 빛이 황산성을 비추고 있다. 마치 황산성에서 빛이 뿜어져 나오는 듯했다. 왜군들은 눈바로 앞 광경에 넋이 빠졌다. 마치 요술에 걸린 것처럼 왜군들은 땅에서 다리를 잡아당기듯 붙어 있었다. 초인적인 무엇인가가 느껴졌다. 바람이 뺨을 스칠 때야 정신이 들었다. 정신이 돌아오자 등줄기에서 공포가 파도처럼 밀려들었다. 하지만 아무도 두려움을 말할 수 없었다. 시간이 잠시 멈춰진 듯했다. 미나미도 무거운 머리를 흔들면서 대청마루로 나왔다. 눈앞에 있는 산이 눈으로 들어왔다. 이미 산은 흑백으로 변해 있었다.

'이렇게 많은 동학군을 보다니!'

미나미는 꿈이길 바라면서 머리를 세차게 흔들었다. 이때, 마이바라가 미나미에게 다가와 귓속말을 했다.

"대장, 큰일입니다. 사방이 모두 산이라서 저희가 광주리 속에 갇혔습니다."

미나미는 습관적으로 가슴속에 늘 품고 다니는 지도를 펼쳤다. 지도를 또다시 확인해도 연산은 텅 비어 있었다. 미나미는 자리에 힘없이 주저앉았다.

"마이바라… 이두황과 이규태 부대에 즉각 지원을 요청하라! 그리고, 마이바라 부대는 은진으로 돌격하라! 좌측을 뚫고 남하하겠다!"

은진으로 파견된 마이바라 부대는 논산천을 앞에 두고 한 발짝도 움직이지 못하고 있었다. 논산평야를 지나 섬처럼 우뚝하니 서 있는 황화산에는 동학 깃발이 가득했다. 논산평야에도 흰옷의 동학군들이 북을 치며 깃발을 흔들면서 함성을 지르고 있었다. 평야 지대의 깃발은 마치 숲처럼 보였다. 동학군은 논산천을 넘지 못하게 화살을 쉴 없이 쏘고 있었다. 마이바라 부대도 같이 총을 쏘아 댔지만 너무 많은 동학군과 함성소리에 기세가 꺾였다. 총소리는 함성 소리에 묻혀 들리지도 않았다. 더 이상 남하하기 어렵다고 판단한 마이바라는 퇴각 명령을 내리고 연산 관아로 서둘러 돌아왔다. 마이바라는 미나미에게 상황을 보고했다.

"수천 명의 동학군에게 포위되어 전진할 수 없어 되돌아왔습니다. 돌아오는 길에 보니, 본대가 성벽보다 더 두텁게 포위망에 둘러싸여 있습니다."

미나미의 얼굴은 잿빛으로 변했다.

연산향교에서는 은월이 이끄는 별동대가 왜군의 움직임을 살피고 있었다. 은월은 별동대 앞에 섰다.

"때가 왔습니다. 찬란한 미래를 위해 앞으로 전진합시다!"

남장을 한 은월의 비장한 얼굴에서는 빛이 났다. 도상하가 급히 은월 옆으로 뛰어와 서찰을 건넸다.

"곧 은진으로 진출했던 부대가 연산천을 넘어 진격할 거라고 합니다."

이현제가 보내온 서찰이었다. 은월은 서찰을 가슴속에 넣었다. 한 손에 총을 잡은 은월이 우렁차게 소리쳤다.

"이제, 우리가 앞장서서 싸울 때가 왔다. 죽음은 새로운 시작이다! 죽음이 두려운 자는 황산성으로 올라가도 좋다. 나와 함께 죽기를 각오한 자만 싸우자!"

"와-와-!"

검은 옷을 입은 은월은 자줏빛 머리띠를 했다. 은월은 하늘에 진격을 알리는 총을 쏘았다. 도상하는 은월의 총소리를 듣자 소리쳤다.

"깃발을 흔듭시다! 북을 울립시다! 함성을 지릅시다!"

요란한 소리에 산이 곧 무너질 듯했다.

"와-와-!"

"둥-둥-!"

"와-와-!"

"둥-둥-!"

멀리 왜군이 보였다. 은월은 힘차게 소리쳤다.

"앞으로!"

훈련이 잘된 일본군 후비보병들과 첫 대결을 하게 되었다. 은월은 대오를 이끌고 능숙하게 왜군을 향해 공격했다. 19대대 후비보병 정규군보다 날렵하게 움직였다.

"상등병 스기노 토라키치 정신 차려!"

마이바라는 스기노에게 소리쳤다. 스기노는 옆에 있던 상등병에게 소곤거렸다.

"나만 그런가….."

"뭐가?"

"눈을 깜박거리면 동비들이 보였다 안 보였다 해….. 귀신 같아."

"총을 쏘려고 준비하면 동비들이 사라지고, 바로 어디선가 총알이 날아오니깐 정신 바짝 차리라고!"

"저들한테서 죽음이 몰려오는 음산한 기운까지 느껴져….."

미나미는 연산 관아 뒷산에 군막을 치고, 연산향교 앞에서 벌어지는 전투를 유심히 바라보았다. 은월이 눈에 띄었다. 미나미는 이현제를 불렀다.

"저기, 요술처럼 말을 타고 다니는 저 검정 옷에 자줏빛 머리띠를 맨 자를 아는가?"

'앗! 은월이다.'

"누구인가!"

신경질을 내는 미나미는 지휘봉으로 이현제의 가슴을 밀쳤다.

"얼굴이 가려져 누군지 모르겠습니다."

"저자의 지휘력이 보통이 아니다. 생포하라! 반드시! 저자의 얼굴을 반드시 보고 싶다!"

이현제는 머리가 아파 왔다.

미나미의 눈에 신기한 광경이 들어왔다. 아낙들이 무엇인가를 머리에 이고 계속 나르고 있었다. 미나미는 지휘봉으로 아낙들을 가리켰다.

"저것들은 뭔가?"

이현제는 차분히 말했다.

"아낙들이 떡시루를 나르고 있습니다."

"떡시루?"

"예…. 동학 비도들의 먹을거리입니다."

미나미는 책상을 신경질적으로 탕탕 쳤다.

"지칠 줄 모르고 싸우는 힘이 저거였어! 우리는 먹지도 못하고 있는데, 수천의 동학당 놈들은 먹으면서 싸우고 있었다!"

미나미는 아낙들이 떡시루를 머리에 이고 개미떼처럼 움직이는 모습에 다리 힘이 빠졌다. 미나미는 아낙들을 보면서 중얼거렸다.

'조금이라도 빨리 이곳을 빠져나가야 한다.'

은월의 명령에 따라 검은 옷의 동학군들은 호랑이처럼 달려들었다. 별동대의 기세에 제압당한 소대장 마이바라 중위는 퇴각 명령을 내렸다. 왜군의 군대는 우왕좌왕하면서 뒷걸음질 쳤다. 은월은 맨 앞에서 도망가는 왜군을 추격했다. 이때 왜군 한 명이 눈에 들어왔다. 은월은 숨을 고르고 총을 조준했다. 스기노 등 가운데를 겨누었다. 스기노는 자신도 모르게 뒤돌아섰다. 멀리서 은월의 사나운 눈을 보았다. 그 순간 총소리가 났다.

"탕-탕-탕-"

"귀신이다!"

스기노는 고통스런 비명을 지르며 쓰러졌다.

"왜군이 총에 맞았다!"

함성 소리는 더 요란해졌다. 왜군은 스기노가 쓰러지자 뒤도 돌아보지 않고 도망쳤다.

왜군은 연산천에 빠져 허우적거리면서 관아 안으로 간신히 도망쳤다.

미나미 소좌는 스기노가 총에 맞아 죽자, 마이바라에게 명령했다.

"마을에 불을 질러 다 죽여라! 모조리!"

마을 곳곳에서 불꽃이 치솟았다. 미나미는 이를 흡족하게 바라보았다.

마을에 불길이 치솟자, 은월은 다급하게 도상하를 불렀다.

"마을 사람들은요?"

"새벽녘에 다 황산성으로 피신했습니다."

"확인했습니까?"

은월은 날카롭게 도상하를 바라보았다.

"네, 다 빈집인 것을 확인했습니다. 현감이 마을 사람들을 대피시키는 데 큰 역할을 했습니다."

은월은 이현제의 서찰이 있는 가슴에 손을 얹었다.

"아… 됐습니다. 승기를 잡았으니 더 밀어붙입시다."

은월은 스무 명 정도 되는 젊은 도인들을 바라보았다. 그리고 다시 총을 번쩍 들었다.

"북쪽 방향으로 돌아 연산 관아를 공격할 것입니다. 개태사 쪽으로 방향을 잡고 움직일 것이오. 일부는 송정리 범골을 타고 움직이고, 일부는 범골에서 정비하고 남서 방향으로 움직여 왜군을 공격할 것입니다. 연산 관아를 포위해서 독 안에 든 쥐를 섬멸합시다. 앞으로!"

젊은 도인들은 은월을 따라 앞으로 나아갔다. 왜군이 계속 총을 쏘면서 공격했지만, 산사태가 난 듯이 사람들이 왜군 쪽으로 계속 밀려 내려왔다. 왜군은 자리에 서서 총만 계속 쏘아 댔다. 왜군 주변은 탄

피로 수북했다. 싸움은 한 시진이 넘어서도 계속되었다. 동학군은 산 아래로 쉬지 않고 뛰어 내려왔다. 동학군들이 생명을 내놓고 완강하게 덤비자 총을 계속 쏘던 왜군들이 지쳐 갔다. 마이바라 소대장 옆으로 분대장이 다가왔다.

"소대장, 한 달 분량의 총탄을 이곳에서 썼습니다."

"동학군들 죽은 자 수는?"

"죽은 자들이 산을 이룹니다."

"아…. 저렇게 죽으면서도 꿈쩍도 하지 않으니….""

마이바라의 눈동자가 흔들리면서 혼자 중얼거렸다.

"소름이 끼친다."

"네?"

"아니다."

"아. 네! 대대장이 전투 보고를 하라고 전갈을 보냈습니다. 어떻게 할까요?"

마이바라는 고개를 흔들었다. 분대장은 걱정스럽게 말했다.

"실탄이 만여 발 소비되어 점점 바닥이 나고 있습니다."

마이바라는 얼굴이 하얗게 변해서, 전투 보고문을 받아 적게 했다.

"동학군 사상자 50여 명, 부상자 미상, 포로는…. 기록하지 말게."

"네?"

"실탄 1,400발로 적어!"

"왜… 축소해서 보고를…?"

"실탄을 그렇게 쓰고도, 제때 여기를 빠져나가지 못했다. 병사까지 사살당했다! 최강 일본군의 체면이 뭐가 될 것인가? 또한, 죽은 사람을 봐라! 일본군이 침략군이라는 명분이 되기 충분하다."

"네!"

"실탄은 얼마나 남았는가?"

"삼천 발 정도밖에 없습니다."

마이바라는 얼굴을 손으로 감쌌다.

'이 속도로 가면 한 시간을 더 버티기가 어려운데…. 큰일이다.'

"마이바라 소대장님!"

또 다른 분대장이 급히 찾아왔다.

"동학 비도들이 북서쪽과 남서쪽으로 움직이고 있습니다."

"움직인다는 것은 후퇴하는 것인가?"

"그렇게 보입니다."

마이바라는 안도의 한숨을 쉬면서 속으로 중얼거렸다.

'전봉준 부대가 안전하게 퇴각하는 것을 그냥 보고만 있어야 하다니!'

그는 얼굴의 땀을 닦으면서 큰 소리로 명령했다.

"조금만 더 버텨라! 저들이 곧 황산성 밖으로 후퇴할 때까지만 버텨라!"

마이바라는 버티라고 명령하는 자신의 모습이 우스워 피식 웃었다.

연산 관아 뒷산 군막 안으로 군졸이 들어왔다. 미나미는 자리에서 벌떡 일어났다.

"그래? 어찌 되었나?"

"황산성에 있던 비도들이 노성과 은진으로 후퇴했다고 합니다."

"저들의 살상 인원은?"

"수백 명 정도 됩니다."

미나미는 얼굴이 하얗게 질렸다. 졸병은 계속 말을 이어 갔다.

"실탄은 만여 발 정도….."

미나미는 말을 끊어 버렸다.

"실탄 만여 발을 쓰고도 아직까지 우린 저들 손아귀에서 벗어나지를 못했다! 대일본군이! 저들은 후퇴한 것이 아니다. 전봉준 지도부를 보호하기 위한 작전에 우리가 당한 것이다!"

미나미는 책상을 엎어 버렸다.

"당장 이곳을 떠나야한다!"

미나미가 숨을 고르면서 말했다.

"그래…, 이두황과 이규태는 언제 오는가?"

"네…. 오늘 밤에 도착할 것 같습니다."

"잘되었다. 마이바라 소대장이 도착하는 대로 이곳을 떠난다."

미나미는 이현제를 급히 찾았다. 이현제가 뛰어 들어와 고개를 숙였다. 이때, 미나미는 날쌔게 이현제의 옷소매에서 서찰을 끄집어냈다.

"뭔가? 이건?"

미나미는 서찰을 윤지영에게 건넸다. 윤지영은 일그러진 얼굴로 서찰을 펼쳤다. 은월의 글씨였다.

"윤 사관, 무슨 서찰인가?"

"네! 동학 비도가 보내온 서찰입니다!"

"무슨 내용인가?"

"함께 싸울 것을 호소하는 서찰입니다."

미나미는 얼굴을 찌푸리면서 이현제를 쏘아보았다.

"근데, 왜 이 서찰을 보고하지 않았는가, 현감?"

"실은…. 아들이 동학 비도들과 떼를 지어 다니고 있고…. 동학 지휘부에서 아들에게 부탁해서 저에게 보내온 것입니다."

"윤 사관, 이 서찰에 동학군과 내통한 흔적이 있는가?"

"없습니다!"

"이두황 부대한테 이 서찰을 넘긴다."

윤지영은 이현제를 바라보았다.

'현감… 제가 도울 수 없어 죄송합니다. 이제, 며칠 뒤면 현감의 운명도 어찌 될지 모르겠군요.'

이현제의 눈빛은 한 치의 흔들림도 없었다.

미나미는 조급한 마음에 말이 빨라졌다.

"이두황, 이규태 부대에 전령을 보낸다. 이두황은 노성을, 이규태는 은진을 맡도록 한다. 현감 서찰도 함께 보내라!"

미나미는 황산성을 바라보았다. 소름이 돋았다. 연산 관아를 빠져
나와 말을 타고 달리면서 미나미는 해방감을 만끽했다.

'아! 이제야 살 것 같다!'

개태사에 은월과 젊은 도인들이 모였다. 도상하와 금 객주도 뒤를
따라 도착했다. 금 객주는 말에서 내리면서 말했다.

"전봉준 부대가 무사히 여산으로 내려가고 있습니다."

은월은 안도하며 차분하게 말했다.

"지금 남하하는 것은 다음을 준비하기 위함입니다. 남은 동학군이
빠르게 남하할 수 있도록 이곳에서 우리가 왜군의 기세를 꺾었습니
다."

비장한 표정으로 젊은 도인들이 듣고 있었다.

"도상하는 이곳 연산 일을 맡고, 저와 금 객주는 강경으로 갈 것입
니다. 나머지는 비밀도소로 집결해서 다음을 준비해야 할 것입니다.
자! 하늘이 우리를 도울 것입니다!"

은월은 백설이를 타고 도상하에게 말했다.

"우리를 도운 현감을 잘 챙겨 주십시오."

도상하는 얼굴이 굳어졌다. 차마, 윤지영이 찾아온 이야기를 은월
에게 전하지 못했다. 윤지영은 심각한 표정으로 도상하를 찾아와 이
현제의 소식을 전했다.

"은월이 보낸 서찰이 발각되어 현감이 죽음을 면치 못할 것 같습니다. 현감이 간곡히 부탁한 게 있습니다. 은월이 보낸 서찰이 발각되어 자신이 처형되었다고 하면 은월이 괴로울 테니 은월에게는 비밀로 해 달라고…. 어차피 자신은 목숨을 내놓고 한 일이니…."

은월이 말을 타고 강경으로 떠났다. 도상하는 주먹을 불끈 쥐고 관아 쪽을 바라보았다.

을미년(1895) 입춘

- 음력 1.10(양2.4)

한둔산(대둔산)은 한 폭의 그림이다. 이 지역에는 금강산이 놀러 와도 인정할 정도로 아름답다고 자랑하는 이도 많았다. 병풍처럼 우뚝 선 산줄기들이 줄지어 있는 가운데 남쪽 비탈은 기암의 봉우리가 펼쳐져 있고, 그런 기암 사이사이에 오래된 노송들이 보였다. 전설에 원효대사가 태고사 절터를 찾아내고 사흘 동안 덩실덩실 춤을 췄다고 하니, 그 말이 과장이 아닌 듯싶다. 한둔산은 호남과 호서를 잇는 교통의 요지 한밭의 주산이기도 하다. 임진왜란 때 왜군들은 곡창지대인 전라도를 침탈하기 위해 악전고투했다. 바다에서는 이순신 장군이 서남해안으로 접근하는 왜군 수군을 철통같이 막고 있었고, 육지에서는 권율 장군과 민초들이 조총에 맞서 돌과 활로 전라도를 고수했다. 그때 권율 장군이 진을 친 곳이 바로 배티재다. 임금과 조정은 왜군이 부산에 상륙한 지 보름도 안 돼서 한양을 버리고 평양을 거쳐 의주까지 도망갔다. 왜적들의 낯짝도 보기 전에 달아난 선조와 조정을 본 민초들은 '이 나라는 반드시 망할 것이다.'라고 분개하여 성토했다. 오죽했으면 평소에 얼씬도 못했던 대궐에 불을 질렀을까!

그것도 장예원이라는 노비를 관리하는 관청에서 노비들이 저항한 것이었다. 그들은 노비 문서를 불태웠다. 이는 민초들의 봉건적 신분 질서에 대한 전면적인 저항이자 무능한 임금과 조정에 대한 분노의 표출이었다. 망한 나라를 다시 일으킨 건 민초들이었다. 배티재에는 민초들의 저항의 숨결이 고스란히 담겨 있었다. 농구를 들고 왜놈들과 맞선 배티재, 나라를 구하고자 일어선 민중들이 나라를 구한 힘찬 맥이 뛰는 배티재를 안고 있는 한둔산은 싸우는 민초들의 심장 박동이 요동치는 것처럼 웅장해 보였다.

기백과 숨결이 살아 숨 쉬는 한둔산의 정기를 받아서 비밀도소 사람들은 생기에 차 있었다. 영옥이 큰 소리로 외쳤다.

"저기 동도들이 옵니다."

김석진이 한걸음에 영옥에게 달려왔다. 영옥은 애써 반가운 마음을 감추며 전황을 먼저 물었다.

"싸움은 어찌 되었습니까?"

"큰 피해 없이 우리가 이겼다."

영옥은 환하게 웃었다. 김석진이 볼록하게 나온 영옥의 배를 손으로 어루만지면서 다정하게 말했다.

"우리 별이, 잘 지냈는가?"

영옥은 환히 웃으면서 김석진을 바라보았다.

"그래, 아이는 뱃속에서 잘 놀고 있습니까?"

"아버지가 없어 그런지 요즘은 얌전합니다."

김석진은 뒤를 돌아보면서 손가락으로 가리켰다. 젊은 도인 10여 명이 올라오고 있었다.

"많이 시장할 것이니 얼른 먹을 것을 준비해 주십시오."

"네⋯."

어느새 산상 도소에 있던 사람들이 김석진과 젊은 동학군들에게 몰려들었다.

한둔산 산상 도소에 들어온 지도 두 달이 다 되어 가고 있었다. 그 사이 사람들이 부쩍 늘어 도소에는 50명이 넘는 사람들이 함께 생활하고 있었다. 아궁이가 있는 가장 넓은 초막에는 여자와 아이들이 머물렀다. 바로 아래 작은 바위굴은 15평쯤 되는 공간으로, 위쪽 초막에서 아래로 내려와 바위를 끼고 좌측으로 돌아가면 나왔다. 이곳은 전망이 매우 좋았다. 등심바위 너머 골짜기의 석두골 계곡이 한눈에 들어 왔다. 이곳은 동학군들이 일본군과 관군의 동향을 살피는 초소로 이용되었다. 사내들이 주로 거처하는 곳이기도 했다. 그곳은 바닥이 평평하게 다져져 있었다. 초막에서 10여 걸음 밑으로 내려오면, 약 20자 높이의 절벽이 나오는데 이곳을 내려가면 동굴이 나왔다. 그 밑쪽으로 약간 경사가 지기는 하지만 생활하기에는 충분했다. 암굴 입구는 한 사람이 겨우 지나갈 정도로 비좁았다. 암굴 바로 앞은 절벽에 가까운 낭떠러지였다. 암굴에는 이곳 산상 도소의 지휘부가 자리 잡고 있다. 암굴에서 최공우는 화승총 100여 자루와 신무기인 레밍턴 소총을 정리하고 있었다. 이때 김석진이 들어왔다.

"동학군들이 이제는 서남해안 끝자락까지 밀려가서 최후의 항전을 벌이는 모양입니다. 일본군과 관군들이 언제 이곳으로 들이닥칠지 알 수 없습니다."

최공우는 그 소리를 들었는지 말았는지 총 닦는 일을 멈추지 않았다. 김석진은 조심스럽게 최공우 옆에 앉았다. 최공우는 조금은 건조하게 말했다.

"걱정 마소. 여긴 천연의 요새이니…. 황해도에서 다시 불이 붙고 있다 하니 여기 신경 쓸 여력이 없을 걸세!"

김석진은 최공우 옆에 앉아 한동안 그를 바라보다 입을 열었다.

"은월 접장과 금 객주가 염정동에서 다음을 준비하고 있다 하오. 꼭 진산 군관 하경석(河景奭) 목을 쳐야 하오?"

"하경석 목을 따야 민초들이 숨을 제대로 쉬며 살 수 있네! 잘못을 저지르면 반드시 죗값을 치른다는 것, 백성들이 언젠가 반드시 응징한다는 것을 보여주어야 하네. 그것만이 희망의 씨앗이네."

최공우가 이번에는 조금 짜증 섞인 목소리로 의미심장한 대꾸를 했다.

"김 접장! 진산은 내 관할이네. 내가 알아서 할 테니. 걱정 말게."

김석진은 앉아서 총을 닦는 최공우 등 뒤에서 어깨를 꽉 잡았다.

"알았소."

김석진이 나가려고 하자 최공우가 말했다.

"아까 우물가에서 김 접장 부인께서 괴로워하는 눈치던데, 한번 돌아봐야 하지 않겠나."

김석진은 불안한 감정이 쭉 밀려왔다. 그는 영옥을 찾았다. 아래위를 살폈지만 영옥이 보이지 않았다. 김석진은 우물이 있는 절터로 정신없이 뛰었다. 우물가 근처에서 영옥이 쓰러져 있었다.

"부인!"

김석진은 영옥을 일으켜 세웠다. 영옥을 부축하는데, 몇 사람이 뒤쫓아 와 거들었다. 의식을 잃은 임신부를 양쪽에서 껴안아 부축하고 초막으로 향했다. 바깥의 소란한 소리를 듣고 전주댁이 급히 뛰어나오다 이 광경을 보고 자지러졌다.

"아이고, 영옥아….."

배가 볼록한 영옥을 초막에 누이고, 전주댁과 김석진이 불안하게 다가앉았다. 영옥은 끙끙거리며 신음 소리를 낼 뿐 깨어나지를 못했다. 온몸에 열이 올라 불덩이 같았다. 전주댁은 물수건을 영옥의 이마에 갈아 대 주며 한숨을 쉬었다.

"아이고…. 어미 팔자 딸내미가 닮는다고, 지발로 이 산골짜기를 찾아들어 이리도 고생을 해야 할까…."

전주댁은 눈물을 주루룩 흘렸다. 김석진은 안쓰럽게 전주댁을 바라보았다

"영옥이 저것, 내가 낳았네."

전주댁이 묻지도 않은 말을 툭 내뱉었다.

"아…."

"은월 접장도 여러 번 내게 물었네만 그동안 아무 말도 안 했었네. 은월이도 오죽 이상하면 그렇게 물었으랴 싶었지. 허지만, 그런 말 듣고 속으론 어찌 섭섭한 맘이 없었겠나."

"……!"

"몰락한 양반 가문에서 태어났다네. 내가 어렸을 때, 아버지가 역모에 연루되었다는 모함을 받아 나도 관비가 되었지. 어려서부터 함께 자라다시피 한 현감의 아들과 사랑에 빠졌어. 우린 정말 사랑했다네. 적어도 나는 그렇게 생각했지. 하지만 세상은 우리 둘 사이를 용납하지 않았네.

그런데 불행인지 다행인지 임신이 되었어. 그러자 현감 어른 댁에서 방을 하나 내주더구만. 그런데 낳고 보니 딸이었어. 그 애가 영옥일세. 물론 노비 신분은 그대로였지. 어느 날, 멀리 심부름을 다녀왔는데 애가 없어졌어. 배불리 젖 먹여 재워 놓으면 한두 시간은 잠을 자는 아이라 그리 한 것인데, 걷지도 못하는 아이가 없어진 건 필시 사람 손을 탄 거였지. 온 동네를 뒤지고, 산으로 들로 찾아다녔지만 찾을 수 없었어…. 낳은 지 백일도 안 되었는데…."

전주댁은 한숨을 크게 쉬면서, 영옥이 이마의 식은땀을 닦아 주며 어렵게 말을 이어 갔다.

"산이며 들이며 돌아다녔지만 찾을 수 없었어…. 열흘이 지났나…. 저녁에 혼자 돌아오는 길에 현감 집에 있던 진돗개가 나를 졸졸 따라오면서 짖는 거야…. 애도 못 찾고 그 진돗개한테 화풀이를 했지. 발로 차고, 돌도 집어던지고…. 그런데 진돗개가 도망가지 않는 거야….〞

김석진은 진지하게 물었다.

〝그래서 어찌하셨나요?〞

〝개가 자꾸 돌아보면서 뛰어가길래… 따라갔지…. 해변가 근처 바위까지 따라갔는데… 멈추지 않았어. 내가 뒤돌아 가면 진돗개가 다시 쫓아오고 애절한 눈빛으로 뭔가를 말하듯 쳐다보는 거야. 그래서 뭔가에 끌리듯이 따라갔지.〞

전주댁은 영옥을 바라보았다.

〝동굴로 들어가 보니깐… 영옥이가 자고 있는 거야….〞

〝네?!〞

〝자고 있던 영옥이를 안고 얼마나 울었는지…. 그 길로… 영옥이를 안고… 무작정 길을 떠났어.〞

〝아… 그럼 그 진돗개가 영옥이를 보살펴 준 거군요…. 어떻게 그런 일이….〞

〝현감 집 진돗개가 출산을 한 지 얼마 되지 않았어. 진돗개가… 현감 집과 동굴을 오가면서 영옥이에게 젖을 물려 가며 보살핀 것 같아…. 영옥이를 안고 집을 나가니깐 쫓아간 것이고….〞

전주댁은 긴 한숨을 쉬었다. 김석진은 고개를 끄덕였다.

〝그래서 길에서 어머니를 만나자마자 영옥이 있는 곳을 가르쳐 주

려고 했군요….”

“나중에 알아보니, 현감네에서 나를 안심시키고는, 아이를 없애고 그 책임을 물어 나까지 내치려고 했던 작정이었다고 하더군…. 개보다 못한 것들…. 비가 억수같이 오는 날인데 아이는 불덩이고…. 차라리 진돗개가 보살피게 둘걸 그냥…. 모진 세상 살지 않게 배고파 죽게 둘걸. 얼마나 괴로웠는지 그 심정은 모를 거네. 그러다 은월정 앞에 섰는데 발이 떨어지지 않는 거야. 여기 아니면 이제 죽을 것 같았어. 죽을 고비를 몇 번을 넘어서 여기까지 왔는데, 영옥이한테 몹쓸 짓을 할까 두려워 주운 자식이라고 했고….”

전주댁은 서럽게 울기 시작했다. 울음을 멈추더니 김석진을 사납게 노려보았다.

“영옥이가 양반집 도령을 연모하는 걸 알았을 때 하늘이 무너지듯 허망했다네. 딸년 팔자 어미 닮는다고…. 자네 모습에서 옛 생각이 나 괴로웠네… 그래서 자네가 몹시 싫었지….”

다시 전주댁은 서럽게 대성통곡했다.

“모진 세월을 살 걸 생각하면… 불쌍한 영옥이 어찌할꼬.”

전주댁은 대성통곡했다. 김석진은 전주댁을 감싸 안아 주었다.

“어머니… 죄송합니다…. 비겁했던 저를 용서해 주십시오.”

아직 깨어나지 못한 영옥을 전주댁과 김석진이 부둥켜안고 하염없이 눈물을 흘렸다.

우수

- 음력 1.24(양2.18)

진산 관아 군관 하경석의 목이 진산 관아 앞 감나무에 내걸리고, 금산 수비병들이 떼로 죽음을 당하자, 충청감영과 일본군은 발칵 뒤집어졌다. 미나미 소좌는 연산 황산성에서 죽은 일본군의 얼굴 떠올렸다. 순간 머리카락이 삐죽 섰다. 이두황이 윤지영과 함께 군막으로 들어왔다.

"조선 관군들은 한심하오. 쯧쯧쯧 일개 동비들에게 목이나 날아가고!"

이두황은 능글거리게 웃으며 미나미에게 말했다.

"그러게 말입니다. 그래서 일본군이 없다면 저희도 죽은 목숨입니다, 대대장!"

"됐소! 하경석의 목을 친 이들은?"

이두황은 큰 소리로 말했다.

"한둔산 동비들입니다."

"한둔산?"

미나미는 지도를 펼쳤다. 텅 비어 있는 연산이 눈에 거슬렸다. 한둔산을 손으로 짚었다. 미나미의 얼굴이 순간 얼어붙었다. 이두황은 문석봉이 올린 보고서를 미나미에게 펼쳐 보이면서 자신감 있게 말하기 시작했다.

"한둔산 도소는 지난해 11월 중에 만든 것으로 추정되며, 민보군 문석봉(文錫鳳)의 보고에 의하면 도소 내부의 갈등이 심하여, 이를 이용하여 스스로 자멸하게 하도록 수를 쓰겠다고 했습니다. 그래서 문석봉의 말대로 손에 피 한 방울 묻히지 않고…."

미나미는 말을 가로막았다.

"됐다! 문석봉이란 자는 어떤 자인가?"

"아, 문석봉은…."

이때 윤지영이 나섰다.

"문석봉은 경상도 현풍이란 곳의 군리 출신으로, 서른 두 살 때에 전라도 지방 상납리로 일하던 중 굶주린 백성들에게 조세미를 풀어 구휼한 일로 문책을 당했습니다. 계미년(1883)에 무과에 급제하여 곧 한양 도성 오위장이 되었습니다. 같은 해 12월에 진잠 현감(鎭岑縣監)이 되었지만 모친상을 당하자 다시 고향으로 갔습니다. 갑신년(甲申年)에 동학 도인들이 기포하자 최근 양호소모사(兩湖召募使)로 충청도 일대의 동학군 토벌에 참가하고 있다고 들었습니다."

미나미는 연산 현감을 떠올렸다. 그는 보고서를 바닥에 내동댕이치며 벼락같은 소리로 명령을 내렸다.

"마이바라 소대장!"

마이바라가 뛰어 들어와 경례를 했다.

"네!"

"후비보병 제19대대 3개 분대(30명)를 지금 당장 한둔산으로 출동
시켜라! 고산현 한둔산 동학군을 우리가 직접 토멸할 것이다!!"

미나미는 지휘봉을 지도 위 한둔산에 가져갔다. 그리고, 눈에 힘을
주며 윤지영을 바라보았다.

"윤지영!"

"네!"

"이번에 한둔산에서 당신의 충성심을 보여주길 바란다! 알겠는
가?"

"네, 목숨을 다 바쳐 충성하겠습니다!"

미나미는 군막을 나갔다. 군막 안에는 윤지영만 남았다. 윤지영은
구석에 처박혀 있던 문석봉의 보고서를 집어 들고 읽어 내려갔다.

"순영에 올리는 글

고산 대둔산의 적은, 힘으로는 당할 수 없으며, 지혜로 다루어야
합니다. 그 때문에 그의 무리인 주암(舟巖)에 사는 김공진(金公眞)을 잡
아들여서, 사리를 들어 그를 움직이게 하였습니다. 봉서(封書)를 주어
서 최공우(崔公友) 부자 및 김태경(金台景)과 장문화(張文化)를 서로 의
심하게 한 것입니다. 이달 22일 과연 서로 공격하였으며, 김태경과
장문화 등은 최공우 부자에게 죽임을 당하였습니다. 나머지 무리들

은 이미 손안에 있는 것과 같아서, 공격하여 거의 섬멸할 수 있는 상태에 있습니다. 아! 24일 강화 병영의 병정과 일본 병사 수백 명이 힘을 합쳐 함께 공격하여 이미 그들의 무리가 끊어지게 하였으니, 매우 다행입니다. … (하략)

　　양호소모사(兩湖召募使) 문석봉(文錫鳳)"

　　윤지영은 가슴이 조여 왔다. 손으로 심장을 움켜쥐었다. 윤지영은 한동안 멍하니 서 있었다.

　　제19대대 후비보병 3개 분대는 1월 23일 신시(申時)에 양동면 기동에 도착했다. 이두황 부대에서도 30명으로 편성된 한 개 지대가 도착했다. 이두황은 윤지영을 흘끗 쳐다보면서 말했다.

　　"관군 지대 책임은 윤지영 사관이 맡을 것이다."

　　개구리를 닮은 이두황은 유난히 넓은 코구멍을 실룩거리며 어색한 웃음으로 말했다.

　　"한둔산 동비들은 마당에 비질하듯이 왜군이 벌여 놓은 것을 뒷정리만 하면 되니, 왜군의 신뢰를 얻을 수 있는 이 기회를 잘 잡게나…."

　　이두황은 윤지영의 어깨를 툭 치면서 군막으로 사라졌다.

　　윤지영은 이두황의 뒷모습을 보면서 입술을 깨물었다.

　　전투를 앞둔 윤지영은 답답함을 달래려고 막사를 나왔다. 이때 멀리서 왜군 하나가 반갑게 윤지영에게 손을 흔들었다. 쿠스노키 비요키치(楠美代吉) 상등병이 뛰어왔다.

"윤 사관!"

"쿠스노키 상등병, 반갑다."

둘은 나무 아래에 다정히 앉았다.

"쿠스노키, 지금도 날마다 일기를 쓰니?"

"그럼."

쿠스노키는 방긋 웃으면서 가방에서 무엇인가를 꺼냈다. 가방에서 꺼낸 것은 바로 일기였다.

"기록하는 것을 정말 좋아하나 봐?"

"글을 쓰면 하루하루가 즐거워."

쿠스노키의 일기는 폭이 한 자 조금 넘는 두루마리로 길이가 꽤 되어 보였다. 윤지영은 조심스럽게 두루마리로 된 일기를 보았다.

"읽어 봐도 괜찮아?"

"그럼. 우린 전우잖아."

"전우? … 그치…."

윤지영은 전우라는 말이 거슬렸다.

"메이지 27…."

쿠스노키 일기의 시작은 갑신년 6월 21일부터였다. 10월 11일 용산 만리창에 도착했다고 쓰여 있었다. 10월 14일 삼로 분진 명령에 따라 10월 15일 용산을 출발하여 내려오면서 매일 동학군 학살 상황이 날짜와 장소는 말할 것도 없고, 학살 인원과 학살 방법까지 아주 상세하게 기록되어 있었다. 윤지영은 아찔했다.

"총살(銃殺)… 돌살(突殺)… 타살(打殺)… 소살(燒殺)…."

동학군이 왜군의 총에 죽어 가는 모습이 윤지영의 눈앞에 지나갔다. 총에 대검을 착검하고, 돌격하여 찔러 죽이거나, 총이나 몽둥이로 때려죽이고, 태워 죽이는 모습이 지금 눈앞에서 벌어지는 듯했다. 구역질이 목구멍을 타고 올라왔다. 쿠스노키가 윤지영에게 바짝 다가왔다.

"미나미 대장이 이번 한둔산 동비들을 단단히 벼르고 있다던데…. 이번 진압에 책임을 맡았다며? 축하해! 곧 진급하겠네!"

"무슨 말이야?"

쿠스노키가 큰 소리로 웃었다.

"모조리 살상해야 하니 관군에게 그 책임을 떠넘기고 싶을 거야. 어쨌든 윤 사관한테는 공을 세워 진급할 기회지 뭐."

윤지영의 등줄기에서 식은땀이 흘러내렸다. 쿠스노키가 바짝 다가갔다.

"미나미 대장이 지난 연산 전투에서 동비들한테 질린 모양이야. 이번 한둔산 동비들이 연산에서 왔다니깐 무너진 자존심을 확실히 세우려 할 거야. 그러면서도 동비들의 표적이 되기는 싫으니 살상 전투는 관군들을 앞세우고…. 미나미 대장…. 머리가 그 정도는 되어야 대장하나 봐."

쿠스노키는 큰 소리로 웃었다.

"윤 사관, 진급 미리 축하하네!"

"어? …어…."

쿠스노키는 총총걸음으로 뛰어갔다.

대둔산 형제바위 항쟁

- 음력 1.24(양 2.18)

유시(酉時)였지만 구름이 잔뜩 끼어 약간 어두웠다. 이두황은 관군을 집합시켰다.

"자, 대포를 앞세워 적의 소굴을 소탕한다!"

관군들이 대포를 산 위로 끌어올렸다. 왜군들은 코웃음을 치면서 구경했다. 한둔산 도소에서 4리(里)나 떨어져 있는 관군 주둔지에서 도소 1리 근방까지 접근했다. 윤지영은 대포를 잡고 사정없이 쏘아댔다. 포탄은 허공에서 헛발질을 했고, 대포 소리는 한둔산 바위에 울려 꽝음을 냈다. 윤지영은 자신도 모르게 속으로 소리쳤다.

'도망가라! 도망가!'

안개가 더 짙어져 앞이 잘 보이지 않았다. 윤지영은 병졸들을 다그쳐 계속해서 대포를 쏘았다. 바람이 불자 구름안개 사이에서 의(義)라고 쓰여진 붉은 기가 살짝 보였다. 자주 깃발을 보자 윤지영은 흥분해서 바위에 주먹질을 했다. 주먹은 피범벅이 되었다. 이두황은 회심의 미소를 지었다. 이두황이 눈짓을 하자 병사가 뛰어가 윤지영을 말렸다.

"윤 사관, 걱정 마십시오! 우리에겐 일본군이 있습니다!"

윤지영은 흔들리는 눈동자로 자주 깃발을 바라보았다. 다시 심장이 조여 왔다.

산 아래서 대포 소리가 들리자 도소 안은 술렁였다. 최공우는 다급하게 김석진을 우물가로 데리고 갔다.

"김 접장, 왜군이 곧 공격한다고 하니 바로 나가야겠소."

김석진은 무표정한 얼굴로 최공우를 바라보았다.

"무작정 이곳을 나갔다가는 왜놈들 손에 죽기 전에 얼어 죽을 수도 있습니다."

"이런 답답한 사람 같으니…. 그렇다고 앉아서 죽을 순 없지 않소!"

김석진은 아무 말 하지 않고 우뚝하니 서 있었다. 이때 배를 움켜잡고 영옥이 우물가로 왔다.

"몇 방의 대포 소리에 도소를 그냥 버린다는 건 안 될 말입니다."

김석진은 놀라서 영옥에게로 뛰어가 부축했다. 힘은 없지만 강단지게 영옥이 말을 이어 갔다.

"우린 이곳에 싸우러 온 것이지, 단지 몸을 피하고자 온 것이 아닙니다. 한둔산 도소에서 석 달을 잘 싸우고 지켜 냈습니다. 흩어지더라도 싸우다가 흩어져야 합니다."

최공우는 퉁명스럽게 말했다.

"누가 뭐랍니까? 왜군들이 쳐들어오니 후퇴를 하자는 거지요."

"최 접주님, 후퇴할 때 하더라도 일단은 싸워 봐야지요."

영옥은 배를 어루만지며 말했다.

"나중에 우리 아이들이 이곳에서 용감하게 싸웠다고 기억해 주었으면 합니다."

영옥은 저고리 섶에서 천을 끄집어냈다. 의(義) 자가 쓰여진 자주 깃발이었다.

"지금껏 우리는 꺾이지 않고 싸웠습니다. 한 달 동안 싸웠던 이인에서, 우금티에서 효포에서, 그리고 연산에서 산하가 피로 붉게 물들었습니다. 하지만, 우린 단 한순간도 흔들리지 않았습니다. 끝까지 저항하고 의를 세우기 위해 죽을 때까지 싸워야 합니다."

영옥은 최공우의 손을 잡았다.

"죽음은 새로운 시작입니다. 내가 죽어 산하에 한 줌의 흙이 된다 해도 누군가가 이 자주 깃발을 들고 싸울 것입니다. 개벽의 꿈은⋯ 사람이 사람답게 사는 의로운 길이기 때문입니다."

최공우는 혼잣말로 중얼거렸다.

"개벽의 꿈⋯."

최공우의 눈가에 눈물이 맺혔다. 개벽의 꿈이라는 말에 최공우의 심장이 한둔산을 흔들 것처럼 마구 뛰었다. 심장이 터질 듯했다. 영옥은 자주 깃발을 움켜쥐면서 마치 주문처럼 읊조리기 시작했다.

"높이 날려라 의로운 자주 깃발

사람의 숨결이 새겨진 자주 깃발

개벽이 다가오는 동트는 새벽에

우리는 의로운 길에

영원히 뭉쳐 나갈 것이다."

최공우는 잊고 있던 개벽이란 단어에 흥분을 감추지 못했다. 그는
손을 번쩍 들면서 외쳤다.

"개벽의 꿈을 향해 전진!"

김석진도 따라 외쳤다.

"개벽의 꿈을 향해 전진!"

최공우는 도소 내 동학군들을 집합시켜 결사 항전의 의지를 다지
겠다고 먼저 도소로 뛰어갔다. 우물가에 둘만 남았다.

"부인….."

김석진은 영옥의 손을 살포시 잡았다.

"내가 당신과 이 의로운 길에 함께 있다는 것만으로도 행복하오.
고맙소."

영옥은 눈물을 주루룩 흘렸다.

"저도… 고맙습니다….."

영옥이 감정이 복받쳐 울음을 터뜨렸다.

"김 접장님… 제가 도소에 남아 끝까지 싸우겠습니다. 김 접장님은
노인과 아낙네 도인들을 데리고 안전한 길을 찾아 내려가세요."

김석진은 눈을 동그랗게 떴다.

"무슨 말이오, 도대체. 남으려면 내가 남아야지…. 새 생명을 가진 당신이… 왜 그러는 거요?"

김석진은 불길한 예감이 들었다.

"김 접장님… 아니, 별이 아버지…. 아무래도 어려울 것 같아요. 아이가 움직임이 없습니다."

김석진은 눈앞이 컴컴해졌다.

"그래도, 당신만은 살 수 있소. 아이는 또…."

영옥은 울음을 그치고 냉정하게 말했다.

"아니오. 어차피 살기 어렵습니다. 마지막 유언이니 제 말대로 해 주세요."

김석진은 영옥을 힘차게 안았다. 영옥은 울먹였다.

"그리 해 주실 거지요?"

김석진은 아무 말 없이 영옥을 품에 안았다.

최공우는 도소에 있는 사람들을 집합시켰다.

"자! 이곳은 조금 뒤에 싸움터가 될 것입니다."

술렁이다 잠시 후 차분해졌다. 한쪽에서는 몇몇이 조용히 주문을 외웠다.

"개벽의 꿈을 위해 끝까지 싸울 것입니다."

최공우는 김석진을 바라보았다.

"우리는 하나입니다! 살아도 죽어도 함께할 것입니다!"

도인들은 저마다 옆에 있는 사람의 손을 잡았다.

"우리 모두 최후까지 함께합시다. 우리는 죽어도 영원히 살 것입니다."

"와-동학군 만세!"

"와-개벽 세상 만세!"

영옥은 힘차게 북을 쳤다.

"둥-둥-둥-!"

도인들은 입구마다 돌을 쌓았다. 전주댁은 아무 말 없이 쌀을 돌로 찧었다. 고운 가루가 간간이 바람에 날아갔다. 전주댁은 짐 더미를 한참 뒤져 놋시루와 마른 쑥을 찾아 들고 흡족한 미소를 지었다. 물이 끓자 쑥을 삶아서 건져 내 물기를 꼭꼭 짠 다음 손으로 쑥을 찢었다. 그런 다음 쌀가루에 쑥을 잘 섞어 놓았다. 시루 밑바닥에 쑥을 깔고, 그 위에 쑥을 섞은 쌀가루를 골고루 뿌렸다. 시루와 솥이 닿는 부분에서 김이 새지 않게 꼼꼼하게 쌀가루 반죽을 붙였다. 일다경(一茶頃)이 지났을 때 떡 익는 냄새가 한둔산 도소에 가득 찼다. 떡 냄새에 돌을 쌓던 사람들이 하나둘씩 전주댁 곁으로 모여들었다. 전주댁은 환한 표정으로 김석진에게 손짓을 했다.

"김 서방, 어여 오게. 떡이 다 되었네…."

영옥은 전주댁을 바라보면서 눈물을 글썽였다. 사람들이 옹기종기 모여 떡을 먹는 동안 전주댁은 청, 백, 적, 흑, 황색의 천을 길게 찢어 붉은 깃대 꼭대기에 묶었다. 영옥은 전주댁 곁에 가서 팔짱을 꼈다.

"나쁜 기운을 막고 무병장수한다고 색동저고리 입히잖아⋯."

전주댁이 깃대를 잡고 들려고 하자, 영옥도 깃대를 잡았다. 둘은 깃대를 힘차게 흔들었다. 오방색 가느다란 천이 구름안개 속에서 신비롭게 휘날렸다. 전주댁은 휘날리는 오방색 천을 보면서 해맑게 웃었다. 김석진도 깃대를 잡고 흔들었다. 셋은 서로를 바라보고 웃으면서 깃발을 올려다보았다. 전주댁이 하늘을 향해 크게 소리쳤다.

"태양이 솟은 한둔산 나무가 푸르네. 쇠의 기운이 강한 곳 한둔산이여, 그 빛에 눈이 부시구나. 강렬한 한둔산에 태양이 빛나니 얼씨구 좋구나 좋아!"

동학군들은 하늘에서 휘날리는 자줏빛 깃발과 오방색 천을 바라보면서 모처럼 웃음을 지었다.

줄곧 한둔산 근처 염정동에서 한둔산 도소를 지원했던 은월과 금객주는 곧 해산할 영옥이가 필요한 물품을 챙기려고 잠시 강경에 들렀다. 은월은 옥녀봉에서 금강을 바라보며, 이현제가 남긴 서찰을 가슴에 품었다. 혈투였던 연산 전투가 끝난 뒤, 이현제가 은월을 찾아왔던 기억을 더듬고 있었다.

"은월 접장 있소?"

은월은 이현제의 목소리에 깜짝 놀라며 얼른 방문을 열었다.

"현감….”

은월은 너무 반가워 뛰어나갔다. 은월은 이내 밀려드는 불안감에 다급히 말했다.

"괜찮은 거지요?”

"괜찮소.”

이현제의 대답은 짧았다. 둘은 방 안에 마주앉았다. 이현제가 은월을 보며 말했다.

"시간이 없어 내가 찾아왔소.”

은월은 윤희옥이 왔던 그때가 스쳐 지나갔다. 불안한 눈빛으로 이현제를 응시했다. 이현제는 말을 이었다.

"당신 덕분에 잘못된 길이 아닌 백성을 위하는 길로 가게 되었소. 하지만, 선택은 내가 한 것이오. 선택은 둘 다 얻을 수 없는 법이니, 안락을 버리고 고난이 따르지만 백성을 위한 길을 선택한 것이오. 선택에 대한 대가는 내가 책임질 것이오. 이말을 전하고자 왔소.”

은월은 그 말이 무슨 뜻인지 알았다. 윤희옥이 그랬던 것처럼 죽음을 앞두고 이현제도 은월을 찾아온 것이다. 은월은 가슴이 조여 왔다. 소중한 사람을 또 잃는다는 두려움이 밀려왔지만 애써 태연하게 말했다.

"저도, 현감 나으리 덕분에 든든했습니다. 그 힘으로 남은 생을 살아갈 힘을 얻을 것 같습니다.”

"이제 가 봐야 할 것 같소."

은월은 자리를 뜨려는 이현제의 옷자락을 움켜쥐었다.

"현감 나으리, 잠시 몸을 피하시면… 제가….."

이현제는 한 손으로 은월의 어깨를 살며시 잡았다.

"아니오. 내 신념에 따라 행동한 것이니 끝까지 조선의 관리로 남겠소."

"현감 나으리….."

은월의 눈에는 어느덧 눈물이 가득했다. 이현제는 은월의 손을 꼭 잡으며 다시 자리에 앉았다. 한동안 이현제는 은월을 응시했다. 이현제는 은월의 눈물을 닦아 주며 나지막하게 말했다.

"은아…!"

은월은 복받쳐 오르는 감정으로 눈물을 쉼 없이 흘렸다.

"저를 알아보십니까?"

이현제는 고개를 끄덕였다.

"아직 은이에게 그날 약속을 못 지켜 미안하다는 말을 전하지 못했네."

은월은 고개를 떨구며 흐느꼈다. 이현제는 어릴 적 전주에 심부름을 갔다가 만난 그 도령이었다. 도령은 어린 은이에게 '안심가' 등 동학 경전을 통해 동학의 이치를 가르쳐 주며, 자상하게 은이를 보살펴 주었다. 이현제는 옛 생각이 났는지 미소를 지었다.

"정신적으로 교감할 수 있는 벗이 있어서 좋았다. 비록 이성이나,

이성도 벗이 될 수 있다고 생각하니 세상을 얻은 기분이었다."

"벗…!"

"그날, 갑자기 아버지가 한양에 가야 한다고 해서 그만 약속을 못 지켜 나도 몹시 안타까웠다. 길을 가며, 세상 이치에 대해 이야기를 나누고 싶었는데… 하지만, 혼자 보내는 것이 못내 미안해, 이복형님에게 부탁을 했다. 집까지 잘 가게 보살펴 달라고…. 한양에 같이 못 가게 된 이복형은 나에게 시기를 할 것 같았는데, 웃으면서 심심한 터에 잘되었다며 흔쾌히 나의 부탁을 들어주었다."

"금 객주가… 이복형님?"

은월은 놀라 눈을 동그랗게 떴다.

"금 객주는 저의 생명의 은인이기도 합니다. 현감 나으리가 나타나지 않아 낙심하며 걷고 있는데 웬 한량같은 선비가 졸졸 제 뒤를 따라왔지요. 제가 왜 처자의 뒤를 밟냐고 하니, 길이 같아 같이 가는 것뿐이라며 강경까지 함께 왔지요. 강경에서 어머니 소식을 듣고, 연산 관아로 뛰어갔습니다. 이미 어머니는 관아 앞 감나무에 목을 맨 뒤였습니다. 아무도 목을 맨 어머니 시신을 수습하지 못했습니다. 제가 뛰어가려 하자 금 객주는 저의 팔을 잡으며, 너까지 죽으려고 하느냐며 자신이 해결할 테니 가만히 앉아서 어미를 지키라 했습니다. 금 객주는 어디선가 달구지와 몇몇 사내들을 데리고 와서 어머니 시신을 수습하고 강경에 어머니를 묻었지요. 제가 고마워 이름을 묻자, '너가 은이라 했지? 그럼 난 금이다.'고 하더군요. 그 뒤에 장사를 크게 해서 저의 든든한 후원자 역할을 했습니다.”

“그랬구나… 너를 따라간 뒤 소식이 끊겼다. 몇 해가 지난 뒤 족보에서 이름을 뺄테니 대신 재물을 달라고 찾아왔다. 그때 나도 안 보고 간 형님이 서운했지. 그리고, 관아에서 처음 본 것이다.”

은월은 그림자처럼 손발이 되어 온 금 객주의 모습이 한폭의 그림처럼 펼쳐졌다.

“은월 접장… 아니 은아….”

다정한 목소리에 은월의 얼굴이 붉어졌다.

“네….”

“사랑은 곧 헌신이란 생각이 드는구나. 우리 형님을 보면서 느꼈다. 은아, 마음을 비우거라. 그럼 보일 것이다. 형님의 헌신적 마음이 말이다.”

은월은 이현제에게 아직까지 못한 말을 꺼내고 싶었지만 그럴 수 없었다. 이현제는 이미 은월이 자신에 대해 미련이 있다는 것을 알고 마지막 가는 길에 털어 내려고 했다.

“현감 나으리, 그때 못한 인사 받아 주십시오.”

은월은 이현제에게 큰절을 올렸다.

“은이 같은 좋은 벗이 있어 행복했다. 고맙구나.”

큰절에 대한 답례를 하고 이현제는 떠났다. 은월은 북받쳐 오르는 눈물을 참지 못하고 통곡했다.

옥녀봉에서 은월은 금강을 바라보고 있었다.

"은월 접장!"

은월은 깊은 생각에 잠겨 금 객주가 불러도 듣질 못했다. 금 객주가 은월의 팔을 잡자 그제서야 돌아보았다.

"아! 금 객주!"

금 객주의 얼굴은 땀으로 범벅이 되어 있었다. 은월은 웃으면서, 손수건을 꺼내 금 객주 얼굴을 정성껏 닦아 주었다.

"그러다 고뿔이라도 걸리시면 어쩌려구요."

"은월 접장, 큰일 났소! 한둔산 도소가… 도소가…."

은월의 손에서 손수건이 떨어졌다. 은월은 와들와들 떨기 시작했다. 금 객주가 은월의 손을 잡았다.

"오전에 관군이 공격을 했다가 안개로 일단 물러선 모양입니다. 안개가 걷히면 왜군이 총공격한다고 합니다!"

은월은 울먹이며 말했다.

"아… 안 됩니다. 영옥이가 아직 해산도 못했습니다. 새 생명이 아직 빛도 못 봤습니다. 금 객주, 그들을 구해야 합니다. 구해야 합니다."

금 객주는 고개를 끄덕였다. 그들은 말을 타고 한둔산으로 향했다.

안개가 걷히자 한둔산 도소에는 긴장감이 감돌았다. 김석진은 최공우의 팔을 잡았다.

"최 접주님!"

"왜 그러는가?"

"전술 이야기를 하고 싶어서….."

"아까 이야기하지 않았나?"

"저….."

"이야기하게. 뜸을 들이긴….."

"저들이 전면에서 공격을 할 테니, 걸음이 늦은 사람들부터 아래 도소에서 빠져나가면 어떨까 해서."

"음… 나도 그 생각을 해 보았네. 그런데 누군가 시간을 끌어야 하는데…. 그게 만만치 않네….."

"그건 제가 알아서 하겠습니다."

"어떻게 하겠다는 말인가?"

김석진은 망설이다 버선을 벗었다. 최공우는 놀라서 뒤걸음질 쳤다.

"아니… 김 접장…. 발이… 발이….."

"도소를 만들면서 동상이 걸렸는데…. 어떻게 해도 소용없습니다. 이 발로는 도저히 험한 한둔산을 빠져나갈 수 없습니다. 양귀비를 챙겨 와 그것으로 하루하루를 버텼지만… 그것마저 떨어졌고, 보다시피 이미 발이 형체가 없어지기 시작했습니다."

"김 접장, 무슨 말인가…. 안 되네…. 업고서라도 가겠네…. 안 되네… 안 돼!"

"최 접주님, 쉿! 조용히 하세요."

"죽어도 살아도 같이하자고 하지 않았나!"

"누군가 희생하여 저들을 살릴 수 있다면 제가 하겠습니다. 여기서 다 죽을 순 없지 않습니까!"

"김 접장!"

최공우는 나무를 주먹으로 내리쳤다. 김석진은 아이 달래듯이 차분히 말했다.

"괜찮습니다…. 하늘이 우리를 도울 겁니다. 민의를 저버린 나라를 더 이상 하늘이 가만두지 않을 겁니다. 꼭 사람들을 데리고 이곳을 빠져나가야 합니다. 부탁합니다."

"알았네. 영옥이를 내가 업고서라도 반드시…."

"최 접주님 고맙습니다…. 하지만 영옥이는 저와 함께 이곳을 지킬 겁니다…."

"무슨 말인가? 만삭인 아내를…."

"아이가 빛도 못 보고 죽었습니다…."

최공우는 기가 막혀 하늘을 바라보았다.

"최 접주님, 하늘이 우리를 위해 그리 했다고 생각합니다. 우리가 전면에서 싸울 테니 다음을 부탁합니다. 접주님이 있어 죽음도 두렵지 않습니다."

최공우는 김석진의 손을 꽉 잡았다. 그리고, 둘은 부둥켜안았다. 멀리서 대포 소리가 다시 들려왔다.

윤지영은 대포를 더 이상 움직일 수 없어 그냥 둔 채로 되돌아왔
다. 왜군들의 야유가 쏟아졌다. 멀리서 쿠스노키가 손짓을 했다. 둘
은 나무에 앉았다.

"위치도 모르고 무작정 대포를 쏘다니… 미련해 보여. 조선이라는
나라가."

윤지영은 얼굴이 붉어졌지만 침을 꿀꺽 삼키며 참았다.

"한둔산은 전주 제일의 고산대악(高山大嶽)으로, 위치를 보니 남쪽
에서 오르면 약 6킬로미터 정도고 북쪽으로 오르면 약 8킬로미터 정
도 높이 솟은 산맥이 길게 동서로 이어져 있어. 산허리에서 위쪽으로
대암거석(大巖巨石)으로 되어 있어 쉽게 등반할 수 없지."

"6킬로미터면 15리(里), 8킬로미터면 20리(里)…."

"윤 사관! 정밀한 지도가 없이 전쟁을 벌이는 것은 미개한 짓이야."

"그러면, 어떻게 할 건데?"

쿠스노키는 바닥에다 나뭇가지로 무언가를 그렸다.

"사다리!"

그는 큰 소리로 웃었다.

진시(辰時)가 되자, 안개가 거의 흩어졌다. 100미터 아래까지 육박
한 왜군과 관군이 보였다. 왜군은 3미터나 되는 사다리를 들고 있었
다. 왜군이 보이자 최 접주가 크게 소리쳤다.

"투척! 북을 울려라!"

암굴에 있는 사람들은 힘껏 북을 울렸다. 영옥과 전주댁은 서로 눈

빛을 주고받으면서 북을 쳤다. 돌과 나무들이 굴러 떨어졌다. 마치 산사태가 난 듯한 굉음이 울렸다. 동학군들은 소리를 질렀다.

"와! 와!"

김석진이 최공우에게 다가와서 말했다.

"왜군이 안개 때문에 자세히 보이지는 않지만, 움직임은 알 수 있을 것 같소."

최공우는 큰 돌을 하늘 높이 들더니 아래쪽으로 힘껏 던졌다.

"쿵-쿵-쿵-"

아래쪽에서 웅성웅성 소리가 들렸다. 왜군이 우왕좌왕했다. 최공우는 크게 외쳤다.

"정면 쪽이 어려워서 어쩌면 측면으로 우회할 수도 있습니다. 공격에 대비해야 합니다. 다들 총을 갖고 있어야 합니다."

김석진은 동학군들을 점검하면서, 그들을 눈에 담았다. 암굴 도소에서는 쉼 없이 북소리가 들렸다.

오시(午時)쯤 한둔산을 오르는 윤지영의 발걸음은 천근만근이었다. 갑자기 큰바람이 불었다. 윤지영은 몸을 가눌 수 없었다. 왜군과 관군은 몸을 낮춰야만 했다. 술렁였다. 한동안 바람이 거세차게 불었다. 나무가 여기저기서 턱턱 부러졌다. 나뭇가지와 나뭇잎이 비처럼 우두둑 떨어졌다. 마치 하늘에서 우박이 떨어지는 듯했다. 그러다가 갑자기 바람이 잔잔해지더니 눈앞에 있던 짙은 안개가 언제 있었나

싶게 사라졌다. 윤지영은 안개를 잡고 싶은 심정으로 손을 내밀었다.

"아…."

윤지영은 손으로 얼굴을 감쌌다. 왜군은 환호성을 질러 댔다. 안개가 사라지자, 동학군 대여섯이 보였다. 왜군은 히죽거리면서 연발총인 무라타 소총을 쏘기 시작했다. 총탄이 쉼 없이 동학군을 향해 날아갔다. 그러나 동학군도 스나이더 소총으로 무장하고 있었다. 총을 가진 동학군은 적었지만, 지형이 유리하여 제압하기가 만만치 않았다. 동학군은 물러서지 않고 총을 쏘아 댔다.

"탕 탕 탕 탕…!"

총소리가 한동안 울려 퍼졌다. 큰 바위산에서 자주색 깃발이 춤을 추더니, 조용하던 한둔산은 다시 북소리로 요란해졌다. 바위들이 당장이라도 앞으로 쏟아져 내릴 것 같은 공포감이 들었다. 동학군들은 서서히 도소로 돌아가고 있었다.

탕! 뜬금없이 총성이 울리는가 싶더니 동학군 한 명이 나뒹굴었다. 동학군들은 부상당한 동료를 부축하고 험난한 바위산에 매달리다시피 하며 끌고 갔다. 왜군은 동학군에게 화풀이라도 하듯이 총질을 하기 시작했다. 하지만, 왜군의 총알은 바위만 요란하게 두들겨 댈 뿐이었다. 왜군과 관군은 전진을 계속했다. 하지만 아무리 총을 쏘아도 요새처럼 둘러싸인 바위산은 꿈쩍도 하지 않았다. 그들은 바위산의 기세에 이미 눌려 있었다. 두려움을 삭이기 위해 총을 맹렬하게 쏘았던 것이었다. 총소리는 한 시진(時辰) 동안 계속되었다.

미시(未時)가 되자, 전주댁은 동학군들에게 쑥시루떡을 돌렸다. 전주댁이 떡을 돌리고 돌아오자, 김석진은 갖고 있던 총을 전주댁 손에 쥐어 줬다.

"부탁합니다."

"……."

전주댁은 아무 말 없이 총을 받으면서 고개를 끄덕였다. 김석진이 도소를 빠져나가는 것을 바라보면서 전주댁은 총을 꽉 잡았다. 전주댁은 영옥이 옆으로 와서 영옥과 함께 북채를 잡았다.

일각(一刻)쯤 지난 후 형제바위 위에 김석진이 흰 이불을 말아 안고 올라서 있었다.

"귀신이 나타났다!"

총소리도 북소리도 모두 멈췄다. 마치 시간이 멈춰 선 것처럼 모든 것이 정지되었다. 최공우는 다급한 목소리로 말했다.

"다들 거적을 쓰고 나를 따르시오."

최공우는 주변을 둘러보았다. 전주댁이 눈에 들어오자, 거적을 들고 전주댁 쪽으로 성큼성큼 걸어갔다.

"시간이 없습니다."

"무슨 말이여. 여기서 함께 싸울 겨."

영옥이 전주댁을 끌어당기며 말했다.

"어매! 어매는 가야 하오. 나는 김 접장이랑 여기 남기로 했소."

영옥은 전주댁을 밀쳐 냈다. 최공우는 거적으로 전주댁을 감싸 안고 어깨에 짊어졌다. 이때, 형제바위 쪽에서 큰 소리가 났다.

"왜-놈-들-은, 물-러-가-라!"

김석진의 목소리가 온 하늘과 땅을 흔들었다. 최공우는 형제바위를 보다가 다시 소리쳤다.

"모두 거적을 쓰고 나를 따르시오. 어서요! 시간이 없소!"

영옥은 북채를 움켜쥐고 더 세게 북을 쳤다.

"둥- 둥-!"

최공우는 다시 도소로 들어왔다.

"영옥 접장! 발이 안 떨어집니다. 같이 갑시다!"

영옥은 비장한 눈빛으로 매섭게 최공우를 도소 밖으로 밀어냈다.

"시간이 없습니다. 김 접장 결심을 헛되게 하실 겁니까?"

멀리서 김석진의 목소리가 날카롭게 들렸다.

"척-양-척-왜!"

최공우의 눈가에 눈물이 맺혔다. 영옥은 주먹을 불끈 쥐며 말했다.

"개벽의 꿈을 위해 끝까지…. 부탁드립니다!"

최공우는 거적을 쓰고 사람들을 이끌고 빠르게 산을 내려갔다. 영옥은 그들의 뒷모습을 보며 손을 흔들었다.

"이 몸뚱이는 죽지만, 개벽은 영원할 것입니다."

영옥은 다시 북을 힘차게 두들겼다. 영옥은 바람을 맞으며, 형제바위에서 눈을 떼지 않았다.

"척-양-척-왜-!"

김석진은 형제바위에서 몸을 던졌다.

"척-양-척-왜-!"

김석진의 목소리가 온 산에 메아리쳤다. 김석진의 몸은 바위에 튕기고 튕겨 형체를 알아보기 어렵게 바스라졌다. 바위마다 붉은 피가 낭자했다.

"척-양-척-왜-!"

한둔산에는 아직도 그의 목소리가 울려 퍼지고 있었다. 영옥은 더 힘차게 북을 쳤다. 왜군과 관군은 귀신을 본 듯 바르르 떨면서 굳어 있었다. 죽음을 각오한 남은 동학군들이 총을 들고 바위에 의지하여 산 아래쪽을 향해 엎드렸다. 영옥의 북소리가 다시 울리자 동학군들의 총이 일제히 불을 뿜었다.

"탕- 탕- 탕-!"

왜군과 관군은 그제서야 정신을 차렸다.

"동비들을 처단하자! 진격!"

왜군들은 혼이 빠져 들고 온 사다리를 놓쳤다. 사다리가 험한 바위들 사이로 떨어지면서 튕겨져 부서졌다. 왜군들은 마치 자신의 몸이 부서지는 느꼈다. 쿠스노키가 뒷걸음질 치면서 윤지영의 소매를 잡으며 소리쳤다.

"저, 저놈들…. 꼭 귀신 같지 않니?"

윤지영은 참담한 표정으로 쿠스노키를 돌아보았다.

"저놈들을 한 놈도 살려 두어선 안 돼."

쿠스노키가 말했다. 윤지영은 굳은 표정으로 아무 말도 하지 않았다.

총소리는 여전히 소란했다. 도소 안쪽의 동학군들은 강경하게 대항했다. 그러나 시간이 지날수록 동학군들의 총소리가 드문드문해지고, 어느새 왜군과 관군의 총소리만 들려왔다. 동학군 쪽에서는 비명 소리조차 들리지 않았다. 그들은 모두 움직일 수조차 없는 부상병들이었다.

왜군과 관군은 어느덧 도소를 완전히 둘러싸고 사격을 가했다. 왜군이 소리쳤다.

"사람으로 사다리를 만들어라!"

왜군들은 빠르게 도소 바위 높이까지 사람 사다리를 만들었다. 곧, 수십 명이 바위에 걸터앉았다.

"일제 사격! 한 놈도 살려 두지 말라!"

왜군은 무라타 소총으로 아궁이 도소를 쑥대밭으로 만들었다. 북을 치는 소리가 점점 줄어들었다. 하지만 북소리는 멈추지 않았다. 영옥은 몸에서 피가 철철 흘렀지만 총탄을 맞으면서도 북채를 놓지 않고 북을 쳤다.

"둥- 둥- 둥- 둥…."

왜군은 만삭이 된 여인이 총을 맞고도 북을 치는 모습에 모두 질린 표정이었다.

"귀신이다!"

다시 총소리가 요란스럽게 산정을 뒤흔들었다. 북소리는 총소리가
나고도 한참이 지나서야 멈췄다. 왜군들은 도소에 들어가지 못했다.
왜군 중대장은 윤지영을 불렀다.

"윤 사관, 관군들을 데리고 들어가서 정리하시오!"

윤지영은 관군들은 대기시키고 혼자 도소로 들어갔다. 동학군들
은 한 손에 총을 꽉 쥐고 여기저기 쓰러져 있었다. 그들은 환한 표정
이었다. 윤지영은 그들의 눈을 하나하나 감겨 주었다. 그리고 자기도
모르게 주문을 외웠다.

"시천주조화정명세불망만사지(侍天主造化定永世不忘萬事知)…."

윤지영은 쓰러진 영옥 앞에 섰다. 앙상한 몸뚱이에 불룩한 배가 안
쓰러웠다. 영옥은 앉은 상태에서 북에 머리를 박고 있었다. 한 손엔
피로 범벅이 된 북채를 꽉 쥐고 있었다. 눕히려고 했지만 꿈쩍도 하
지 않았다. 이때 영옥이 등 뒤 바위틈에서 뭔가가 꿈틀했다. 윤지영
은 깜짝 놀라 뒤로 넘어졌다. 바위 위에서 중대장이 소리를 쳤다.

"무슨 일인가?"

윤지영 눈앞에 열 살쯤 되어 보이는 어린 사내아이가 웅크리고 앉
아 있었다. 윤지영은 머리가 복잡했다. 사내아이는 커다란 눈으로 윤
지영을 바라보았다.

"열 살쯤 되는 사내아이입니다."

왜군이 술렁였다. 왜군 중대장은 고개를 저었다.

"독한 것들!"

겁에 질린 왜군들은 빨리 내려가고 싶어 했다. 중대장도 마찬가지였다. 윤지영은 다시 소리쳤다.

"저 아이를 살려 두면 동비들 동태를 알 수 있을 것입니다."

왜군 중대장은 한참을 생각하더니 귀찮다는 듯이 말했다.

"윤 사관이 알아서 처리해!"

왜군 중대장은 왜군과 관군을 집합시켰다.

"잘 들어라! 한둔산 적병들을 완전히 소탕했다. 가능한 한 생포하려고 했으나, 적병들이 완강하게 저항해서 전원 사살했다. 이 공은 다 관군들에게 돌리겠다! 너희가 사살한 것이다! 알았나?"

"네! 영광입니다!"

"일본군이 얼마나 자비로운지 너희는 명심해야 한다. 부관! 전과는 어떤가?"

쿠스노키가 도소 안을 들여다보았다. 작은 소리로 대답했다.

"네. 동비 전원 사살했으며, 사망자 25명, 부상자 없음, 생포 1명. 이상입니다."

중대장은 얼굴이 굳어졌다.

"요망스런 것들을 당장 불태워라!"

관군들은 총알집이 되어 너덜너덜해진 시신들을 들고 나와 암굴 밖에서 태울 준비를 했다. 시신 옆에 나무를 가지런히 쌓기 시작했다. 여기저기 흩어져 있는 생활 도구 중 불에 탈 만한 걸 가져다 모두 쌓았다. 도소 아래쪽에서 관군들이 나무를 모아 왔다. 어느덧 연기가 하늘로 올라가더니 불길이 타오르기 시작했다. 윤지영은 눈을 질끈 감았다. 왜군 중대장이 두 손을 번쩍 들어 외쳤다.

"천황 폐하 만세!"

왜군들이 일제히 만세를 불렀다.

"천황 폐하 만세! 천황 폐하 만세!"

윤지영은 사내아이의 눈을 손으로 가렸다. 하지만 사내아이는 윤지영의 손을 뿌리치고, 타오르는 불길과 만세를 부르는 왜군을 번갈아 노려보았다.

"기억할 겁니다!"

비장하게 중얼거리는 석현이의 목소리는 윤지영의 가슴을 후려쳤다.

춘분

큰 난리가 났지만 강경포는 예전보다 더 흥성거렸다. 은월과 금 객주는 강경 옥녀봉에서 윤지영을 만났다. 은월은 안쓰럽게 윤지영을 바라보며 말했다.

"얼굴이 많이 상했습니다. 많이 아팠다던데⋯ 괜찮습니까?"

"네⋯. 살아 있는 것이 구차할 뿐입니다. 은월 접장에게 이것을 드리려고 염치없이 왔습니다."

윤지영은 주먹을 펼쳐 은월에게 노랑나비가 새겨진 자줏빛 작은 주머니를 건넸다.

"이건⋯."

"은월 접장이 제 목숨 구하려고 내주었던 주머니입니다."

"아직까지 갖고 있었군요."

"이 주머니가 뭔지⋯ 볼 때마다 마음이 괴로웠습니다. 이 주머니를 이제 드리려고 합니다. 이미 괴물이 된 저에게는 어울리지 않습니다."

윤지영은 사르르 떨면서 고개를 떨궜다. 감정을 겨우 추스른 윤지영은 석현이 등을 은월 앞으로 밀며 힘들게 말했다.

"한둔산에서 영옥이 곁을 지키던 석현이라는 아이입니다."

은월은 석현이를 끌어안고 한동안 눈물을 흘렸다. 윤지영이 조용히 자리를 뜨려고 하자, 은월이 말을 건넸다.

"그냥, 그 자리에 있으세요."

"네?"

"지난 일을 후회하고 반성하면 그것으로 된 것입니다. 과거보다 지금이 중요하지요."

은월은 윤지영의 손을 잡으며 자주색 주머니를 쥐어줬다.

"그 주머니를 갖고 있으면 양심 없이 살지는 않을 것입니다. 적어도 의리가 있다는 것이니…."

은월은 윤지영과 눈을 마주하면서 따스하게 웃어 주었다.

"그리고… 개벽은 끝나는 싸움이 아닙니다. 적이 강고한 만큼 그들의 정보도 필요합니다. 그냥 왜군에 남아 있으면서 우리를 도와주세요."

윤지영은 털썩 주저앉더니 그동안 참았던 통곡을 쏟아 냈다. 온몸을 녹여 내는 듯한 깊은 통곡은 멈출 줄을 몰랐다.

윤지영이 떠나고, 은월과 금 객주와 석현이만 옥녀봉에 남았다. 금 객주가 풀이 죽은 목소리로 말했다.

"다 떠나고…."

은월은 활짝 웃으면서 금 객주를 바라보았다.

"다 떠나다니요."

이때, 도상하가 어린 여자아이와 올라오고 있었다. 도상하는 큰소리로 외쳤다.

"은월 접장! 금 객주!"

은월은 손을 크게 흔들었다. 금 객주도 환하게 웃으면서 도상하를 바라보았다. 은월, 금 객주, 도상하가 옥녀봉에서 서로를 바라보면서 웃었다. 은월이 여자아이와 눈을 마주했다.

"네가 다교구나! 아버지 박영채 접주를 닮아 그리도 용감하고 총명하다 들었다."

다교는 은월에게 와락 안겼다.

"저희 아버지를 기억해 주시고 저까지 챙겨 주셔서 감사드립니다. 아버지의 뜻을 이어 저도 의를 세우는 일에 함께하고 싶습니다."

의젓한 모습에서 박영채의 모습이 흘러 나왔다. 다교와 석현이는 서로 눈인사를 하고 이내 옥녀봉을 뛰어다녔다. 세 사람은 아이들의 노는 모습을 한참 동안 바라보았다. 도상하가 은월을 보며 말했다.

"최공우와 전주댁이 함께 아랫지방에서 싸우고 있다고 합니다."

은월은 금강 하구를 바라보며 말했다.

"살았군요!"

"이현제 현감은 연산 전투 직후에 파직당하고, 이은결은 아버지의 뜻을 잇겠다며 바로 의병이 되었습니다. 의병 내에서 활약이 대단하다고 들었습니다."

은월은 자기도 모르게 현감 이름을 중얼거렸다.

"이현제…"

도상하는 이현제가 마지막 부탁한 말이 생각나 마음이 무거웠다. 하지만 입을 굳게 다물었다. 금 객주는 불안한 듯 은월이를 바라보았다. 은월은 반짝이는 눈빛으로 말했다.

"제가 욕심이 많았나 봅니다. 마음을 비우니 보이더군요."

영문을 모르는 도상하는 고개를 갸우뚱했다. 은월은 고개를 돌려 금 객주를 바라보았다.

"석현이와 다교를 입양하려고 합니다. 그런데, 아비가 없어 되겠습니까? 금 객주, 아이들 아비가 되어 주시겠습니까?"

금 객주는 갑자스런 은월의 고백에 당황해했다. 은월은 말을 이어 갔다.

"저를 헌신적으로 대해 주셨으니 아이들에게도 그리할 것 같아서요."

도상하는 웃으면서 금 객주 등을 떠밀었다.

"뭐하십니까? 고백에 답을 하셔야지요."

금 객주는 심각한 표정으로 말했다.

"옆에서도 그리 부려먹었는데 가족이 되면 어찌 될까 두렵소."

은월과 도상하는 웃음을 터뜨렸다. 은월은 금 객주 손을 잡으며 웃음가득한 표정으로 말했다.

"맞습니다. 금 객주, 지금보다 더 재물을 모아야 할 것입니다. 다교, 석현이처럼 부모가 없는 아이들을 데려다 공부를 시키려고 합니다. 신식 학교를 세우려면 지금보다 더 많이 재물을 모아야 할 것입니다."

금 객주는 얼른 은월 손을 놓았다.

"도상하 접주, 내 말이 맞지 않느냐?"

금 객주는 다정하게 은월에게 다가가 한쪽 팔을 얹어 어깨동무를 했다.

"몸도 마음도 지쳤을 텐데 잠시 쉬었다 갑시다. 덕산 온천물이 좋다던데…. 한동안 쉬면서 다음을 도모하는 것이…."

은월은 금 객주의 두루마기를 매만지며 말했다.

"태풍이 몰아치고 폭설이 온다 해서 강물이 멈춥니까? 나이 40에 참 많은 일을 경험했습니다. 세상의 중심에서 함성도 질러 보고, 재물도 실컷 모았습니다. 비밀리에 동학 도인들을 규합하면서 보국안민, 척양척왜를 위해 혈투도 벌였지요. 오로지, 사람이 사람답게 사는 세상을 만들어 보겠다는 그 희망 하나로 말입니다. 파란만장한 개벽의 만리 길을 가면서도 내 자신이 물러서지 않았던 것은 바로 옆에 있었던 동지들과 우리를 믿어 주고 함께해 주었던 민초들이 있었기 때문입니다."

은월은 도상하 손을 잡았다.

"해월 선생은 38년을 책 보따리 매고 산이야 들이야 쫓겨 다니면서

단 한순간도 쉬지 않고 개벽을 준비했습니다. 우리의 미래는 다교와 석현입니다. 미래를 지금부터 준비한다면 갑신년보다 더 큰 싸움을 할 수 있을 겁니다."

석현이와 다교가 해맑게 웃으면서 은월과 금 객주에게 달려와 안겼다. 은월은 흡족하게 웃었다. 그리고 자줏빛 노랑나비가 새겨진 끈을 석현이와 다교 손목에 묶어 주며 말했다.

"지금보다 더 준비를 해서, 깨지지 않는 강철이 되어야 합니다. 더 교육하고 더 조직하고 더 훈련해서 외세와 맞선다면 반드시 승리할 것입니다. 우리에게는 패배란 없습니다. 갑오년의 피를 품고 있는 산하가 있고 그것을 기억하는 우리가 있기 때문입니다. 그 피는 끝이 아니라 새로운 시작을 만드는 바탕이 되는 힘입니다!"

석현이와 다교는 자주색 끈을 흔들며 좋아했다. 은월은 살짝 웃으면서 해가 지는 금강에 손을 뻗었다.

"강물은 언제나 바다로 흐릅니다. 의를 세우는 일도 마찬가지입니다. 사람은 죽지만, 의를 세우는 일은 죽지 않습니다. 의를 세우고자 하는 사람은 언제나 어디에나 있기 때문입니다. 개벽을 갈망하는 사람들이 있는 한 개벽의 그날은 반드시 올 것입니다."

옥녀봉에서 은월, 금 객주, 도상하, 석현, 다교는 하나가 되어 금강을 바라보며 환하게 웃었다.

● 참고문헌 및 자료

━ 도서

『강경의 역사와 문화』, 강경역사문화연구원, 2013.

『공주와 동학농민혁명』, 박맹수·정선원, 모시는사람들, 2015.

『개벽의 꿈, 동아시아를 깨우다』, 박맹수, 모시는사람들, 2012.

『도올심득 동경대전1』, 김용옥, 통나무, 2004.

『동학1, 2』, 표영삼, 통나무, 2004, 2005.

『동학농민혁명사일지』, 동학농민혁명참여자명예회복심의위원회, 2006.

『동학농민전쟁과 일본』, 나카츠카 아키라, 이노우에 가쓰오, 모시는사람들, 2014.

『동학이야기』, 김지하, 솔.

『메이지 일본의 식민지 지배』, 이노우에 가쓰오, 어문학사, 2014.

『생명의 눈으로 보는 동학』, 박맹수, 모시는사람들, 2014.

『사료로 보는 동학과 동학농민혁명』, 박맹수, 모시는사람들, 2011.

『천도교경전』, 천도교중앙총부출판부, 포덕 154년.

『충청도 예산 동학농민혁명』, 이이화 외, 모시는사람들, 2014.

『1894년 경복궁을 점령하라』, 나카츠카 아키라(中塚明), 푸른역사, 2002.

━ 자료

대둔산부근 전투상보(주한일본공사관기록 6권 二 (5))

대둔산반거 동학당토벌 보고(주한일본공사관기록 6권 一 (25))

대원군과 이준용의 음모에 관한 전말 보고(주한일본공사관기록 7권 (13))

의산유고(義山遺稿, 문석봉/권 1 토비략기/순영에 올리는 글)

양호우선봉일기(兩湖右先鋒日記)

■ 논문

「북접농민군의 공주 우금치 · 연산 · 원평 · 태인전투」, 신영우.

「대둔산 최후 항전지 조사단 보고서」, 신순철.

「일본군 후비보병 제19대대의 동학농민군 학살」.

「후비보병 제19대대 제1중대 쿠스노키 비요키치의 종군일지를 중심으로」, 박
　　맹수」, 독립기념관, 한국독립운동사연구소, 월례연구발표회(제297회),
　　2013.11.

「동학농민혁명기 在朝日本人의 전쟁협력 실태와 그 성격」, 박맹수, 『한국독립운동
　　사연구』 제36집.

「어느 일청전쟁(日淸戰爭) 전사자의 비석으로부터-동학농민군 토멸부대의 비문을
　　둘러싸고」, 이노우에 가츠오.

「금산지역 동학혁명운동」, 표영삼, 제2회 금산동학농민혁명 및 제1회 금산의 의로
　　움의 정신을 구현하는 학술토론회, 2006.

「서장옥과 금산지역 동학군의 활동」, 성주현, 제8회 금산동학혁명 학술발표회 자
　　료집, 2010.

「동학농민혁명사의 오류와 전봉준장군 자력으로 동학농민혁명 봉기를 못했다」,
　　이동복, 제8회 금산동학혁명 학술발표회 자료집, 2010.

■ 인터넷 사이트

동학농민혁명 종합지식정보시스템

한국사데이터베이스

한국향토문화전자대전 논산

연도(간지)	날짜·내용
1860 경신	4월 5일 수운, 동학 창도하다. 여종을 며느리와 딸 삼다
	5월~ 수운, 주문과 경전 짓고, 수행 절차, 교리체계 세우다
1861 신유	6월부터 수운, 포덕 시작. 경전 짓고, 의례 정하며 절차 정비하다
	6월 해월, 용담으로 수운을 찾아가 입도하다
	12월 수운, 전라도 은적암에서 경전 집필, 전라도 일대 포덕하다
1862 임술	임술민란, 단성민란, 진주민란 등이 전국에서 전개되다
	●5월 31일 연산에서 나무꾼과 농민 수천 명이 봉기하다
	12월 수운, 경상도 등지 15개 군현에 동학 접 조직하다
1863 계해	8월 14일 수운 해월에게 도통 전수하다
1864 갑자	3월 10일 수운, 대구장대에서 순도(41세), 해월 高飛遠走하다
1871 신미	3월 10일 이필제, 영해 교조신원운동 일으키다
1872 임신	1월 해월, 강원도와 충청도 내륙 오가며 포덕과 교리 설파하다
1878 무인	7월 25일 해월, 정선 무은담에서 개접례 행함
1880 년대	초반 충청도 평야지대, 전라도 지역에 동학 전파하다
1880 년대	중반 해월, 동경대전과 용담유사 목판본 여러 지역에서 간행하다
1880 년대	후반 전라도 포덕 크게 일어나고, 조직 확장되다
1882 임오	1월 의암, 입도하도 수련하다, 충청지역 지도자 다수 입도하다
1884 갑신	김옥균, 박영효 등이 갑신정변을 일으키다
1887 정해	●조재벽 입도. 옥천 영동 금산 고산 용담 등지에 동학 퍼지다
1892 임진	10월 20일 공주 집회, 11월에 삼례 집회 - 감사의 감결 하달되다
	●10월 조재벽포, 청산 황간 영동과 연산 등지 일부, 진산 결집하다
1893 계사	●2월 11일 광화문 복합상소, 3월에 보은집회 잇달아 열리다
	●12월 노성민란. 노성현감 황후연 노성현감 축출하다
1894 갑오	1월 10일 전봉준 등 고부 봉기, 만석보 격파, 조병갑 축출하다
	●3월 12일 금산 동학도 수천 명, 관아 점거, 아전 집 불태우다

●3월 14일 동학군 7백여 명이 공주 유생들의 유회를 파훼하다

●3월 16일 공주 궁원에 모였던 동학군 해산하다

3월 20일 무장기포, 3월 25일 백산대회, 4대강령 등 반포하다

●4월 2일 동학군 진산 방축리 등지에 모여 금산읍 진출 준비하다

●4월 2일 진산 동학군 보부상 등 기습 받아 114명이 전사하다

●4월 6일 동학군이 진잠, 연산, 옥천, 이인역 등지에 수천 명씩 취당하다

4월 7일 동학군이 정읍 황토현에서 전라감영군 격파하다

●4월 7일 이인 반동학 보부상 4천여 명이 집회를 열다

●4월 7일 충청 지역 동학군, 연산 등지에 수천 명씩 주둔하다

●4월 8일 청산 동학군, 회덕관아 점령, 무기탈취, 진잠 진출하다

4월 27일 동학군, 전주성 함락, 5월 7일, 전주 화약 체결, 집강소 시작하다

6월 21일 일본군 경복궁 기습 점령, 청일전쟁 도발하다(풍도해전)

● 7월 6~8일 연산 현감 이현제 동학군에 물자 빼앗겼다고 보고하다

7월 15일 동학군 수만 명이 모여 남원대회를 개최하다

7월 경상도, 강원도, 황해도 등지 동학군도 본격 기포하다

●8월 노성 동학군, 노성관아 무기창고를 열어 군기 탈취하다

●8월 24일 동학군에게 군기를 빼앗긴 노성현감 김정규 파직되다

●8월 24일 대원군, 밀사 파견하여 동학군의 한양 진출 요청하다

●9월 6일 도집강 송희옥, 대원군 밀서를 전봉준에게 전달하다

9월 18일 해월, 충북 청산에서 전국 동학도 총기포령 선포하다

● 10월 12일 전봉준, 여산과 은진을 거쳐 삼례에서 2차 기포하다

10월 15일 일본군 후비보병 서울에서 3로로 남하 시작하다

10월 16일 전봉준, 격문을 띄워 관군의 항일전선 참여 촉구하다

●10월 19일 동학군, 노성의 창고미를 경천으로 옮기다

●10월 23일~25일 공주 1차 전투. 이인과 효포에서 접전하다

10월 24일 내포 동학군, 승전곡 전투 승리, 28일 홍주성 전투 패배하다

●10월 26일 일본군 제19대대 문의 전투 시작-11월 13일 연산 도착하다

11월 9일 우금티 일대에서 40~50차례 공방전. 11일 패퇴하다

●11월 13일 일본군 연산 입성. 동학군 유격전에 악전 고투하다

● 11월 14일 연산전투. 동학군 연합부대 일본군과 접전하다

● 11월 14일 동학군, 레싱톤·스나이더 소총으로 일본군에 맞서다

연도(간지)	날짜·내용
	● 11월 15일 황화대 전투. 오후에 전봉준 전주 쪽으로 퇴각하다
	● 11월 16일 최공우 등 대둔산 형제바위에 은거하여 항전하다
	11월 27일 김구 등 황해도 동학군 해주성 공략, 동학군 패배하다
	12월 3일 김개남 처형되다
	● 12월 조재벽, 해월 등과 영동, 보은, 음성 무극 전투 치르다
	● 12월 28일 해월, 의암의 동학군 보은 북실에서 크게 패하다
1895 을미	1월 10일 충청감영이 문석봉에게 대둔산 동학군을 공격하게 하다
	● 1월 13일 김진용이 금산 민보군 300명 이끌고 대둔산에 출동하다
	● 1월 17일 대둔산 동학군, 금산, 연산 동학군과 연계 시도하다
	● 1월 23일 문석봉, 대둔산 미륵바위에 포격. 미치지 못하다
	● 1월 24일 일본+관군 기습, 대둔산 동학군 25명 몰살되다
	● 1월 27일 대둔산에서 살아남은 최공우, 문석봉에게 진압되다
	3월 29일 전봉준 최경선 손화중 김덕명 성두환 등 처형되다
	● 6월 23일 전라도 금산이 진산군과 함께 공주부에 편입되다
1897 정유	12월 24일 의암, 37세. 해월로부터 도통을 이어받다
1898 무술	6월 2일 해월, 한양 육군형장에서 교수형으로 순도하다
1905 을사	12월 1일 의암, 동학을 근대적인 천도교로 개신하다
1907 정미	수운과 해월, 정부로부터 신원되다
1919 기미	3월 1일 동학 접주 출신 다수 참여하여 3·1운동 전개하다
1922 임술	5월 19일 새벽 의암 손병희 환원, 우이동에 안장되다(6.5)
1940 경진	4월 30일 춘암 박인호, 천도교 신구파 합동 소식 듣고 환원하다
1962 임인	10월 3일 정읍 황토현에 갑오동학혁명기념탑 건립하다
1964 갑진	수운, 순도 100주년 맞아 대구 달성공원에 동상 건립하다
1994 갑술	동학농민혁명 100주년 기념, 동학에 대한 관심 고조되다
1998 무인	6월 2일 해월 순도 100주년 행사 거행하다
2004 갑신	3월 5일 동학농민혁명 참여자 등의 명예회복에 관한 특별법 의결되다
2014 갑오	10월 11일 천도교 등 동학농민혁명 120주년 기념대회 개최되다

여성동학다큐소설을 후원해 주신 분들

Arthur Ko	김미영	김재숙	명춘심	박홍선
Gunihl Ju	김미옥	김정인	명혜정	방종배
Hyun Sook Eo	김미희	김정재	문정순	배선미
Minjung Claire	김민성	김정현	민경	배은주
Kang	김병순	김종식	박경수	배정란
강대열	김봉현	김주영	박경숙	백서연
강민정	김부용	김지현	박남식	백승준
고려승	김산희	김진아	박덕희	백야진
고영순	김상기	김진호	박막내	변경혜
고윤지	김상엽	김춘식	박미정	(사)모시는사람
고은광순	김선	김태이	박민경	들
고인숙	김선미	김태인	박민서	서관순
고정은	김성남	김행진	박민수	서동석
고현아	김성순	김현숙	박보아	서동숙
고희탁	김성훈	김현옥	박선희	서정아
공대석	김소라	김현정	박숙자	선휘성
곽학래	김숙이	김현주	박애신	송명숙
광양참학	김순정	김홍정	박안수	송영길
구경자	김승민	김환	박양숙	송영옥
권덕희	김연수	김희양	박영진	송의숙
권은숙	김연자	나두열	박영하	송태회
권정혜	김영란	나용기	박용운	송현순
극단 꼭두광대	김영숙	네오애드앤씨	박웅	신수자
길두만	김영효	노소희	박원출	신연경미
김경옥	김옥단	노영실	박은정	신영희
김공록	김용실	노은경	박은혜	신유옥
김광수	김용휘	노평회	박인화	심경자
김근숙	김윤희	도상록	박정자	심은호
김길수	김은숙	라기숙	박종삼	심은희
김동우	김은아	류나영	박종우	심재용
김동채	김은정	류미현	박종찬	심재일
김동환	김은진	명연호	박찬수	안교식
김두수	김은희	명종필	박창수	안보람
김미서	김인혜	명천식	박향미	안인순

양규나
양승관
양원영
연정삼
오동택
오세범
오인경
오일화
왕태황
원남연
위란희
위미정
위서현
유동운
유수미
유형천
유혜경
유혜련
유혜정
유혜진
윤명희
윤문희
윤연숙
이강숙
이강신
이경숙
이경희
이광종
이금미
이루리
이명선
이명숙
이명호
이문행

이미경
이미숙
이미자
이민정
이민주
이병채
이상미
이상우
이상원
이서연
이선업
이수진
이수현
이숙희
이영경
이영신
이예진
이용규
이우준
이원하
이유림
이윤승
이재호
이정확
이정희
이종영
이종진
이종현
이주섭
이지민
이창섭
이향금
이현희
이혜란

이혜숙
이혜정
이희란
임동묵
임명희
임선옥
임소현
임정묵
임종완
임창섭
장경자
장밝은
장순민
장영숙
장영옥
장은석
장인수
장정갑
장혜주
전근숙
전근순
정경철
정경호
정금채
정문호
정선원
정성현
정수영

정영자
정용균
정은솔
정은주
정의선
정인자
정준
정지완
정지창
정철
정춘자
정한제
정해주
정현아
정효순
정희영
조경선
조남미
조미숙
조선미
조영애
조인선
조자영
조정미
조주현
조창익
조청미
조현자

주경희
주영채
주진농씨
진현정
차복순
차은량
천은주
최경희
최귀자
최균식
최성래
최순애
최영수
최은숙
최재권
최재희
최종숙
최철용
하선미
한태섭
한환수
허철호
홍영기
황규태
황문정하
황상호
황영숙
황정란

여러분의 후원에 감사드립니다.

이름이 누락된 분들은 연락주시면 이후 출간되는 여성동
학다큐소설에 반영하겠습니다. / 전화 02-735-7173